Meja Mwangi
Big Chiefs

P H
V

MEJA MWANGI

Big Chiefs

Aus dem Englischen von Thomas Brückner

Peter Hammer Verlag

DEN BIG CHIEFS

und all denen, die glauben,
dass der Mächtige recht und das Recht hat

ERSTES BUCH

Er war ein guter Freund.
Ich hatte eine Machete dabei,
weil ich befürchtete, er könnte versuchen, mich umzubringen.

Dr. Baraka: *Der Überlebende*

Der Junge

I

Der *Alte Mann* hörte Schritte und spürte leise die Angst in sich aufsteigen. Er lauschte in die Dunkelheit hinein. Nach einem Stückchen Vertrautheit, nach einem Geräusch, das klang, als ob keine Gefahr drohe und alles in Ordnung wäre, aber er hörte nichts als Ungewissheit. Seine Angst wuchs, als die Schritte an der Tür innehielten und ihm klar war, dass dort nun jemand stand und ihn beobachtete, jemand mit keuchendem Atem, Unheil verkündend, wie ihm schien. Schon wollte ihn der Mut verlassen, da hörte er, wie der *Junge* »Keine Angst« sagte, »ich bin's nur.«

»Oh«, seufzte er beruhigt. Die Erleichterung in seiner Stimme hörte sich betrübt an und machte traurig.

Er hörte den *Jungen* eintreten, ein Scheit Feuerholz nehmen und es gewaltsam über dem Knie brechen. Er hörte, wie sich der *Junge* am Feuer niederhockte und so kräftig hineinblies, dass die Funken wie Gewehrschüsse aufblitzten. Als das Feuer loderte, machte sich der *Junge* daran, ihr Mittagessen zuzubereiten. Er verursachte solchen Lärm und stöhnte so heftig, dass der *Alte Mann* ängstlich zusammenzuckte. »Bist du betrunken?«, fragte er und sog schnüffelnd die Luft ein.

»Ziemlich«, antwortete der *Junge*.

Er hatte nicht im Mindesten geahnt, dass der *Junge* Alkohol trank, doch so, wie er hier aufgetaucht war, wild wie eine ganze Herde Katastrophen, das roch förmlich nach Trunkenheit.

»Wut«, sagte der *Junge*. »Es ist nur die Wut.«

Ich hätte ihn nicht wütend machen sollen, dachte der *Alte Mann*, als er hörte, wie der *Junge* sich erhob und zu seinem Lager in der Ecke hinüberstolperte. Der *Junge* schnaufte, stieß den Kopf nach vorn wie ein wütendes Tier und wühlte in seinen Sachen, warf Kleidung und Bücher zur Seite.

»Die Wut ist ein schrecklicher Begleiter«, sagte der *Alte Mann* leise vor sich hin.

Der *Junge* grunzte und wühlte weiter, schleuderte seine Sachen fort, dass es nur so krachte, und versetzte den *Alten Mann* in Angst und Schrecken. Endlich fand er, was er gesucht hatte, und setzte sich wieder ans Feuer. Er besah sich den Gegenstand, betastete ihn, drückte ihn mit beiden Händen und spürte den Trost, den ihm das Metall spendete. Langsam wich die Spannung von ihm. Damit war er auf der sicheren Seite, sagte er sich. Damit konnte er alles bekommen, was er wollte, sogar Respekt. Damit war er ein Mann. Er schloss die Augen und begann, sich als Mann zu fühlen.

Der *Alte Mann* spürte die Veränderung, die mit ihm vor sich ging, und fragte: »Was hast du da?«

»Nichts.«

»Was für ein Nichts?«

»Eine Waffe. Ich habe eine Waffe.«

»Eine Waffe?« Dem *Alten Mann* stockte der Atem. »Wo, um alles in der Welt, hast du die her? Sag mir die Wahrheit. Woher hast du sie?«

»Frag mich nicht, *Alter Mann*«, antwortete der *Junge*. »Es gibt bald Scherereien. Weißt du das nicht?«

»Nein.« Der *Alte Mann* fing an, sich ernstlich Sorgen zu machen. »Das weiß ich nicht.«

»Du hast aber auch von gar nichts mehr eine Ahnung. Du bist zu alt und zu nichts nutze.«

»Da hast du recht«, pflichtete der *Alte Mann* dem *Jungen*

bei. »Zu meiner Zeit hatten nur die vom Gesetz eine Waffe. Und wenn wir eine Waffe klicken hörten, rannten wir wie die Hasen um unser Leben.«

»Feiglinge wart ihr.« Der *Junge* wog die Waffe in der Hand. Finstere Gedanken gingen ihm durch den Kopf. »Deswegen habt ihr euch auch in die Kirchen geflüchtet und ihnen erlaubt, euch darin abzuschlachten. Anstatt zu Hause zu bleiben und euch zu verteidigen.« Er hob die Waffe und zielte auf die alte Henne, die draußen im Hof scharrte. »Mit uns machen sie so etwas nicht«, fuhr er fort. »Wir lassen nicht zu, dass es noch einmal geschieht.«

Der *Alte Mann* ging zwar nicht mehr aus dem Haus, aber er hatte – vom Wind, der die guten wie die schlechten Nachrichten über die *Grube* blies – gehört, dass die Leute sich in Erwartung schwieriger Zeiten bewaffneten. Das bereitete ihm Kummer.

»Möchtest du meine Waffe mal in die Hand nehmen und fühlen?«, fragte der *Junge*.

»Warum?«, fragte der *Alte Mann* erschreckt.

»Damit du die gewaltige Kraft spürst, die von ihr ausgeht? Damit du ihre Macht kennenlernst?«

Der *Alte Mann* wusste um die Macht einer Waffe. Er hatte ihre verheerende Wirkung erlebt, als Soldaten auf unbewaffnete Demonstranten angelegt hatten, auf Befehl einer Regierung, der er einst als *ehrenwerter* Minister angehört hatte.

»Hier.« Der *Junge* legte sie ihm in die Hand.

Der *Alte Mann* schrak zurück, als hätte er eine Schlange berührt, und schrie: »Verflucht!«

»Nimm sie! Fühl sie!« Der *Junge* griff so heftig nach der Hand des *Alten Mannes*, dass es diesen schmerzte, zwang ihm die Waffe in die Hand, schloss die knochigen Finger um den Griff und presste sie fest.

»Fühlst du es?«, fragte er grausam. »Kannst du es spüren?

Das ist Macht, *Alter Mann*, das ist wirkliche Macht. Damit ist sogar ein Krüppel ein richtiger Mann.«

Der *Alte Mann* zitterte. Er konnte sich nicht beherrschen.

»So, jetzt weißt du's«, sagte der *Junge*, ließ die Hand los und setzte sich schwer atmend wieder hin. »Jetzt weißt du's.«

»Ja, Gott weiß, dass ich das weiß. Was aber willst du mit dieser Macht anfangen?«

Der *Junge* lachte. Es war ein trockenes, freudloses Lachen und erinnerte den *Alten Mann* an den Tod. Das letzte Mal hatte er so ein dunkles, bösartiges Lachen in der Leichenhalle gehört, als er sich unter einem Berg von Toten versteckte, weil die Milizen, auf der Suche nach ihm, die Klinik durchkämmten.

»Kein Wunder, dass du zu so einer Leiche verkommen bist«, meinte der *Junge*. »Wenn du eine Waffe gehabt hättest, dann wäre es ihnen nicht so leicht geworden, dich umzubringen.«

Daran bestand kein Zweifel, dachte der *Alte Mann*. Wer aber hätte je für möglich gehalten, was geschehen war?

Der *Junge* verbarg die Waffe wieder in ihrem Versteck und wandte sich dem Kochen zu. Bald war das Essen fertig. Er füllte es in zwei Metallschüsseln.

»Du hast alles Recht, dich über Dinge aufzuregen, die dich unglücklich machen«, sagte der *Alte Mann*. »Es ist unvorstellbar, wie unsere Generation anderen so viel Leid anrichten, so vielen Leben Narben beibringen und dann noch ungestraft davonkommen konnte. Es ist eine Schande, dass wir so ein Elend, so viel Verzweiflung über die Welt und über dich gebracht haben. Eigentlich hätte so etwas nie passieren dürfen. Doch es ist geschehen, und deshalb leidest du.«

Der *Junge* seufzte. Er litt. Wie jeder litt, der sich zu denken traute.

»Iss«, sagte er und schob die Schüssel mit dem Essen vor den *Alten Mann*. Dann nahm er seine Schüssel und setzte sich. Er starrte auf die Schüssel hinunter. Er konnte nicht essen. Es war die erste Mahlzeit seit Tagen. Beim Gedanken daran zog sich sein Magen zusammen. Das schmerzte mehr als der Hunger des *Alten Mannes*, nicht sein eigener, der ihn so in Verzweiflung getrieben hatte.

»Ich musste es tun«, sagte er, wütend auf sich selbst. »Ich musste es tun.«

Er hatte einen Menschen niedergeschlagen, einen wehrlosen Fremden hinterrücks niedergeschlagen und ihn tot liegen gelassen. In den Taschen des Toten hatte er einen Schlüsselbund mit einem verrosteten Schlüssel und ein paar zerknitterte Geldscheine gefunden. Von einem Teil des Geldes hatte er eine Handvoll Mehl gekauft, um dem *Alten Mann* etwas zu kochen.

Jetzt sah er, wie dessen Hand über der Schüssel mit dem Essen innehielt wie der Stoßzahn eines Elefanten. Als könnte sie den Schweiß des Toten riechen.

»Iss«, befahl er ihm.

Sie hatten sich von drei Mahlzeiten am Tag auf zwei eingeschränkt, später auf eine und jetzt die hier. Drei Mahlzeiten am Tag, wenn sie Glück hatten, und alle nur zufällig.

»Wie sich die Zeiten ändern«, murmelte der *Alte Mann* und tastete vor seinen Füßen, wo der *Junge* sie abgestellt hatte, nach der Schüssel. »Wie die Zeiten sich ändern.«

»Hör auf zu schwatzen und iss!«

Der *Junge* hatte an diesem Tag eine schreckliche Grenze überschritten. Nur, damit der alte Narr nicht zugrunde ging, hatte er etwas getan, von dem er nie geglaubt hatte, dass er dazu fähig wäre. »Aber ich hasse mich dafür nicht«, sagte er zu sich selbst. »Ich verabscheue mich nicht, selbst wenn ich dazu verdammt sein sollte, für den Rest meiner Tage in dieser Hölle zu schmoren.«

»Es stinkt«, murmelte der *Alte Mann*. Er aß nur kleine Happen. »Riecht schrecklich.«

»Selbst wenn es stinkt – etwas anderes bekommst du heute nicht mehr zu essen«, antwortete der *Junge* unwirsch. »Also hör auf zu nörgeln und iss.«

Der Geruch, über den der *Alte Mann* murrte, stieg vom Gemüse auf. Der *Junge* hatte hinter dem Haus ein paar Blätter von der Pflanze gepflückt, die dort wucherte. Bei den Menschen in der *Grube* hieß sie *mboga ya shetani*, Teufelssalat. Hier in der *Grube* wuchs sie überall, rankte sich über rostige Blechdächer und legte sich über zerbröckelnde Lehmwände, beherrschte einfach alles. Zäh, einfach zu verarbeiten und wild wachsend, war sie das Grundnahrungsmittel in der *Grube*.

»Iss«, sagte der *Junge*.

Das *Mädchen* hatte die Zwiebeln beigesteuert, das Salz kam von einer Frau, die der *Alte Mann* einmal vor einer Machete bewahrt hatte, und den Rest hatte er hier und da aufgetrieben. Er hatte alles in Salzwasser gekocht und mit etwas Pfefferstaub gewürzt, den der *Alte Mann* von einem guten Nachbarn im Austausch für Tabak erhalten hatte. Speiseöl hatte es schon lange vor jener Zeit nicht mehr gegeben, als der *Alte Mann* verurteilt worden war, in der *Grube* zu leben; der *Junge* war noch ein Kind gewesen, die Ladenbesitzer waren noch ehrliche, schwer arbeitende Männer und nicht die gierigen Ungeheuer, in die sie sich seither verwandelt hatten. Es stimmte, es gab immer noch etwas zu essen, aber meist nur in den Läden und Supermärkten in der *Stadt*, und die Preise waren viel zu hoch.

»Iss«, sagte der *Junge* fast schon wütend. »Iss, iss, iss!« Er sah zu, wie sich die Hand des *Alten Mannes* langsam auf die Schüssel zu bewegte, sich etwas *ugali* griff, ihn zu einem kleinen Ball rollte, mit dem Daumen ein Loch in die Mitte drückte und damit das *stew* in den Mund löffelte. Dann sah der *Junge*, wie er zögerte, die Nase krauszog und sich zwang, langsam und sorgfältig zu kauen.

Abgesehen von den beiden Packkisten, auf denen sie saßen, stand kein Möbelstück im Raum. Auf einem Brett nahe der Feuerstelle reihten sich ein paar Blechbüchsen und andere Kochutensilien. An den gegenüberliegenden Seiten waren zwei Schlafstellen: zwei grasgefüllte Jutesäcke unter alten Krankenhauslaken. Die Laken – sie stammten beide aus den längst vergangenen Tagen, als Krankenhäuser noch über Laken verfügten – stellten den einzigen Besitz dar, den der *Alte Mann* aus seinem früheren Leben gerettet hatte. Als der *Junge* ihn jetzt ein so dürftiges Mahl essen, ihn so matt kauen sah wie ein alter Bulle, dem alle Lebenslust abhandengekommen war, fragte er sich, wie man so hoch steigen und so tief fallen konnte. Der Gedanke machte ihn wütend.

Abrupt schob er seine Schüssel beiseite, sprang auf und lief zu seinem Schlafplatz an der Wand. Unter einer Ecke seiner Matratze zog er ein großes Stück Papier hervor, das früher einmal ein Zementsack gewesen war. Davon riss er ein kleines Rechteck ab, belegte es mit Tabak und rollte es zu einer Zigarre. Die Tabakblätter stammten von einem alten Tabakbaum, der im Hof vor dem Haus wuchs. Er war der einzige Baum, der noch in der *Grube* stand und – soweit er wusste – auf der ganzen Welt. Alt war er, knorrig und kurz vor dem Eingehen, aber er gehörte ihm, und er würde ihn mit seinem Leben verteidigen.

Er nahm einen Zweig aus dem Feuer, zündete seine Zigarre an, lehnte sich mit dem Rücken an die Wand und sah dem *Alten Mann* beim Essen zu.

»Warum isst du nicht?«, fragte der ihn.

»Ich habe keinen Hunger.«

»Keinen Hunger?« Der *Alte Mann* war verwundert, »wie denn das?« Wie war so etwas möglich, in dieser Zeit? Wie konnte er keinen Hunger spüren, wo doch Nahrung so knapp war?

»Ich habe keinen Hunger«, wiederholte der *Junge* gereizt. »Iss einfach und red nicht so viel.«

Da schwieg der *Alte Mann*. Schwieg das tieftraurige Schweigen eines Menschen, der seinen Kummer nicht richtig ausdrücken kann. Und der *Junge*, der sah, dass er ihm wehgetan hatte, versuchte es wiedergutzumachen. »Ich hab schon Hunger«, bekannte er, »aber nicht auf etwas zu essen; nicht mehr.«

Der *Alte Mann* nickte, dachte gleichzeitig aber daran, wie unterschiedlich sie beide waren. Der *Junge* gedieh an der Wut; er hingegen lebte vom Hunger. Der Hunger war das Einzige, was man ihm gelassen hatte. Alles Übrige – Hören, Fühlen und Sehen – war in dem Feuer, das ihn verschlungen hatte, zu einer dunklen, harten Erinnerung gebrannt. Und doch hatte es eine Zeit gegeben, damals, da war es eine Freude gewesen zu hungern, gespannt auf etwas zu sein, in Vorfreude auf die vielen besonderen Dinge, mit denen seine *Liebste* ihn überraschte, wenn er nach einem langen Tag, an dem er medizinische Wunder vollbracht hatte, aus dem Krankenhaus nach Hause kam. Jetzt war der Hunger wenig mehr als eine beständige Leere. Ein dunkler Rachen, der zu seiner Seele führte und immer wieder gefüllt werden musste, auch wenn er die Sehnsucht nicht zu stillen vermochte. Der Hunger war sein Schatz, sein Andenken, etwas, das er hegen musste, sein einziger treuer Begleiter und sein einziger Hoffnungsanker. Alles andere, Freude wie Kummer, war ihm genommen, war ihm im Augenblick seines größten Erfolgs aus der Hand gerissen worden. Der Hunger war sein Leben. Also aß er, wann immer es etwas zu essen gab, und war es auch nur, seinen Hunger zu stützen. Doch aß er sparsam. Die Hungerjahre hatten ihn zumindest das gelehrt.

»Zu viel essen verdirbt den Magen«, sagte er zu dem *Jungen.*

»Die Gefahr besteht ja wohl nicht, oder?«

»Nein, nicht mehr.«

Der *Alte Mann* streckte die Hand aus und griff in das Essen, als hätte er Augen, mit denen er sehen konnte. »Man vergisst«, meinte er leise. »Man vergisst selbst so einfache Dinge wie das.«

Der *Junge* nickte, sog an seiner Zigarre und wünschte sich, dass der *Alte Mann* wenigstens einmal den Mund halten und ihn nachdenken lassen würde. Doch als der ihm diesen Wunsch erfüllte, wusste der *Junge* nicht, was er denken sollte. Es war, als brauchte er die alte Stimme, damit sie ihn leitete, ihm zeigte, was er verabscheuen, wonach er streben, worauf er hoffen und sogar woran er glauben sollte. Es war schwer geworden auseinanderzuhalten, ob die Worte des *Alten Mannes* seiner Senilität entstammten oder ob der gewitzte alte Teufel aus ihm sprach. Es war auch immer schwieriger geworden, zu erkennen, ob die Märchen oder Faseleien von Vergangenem oder Gegenwärtigem, die er Lieder nannte, seinen Träumen entsprangen oder seiner Wirklichkeit, seine Hoffnungen seinen Verheißungen, seine Pläne seinen Errungenschaften, seine Untaten seinem Versagen – seinem eigenen Versagen oder dem seiner Vorgesetzten und Befehlsgeber.

Der *Alte Mann* war ein Hort der Widersprüchlichkeiten, und das trieb den *Jungen* zum Wahnsinn. Das Leben mit ihm hatte den *Jungen* aber nicht nur Geduld gelehrt. Er konnte jetzt sehen, ohne hinzuschauen, hören, ohne zuzuhören und reden, ohne zu sprechen. Das Leben mit dem *Alten Mann* hatte ihn gelehrt, seinen Kopf zum Denken zu benutzen, seinen Schmerz und seinen Kummer und seine Ängste zu ergründen, ohne dass sie ihn überwältigten und verschlangen. Hier in der *Grube* hatten sich zu viele Menschen durch ihr Grübeln der Verzweiflung ergeben, waren über dem Versuch zugrunde gegangen, einen Sinn zu entdecken, wo es keinen gab, hatten auf der Suche nach einem Lichtstrahl, der mehr erhellte als nur das offensichtlich Böse in den Herzen der Menschen, ihr Leben gelassen.

»Warum erzählst du mir all die Dinge, die so weh tun?«, fragte er den *Alten Mann* immer wieder.

»Weil du, wenn du aus dem Sumpf der Traurigkeit herauswillst«, antwortete der *Alte Mann* dann jedes Mal, »wissen musst, wie wir dich da hineingebracht haben.«

So einfach kann es nicht sein, dachte der *Junge* und schüttelte den Kopf.

»Doch, ist es.«

»Nein«, widersprach der *Junge* mit Überzeugung. »Die gesamte Bevölkerung unseres Landes kann nicht gefastet und gefeiert haben, untereinander geheiratet und sich vermischt haben, geboren und gestorben sein, zusammengelebt und geforscht haben, um dann, von einem Tag auf den anderen, loszuziehen und alle Freunde, Verwandten und Nachbarn umzubringen.«

»Und doch war es genau so«, erwiderte der *Alte Mann*. »Manchmal ist es am schwersten, das zu glauben, von dem wir wissen, dass es wahr ist.«

Der *Junge* grunzte und zog an seiner Zigarre. »Ich sollte auf sie hören«, sagte er bitter. »Ich sollte gehorchen, wenn sie sagen, dass ich dich wie einen Hund Hungers sterben lassen soll.«

Da wurde der *Alte Mann* ganz still. Er hörte, wie es im *Jungen* brodelte und kochte, wie es in seinem Kopf siedete und schäumte und schwärte wie in einem Kessel voller Dämonen. Eben diesen unerträglichen Kummer hatte er selbst empfunden, als er mit ansehen musste, wie Mütter ihre Kinder den Milizen übergaben, um sie abschlachten zu lassen. Es war jener Kummer, der sich schnell in Wahnsinn verwandelte und ihm unsagbaren Schmerz bereitet hatte.

Ich habe ihn wütend gemacht, dachte er, während er

lauschte, wie der *Junge* überlegte. Das darf ich nicht. Ich darf ihn nicht wütend machen.

Er überließ den *Jungen* dem Ringkampf mit seinem Kopf, wandte sich dem Essen zu und versuchte herauszufinden, was genau er da aß. Das Essen war trocken und schmeckte bitter, kein bisschen nach irgendeiner Freude. So, als hätten sich des *Jungen* Wut und Verbitterung in das Essen ergossen und die Mahlzeit in ein Strafopfer verwandelt.

Ich kann ihm daraus keinen Vorwurf machen, dachte der *Alte Mann* und entrang dem Essen ein letztes Quäntchen Befriedigung. »Eines Tages«, sagte er laut, »wird irgendwer die Fragen beantworten, die sich nicht beantworten lassen.«

»Unmöglich«, sagte der *Junge* empört, »es ist absolut unmöglich, alles aufzulisten, was man verabscheut.«

»Und doch weißt du ganz genau, dass es stimmt.«

Ich muss aufhören, ihm zu widersprechen, dachte er bei sich. Überlass es den Dämonen in ihm, etwas zu finden, an das er glauben kann und das ihn tröstet.

Danach schwiegen sie eine Zeit lang. Der *Junge* sah zu, wie die alte Henne unter dem Tabakbaum scharrte. »Die alte Henne ist wieder da«, sagte er, um das Schweigen zu unterbrechen, das ihn wahnsinnig machte.

»Ich höre sie«, sagte der *Alte Mann*. »Ich höre sie ganz genau.«

II

Der *Alte Mann* verfügte noch über die meisten seiner Fähigkeiten, obwohl er das manchmal nicht zugab, und wenn er auch nicht der älteste hier lebende Mensch war, war er auf jeden Fall der geachtetste. Alle sahen in ihm das Gewissen der *Grube*, den *Verkünder* des *Unaussprechlichen*, den Sänger des *Unsingbaren*. Geschah etwas Unvorstellbares im Leben der Menschen, dann sprachen sie zu sich: »Gehen wir zum *Alten Mann* und hören uns an, was er dazu zu sagen hat.«

Der *Alte Mann* begrüßte sie immer mit offenem Herzen und offenem Geist, hörte ihnen zu und half ihnen nachzudenken, bis sie einen Weg aus ihren Schwierigkeiten gefunden hatten. Und obwohl er kaum wusste, wie er ihnen helfen sollte, verließen ihn die Leute doch immer in dem Gefühl, dass ihnen wirklich geholfen worden war.

»Iss«, forderte der *Junge* ihn auf. »Du würdest mit dem Essen in der Hand sterben, wenn ich nicht hier wäre, dich daran zu erinnern.«

»Damals kreisten unsere Gedanken auch immer ums Essen«, sagte der *Alte Mann* in seiner stillen Art. »In jener Zeit der Genüsse, vor Beginn unseres erzwungenen Fastens, waren wir vom Essen besessen. Wurden wir mit einer Aufgabe betraut, wollten wir zuerst etwas über das Essen wissen. Zahlen Sie einen guten Preis?, fragten wir. Bekommen wir Reis? Auch Fleisch dazu? Wie viel? Können wir essen, so viel wir wollen? Und gibt es noch etwas hinterher? Unsere Essensgier war größer als alles andere – abgesehen vielleicht von unserem Hunger nach Macht und der Anhäufung von Reichtümern«, schloss er mit einem freudlosen Lachen.

»Wobei ihr nichts von alledem bekommen habt«, stellte der *Junge* ruhig fest.

»Die meisten wohl nicht«, gab der *Alte Mann* zu. »Zu viele stehen mit leeren Händen dar.«

Die meisten waren auf der Strecke geblieben. Lange vor dem *Umbruch*. Opfer der Schwierigkeiten des Wegs und des Kampfes um Vorherrschaft. Manch einer starb an Verzweiflung, weil er nicht mehr daran glaubte, dass es jemals Gerechtigkeit gäbe. Andere hatten sich ins Schweigen zurückgezogen, entschlossen, so viel wie möglich für sich herauszuholen. Wiederum andere hatten es, wie der *Alte Mann*, bis an die Spitze geschafft, hatten mit Macht und Wohlstand kokettiert, bevor sie schließlich in die *Grube* stürzten. Und wie das Schicksal es so wollte: Das waren noch die Glücklicheren. Jene, die sich an die Vernunft geklammert hatten, an ihren Verstand und ihre Hoffnung, und die tägliche politische Erniedrigung bis zum bitteren Ende ausgekostet hatten, waren viel schlechter dran.

»Wir hatten nicht die mindeste Vorstellung von dem Bösen, das in uns lauerte«, sagte der *Alte Mann*. »Von der Ungeheuerlichkeit, die da Macht hieß.«

Sie waren wie Kinder, die das Feuer für sich entdeckt und sich darein verliebt hatten. Es reichte ihnen nicht, dass sie Feuer hatten, sie mussten die Flammen schlucken. Es reichte ihnen nicht, das sie sich am Feuer wärmen konnten, sie mussten in mondhellen Nächten Fackeln anzünden und damit achtlos zwischen grasbedeckten Häusern herumtanzen. Eine Riesendummheit.

»Jedes Kind hätte es besser gewusst«, meinte der *Junge*.

»Stimmt, wir waren Kinder, grauhaarige Kinder«, gab der *Alte Mann* zu. »Weißt du, anders als du, kamen wir in der Sklaverei zur Welt, wuchsen in Ketten auf, wurden gebrochen, um zu dienen. Um Tag für Tag zu dienen, auf jede erdenkliche Weise und ohne Hoffnung auf Anerkennung. Dienen, bis wir tot umfielen und nicht mehr dienen konnten.

Wir mussten kämpfen und sterben, bis wir das koloniale Joch abgeschüttelt hatten. Erst dann waren wir frei. Frei zu gehen oder zu bleiben, frei zu leben oder zu sterben, frei für uns selbst zu entscheiden, frei, in unseren Städten zu herrschen, in unseren Dörfern und in unseren Ländern. Danach sehnten wir uns.«

»Danach habt ihr euch gesehnt«, wiederholte der *Junge.*

»Hungrige Menschen denken selten an etwas anderes als an Essbares«, sagte der *Alte Mann.* »Wie Schafe ihre Schafhirten brauchen, brauchten wir neue Herren.«

Also hatten sie sich neue Herren gewählt. Die *Big Chiefs.* Männer, die guten Willens waren, sonst aber kaum zu etwas befähigt.

»Sie führten uns, wie man Schafe führt, lehrten uns, den ideologischen Windungen ihrer Wege zu folgen, und verloren uns an die weißen Wölfe im Ausland, mit denen sie Tag und Nacht schmausten und tranken. Und um unsere ewige Unterwürfigkeit zu erklären, lehrten sie unsere Kinder Lieder der Dienstbarkeit:

Alte Gewohnheiten sterben schwer,
Sind hart gesotten und schmerzen im Tod.
Alte Hunde lernen nie,
Sterben im Schmerz, doch hart gesotten.«

Der *Junge* lehnte mit dem Rücken an der Wand. Die Zigarre verbrannte ihm fast die Finger. Er hatte die Augen geschlossen, hörte aber jedes Wort, das der *Alte Mann* sagte. Und mehr. Er hörte, wie die *Grube* atmete. Wie ein Tier, das Schmerzen erlitt, in kurzen, flachen, keuchenden Atemzügen, er vernahm den geräuschlosen Luftzug, der Staub durch die Pappwände des Hauses wehte. Und er hörte die alte Henne unter dem alten Baum im Hof scharren.

»Wir waren wie die alte Henne da draußen«, hörte er den *Alten Mann* sagen.

Anders als die alte Henne aber hatten sie nicht für ihre Kinder und auch nicht für die Nachwelt gescharrt. Einzig und allein für den eigenen Vorteil und das Jetzt.

»Ich habe einmal ein Lied darüber gesungen.«

»Ich weiß«, nickte der *Junge*. Seine Augen waren immer noch geschlossen. »Ich kenne es.« Er hatte das Lied so oft gehört, dass es ihm unauslöschlich ins Gedächtnis geschrieben war:

> *Kinder weinten vor Hunger,*
> *Wie Kinder vor Hunger weinen.*
> *Geblendet von unserer Größe,*
> *Machte ihr Weinen uns verrückt.*
> *Sicher haben sie Würmer,*
> *So sagten wir und töteten ihre Spulwürmer.*
> *Sie aber hörten nicht auf zu weinen.*
> *Vom Morgengrauen bis zum Abenddämmer ein einziges*
> *Schreien.*
> *Wir fütterten ihnen Gift gegen Hakenwürmer,*
> *Versuchten dann eins gegen Nadelwürmer,*
> *Gegen große und gegen kleine Würmer*
> *Und alle anderen Würmer auch.*
> *Sie aber weinten weiter und weiter und weiter.*
> *Wir sagten:* »*So geht es nicht weiter,*
> *Die machen nichts als Ärger;*
> *Lästige Nervensägen, genau wie die Mütter;*
> *Also verabreichen wir ihnen Rattengift,*
> *Woll'n doch seh'n, ob das nicht hilft.*«

»Ich habe auch ein Buch geschrieben«, meinte der *Alte Mann*.

»*Die Hölle der Armen*«, sagte der *Junge*. Er klang ein bisschen sarkastisch. »Das haben sie geschmäht und wollten dich dafür bestrafen.«

»Die Wahrheit ist eine bittere Medizin.«

»Genau.«

Den *Alten Mann* suchten die Sünden der Seinen heim, die Untaten, an denen sich seine Generation ergötzt hatte, als sie jung und unsterblich war, machttrunken und voller Tatendrang. Jetzt waren sie alt oder gar schon tot, seufzte er mit tiefster Reue. Alt und faltig wie ein grauhaariger Baobab, der kraftlos war und nicht einmal für sich selbst etwas tun konnte.

Keine Krankheit ist so schlimm wie das Alter, dachte er traurig. Schwach und ausgetrocknet waren seine Glieder. Wie die Äste eines riesigen Baumes, der die Sonnen hunderter Sommer überlebt hatte.

»Kleiner Vater«, sagte der *Junge*, der spürte, was ihn plagte, »hör auf zu grübeln und iss.«

Der *Alte Mann* schrak zusammen, als wäre er aus tiefstem Schlaf geweckt worden. Er kaute bedächtig, schob sein Essen im Mund von einer Seite zur anderen. Ihm beim Essen zuzusehen, war noch schmerzlicher. »Man vergisst«, murmelte er, als er die Qualen des *Jungen* bemerkte. »Man vergisst.«

Nie fragte er, wo das Essen herkam, und der *Junge* sagte es ihm nicht. Ihm war klar, dass das Gemüse, auf dem er so mühevoll herumbiss, von der ehemals aromatischen Kletterpflanze stammte, die sich an den Rückwänden der Häuser hochrankte und noch jedes Dach in der *Grube* bedeckte. Überall war sie zu finden: am Präsidentenpalais, an den Wänden und in den Hecken der Regierungsgebäude und Institutionen im ganzen Land. Sie blühte alle fünf Jahre, selbst während der größten Dürre, und sonderte jetzt einen widerwärtigen Geruch nach Tod und Fäulnis ab. Der *Alte Mann* hatte mehr als genug davon eingeatmet – eine vulgäre Mischung aus vermoderndem Lavendel und verfaulenden Rosen, ein Geruch, den er mit extremem Übel verband: es war der Gestank von Korruption und Tod.

III

Über lange Jahre war der *Alte Mann* Staatsbeamter gewesen und hatte hohe Posten im Gesundheitswesen innegehabt, dann wurde er für kurze Zeit in das Parlament gewählt und zum Gesundheitsminister ernannt. Deshalb hatte er die Korruption hautnah miterlebt. Viele seinesgleichen, Führungskräfte und Beamte gleichermaßen, waren von dem Duft verführt worden und hatten die Pflanze mit nach Hause genommen und in ihren Gärten ausgesetzt, in ihren Herzen und denen ihrer Familien. Sie hatten sich dermaßen mit Korruption umgeben, dass sie felsenfest davon überzeugt waren, der Himmel und die ganze weite Welt röchen nach vermoderndem Lavendel und verfaulenden Rosen und daran sei überhaupt nichts Unrechtes.

Der Geruch hatte den *Alten Mann* in Unruhe versetzt und ihm den Atem genommen; vor allem in der kurzen Zeit, als man ihn als *einen von uns* angesehen und ihm Zutritt zum inneren Kreis des Lavendel-Rosen-Hofs gewährt hatte, wo ganze Ziegenherden geschlachtet wurden und überreichlich geistige Getränke flossen, während man mit fanatischem Ernst *unsere Staatsangelegenheiten* diskutierte. Die Geheimtreffen fanden mitten in der Nacht statt, im innersten Hof des Präsidentenpalais, wo der Korruptionsgeruch am strengsten war, und zwar immer dann, wenn Regierungskrisen drohten und die Notwendigkeit entstand, die Reihen zu schließen und sich wie ein Mann hinter *unseren Big Chiefs* zu versammeln. Er hatte an mehreren Treffen teilgenommen und mit darüber abgestimmt, wer als Sündenbock aus dem Kabinett geworfen und wer zu Haft und Untergang verurteilt werden sollte. Dabei erfolgte die Abstimmung völlig willkürlich und meist ohne Böswilligkeit. Manchmal wurde einer der Anwesenden nach Hause geschickt und angewiesen, dort zu warten, bis der *Oberste Big Chief* von sich hören ließ. Was natürlich nie geschah. Und ehe er sich versah, holte ihn eine Lastwagenladung bewaffneter Polizisten ab und beförderte ihn ins Gefängnis oder ins Grab.

Der *Alte Mann* hatte an den Ritualen der Machtanbetung teilgenommen und alles, aber auch alles, gehört und gesehen. Gegen Ende jedoch war er immer seltener zu den Treffen eingeladen worden, da sich die Führungsclique immer paranoider verhielt. Dann waren die Einladungen ganz ausgeblieben, und schließlich war er aus der Regierungsmannschaft geworfen und an einen entlegenen Außenposten verbannt worden, der weder über Personal oder Medikamente noch über Wasser verfügte.

Das Gesundheitszentrum, an das man ihn verbannt hatte, hoch im Norden an der Grenze, wo es keine Straßen gab, wurde als Strafstation für abtrünnige Staatsbeamte betrachtet, für jene, die von den *Big Chiefs* verdammt worden waren, und andere, die die Legitimität ihrer Herrschaft und ihr Verlangen, auf ewig wie Götter zu regieren, in Frage gestellt hatten. Dort landeten zudem die *Kurzen*, damit sie sich abkühlten, wenn ihr Gerechtigkeitsgefühl wieder einmal mit dem der Regierung kollidiert war. Die Begriffe *Kurze* und *Lange* waren von den Höflingen am Lavendel-Rosen-Hof geprägt worden, um *die anderen* von *den unseren* zu unterscheiden, wann immer lukrative Regierungsaufträge zu vergeben und Gefälligkeiten zu haben waren. Diese Unterscheidung wurde zudem als notwendig erachtet, weil die gesamte Bevölkerung fast die gleiche Hautfarbe, die gleiche Beschaffenheit des Haars hatte, dieselbe Sprache sprach, die gleichen Lieder sang, das gleiche Essen zu sich nahm, dieselben Götter verehrte oder auch nicht, auf die gleiche Weise blutete. Der Unterschied zwischen den *Langen* und den *Kurzen* war nicht erheblicher als der zwischen einem Frosch und einer Kröte. Irgendwann in der dunklen kolonialen Vergangenheit aber hatten die Europäer die Menschen nach der Art eingeteilt, wie sie ihren Lebensunterhalt bestritten, eine endgültige und untilgbare Trennlinie zwischen den Viehzüchtern und den Ackerbauern gezogen und ihnen damit bleibende Rollen in den künftigen politischen Auseinandersetzungen zugewiesen. Die Viehzüchter waren groß gewachsen, deshalb wurde verfügt, dass sie natürliche Herrscher wären. Die Ackerbauern waren klein und stämmig, man erklärte sie zu geborenen Untertanen. Dessen ungeachtet gab es klein gewachsene Menschen, die man als *Lange* einstufte, weil ihre Väter Oberhäupter waren, und groß gewachsene Menschen, die als *Kurze* eingestuft wurden, weil sie Ackerbauern waren. Darüber hinaus gab es noch welche, die man als *Kurze* beziehungsweise *Lange* einstufte, nur weil die Hebamme sie bei ihrer Geburt so zugeordnet hatte. Das Ganze entbehrte jeder Logik, doch hatten die Europäer es praktisch gefunden, die Menschen zu teilen, damit sie über sie herrschen konnten.

Einmal hatte ein Viehzüchter an der Spitze des Landes gestanden. Ein Ackerbauer war ihm gefolgt und hatte das Land ebenso schlecht geführt. Dieser war wieder von einem Viehzüchter abgelöst worden. Damals wie heute machte es keinen Unterschied, ob der *Oberste Big Chief* nun *kurz* oder *lang* war, verheiratet oder ledig, lesen konnte oder nicht. All das ergab nicht den geringsten Sinn, aber Geschichte und Politik hatten eine Wissenschaft daraus gemacht. Mittlerweile starben Menschen für diese unnützen, eitlen und mitunter stolz verkündeten Unterschiede. Denkende Menschen bestürzte das, und es trieb sie in die Verzweiflung.

In seinem Beruf und seinem Umfeld hatte der *Alte Mann* mit einer Menge Toter zu tun gehabt. Ein paar waren an

Krankheiten oder durch Unfälle gestorben, die meisten aber von ihren Freunden und Verwandten umgebracht worden. Und wenn sie dann im Leichenschauhaus lagen, hatten alle gleich groß und gleich traurig ausgesehen. In all den Jahren hatte er viele Leben gerettet. Nicht ein einziges Mal hatte er danach gefragt, woher sie stammten, an welche politische Partei sie glaubten oder wessen Gott sie verehrten. Nur ein teuflischer Demagoge, der noch nie seinesgleichen zu Grabe getragen hatte, konnte an die Politik des Hasses glauben, die nachts im Lavendel-Rosen-Hof gepredigt wurde.

Er war groß gewachsen, auch wenn das für niemanden mehr zu erkennen war, denn Zeit und Leben hatten ihn übel zugerichtet. Er war Nachfahre eines Ackerbauern, demzufolge als *Kurzer* eingestuft worden und dazu verdammt, als *Kurzer* zu leben und zu sterben.

Bevor sie ihn aus der Lavendel-Rosen-Clique ausstießen, hatte er mit den Mächtigsten seiner Zeit gelebt und Erfolg gehabt und gefeiert – immer aber mit diesem schrecklichen Todesgeruch in der Nase. Einige hatten ihn deswegen verachtet, ihm vorgeworfen, mit dem Teufel zu paktieren und sich zu korrumpieren. Er hatte sie ignoriert und sich geweigert, aus der Regierung auszutreten, weil er davon überzeugt war, er könnte innerhalb des Systems Gutes bewirken und ein paar seiner Auswüchse beschneiden.

Aus jenen Tagen hatte jemand, ein gefallener Engel, die Pflanze mit in die *Grube* gebracht. Vielleicht, weil es hieß, die Pollen ihrer purpurfarbenen und weißen Blüten sonderten einen Geruch ab, der Insekten tötete. Dann hatte die Pflanze zu blühen aufgehört und war zu einem fleischfressenden Gewächs geworden. Wie ein Wurm hatte sie sich ihren Weg in die Mägen der Menschen gesucht, in ihre Köpfe ebenfalls, und war zum *Salat* und zur Seele der *Grube* geworden. Manche hatten Ableger eingepflanzt, sodass der *Teufelssalat* jetzt in jedem Anwesen in der *Grube* wuchs und denen diente, die ansonsten Hungers gestorben wären.

»Wie wir damals gegessen haben, ist unverzeihlich«, erinnerte sich der *Alte Mann*. »Wie leicht der Magen vergisst!«

»Der Magen ist ein undankbarer Gesell«, war die Antwort des *Jungen*.

Darauf schwiegen sie wieder. Manchmal schwiegen sie endlose Stunden. Worauf der *Alte Mann* plötzlich zu singen begann. Lauter und lauter wurde seine Stimme, je mehr er sich der Dinge erinnerte, die tief in der Vergangenheit seines Lebens begraben lagen; eine Parabel hier, eine halb vergessene Fabel da; einsame Gedanken, die ihm vom grauen Haupt wie Flechten von einem alten Baum hingen und wie Rauch eines sterbenden Feuers aus seinem Mund strömten. Manchmal hielt er abrupt inne, räusperte sich ärgerlich und sprach eine unumstößliche Wahrheit vor sich hin.

»Nur Gott weiß, was Gott weiß.«

Worauf der *Junge* manchmal fragte: »Ich hoffe, er weiß, wofür ich auf der Welt bin.«

»Quäl dich nicht selbst«, sagte der *Alte Mann* zu ihm. »Auch deine Zeit wird kommen.« Dann lachte er. Ein klein wenig belustigt. »Jeder Hund kriegt seinen Knochen«, fuhr er fort. »Das haben wir immer gesagt, wenn wir feierten. Und wir haben oft gefeiert.«

Alles war ein Fest. Die Geburt war ein Fest und der Tod war ein Fest. Und alles, was dazwischen lag, ebenfalls. Die Hochzeit war ein Fest und die Scheidung war ein Fest. Es gab nichts, dessentwegen sie kein Fest veranstaltet hätten.

»Aber kein Fest glich dem, das wir anlässlich unserer Wahlen veranstalteten«, erklärte er. »Wir veranstalteten Wahlen, um zu entscheiden, wer uns schlecht regieren sollte, und ließen die *Big Chiefs* sich darum prügeln. Es war uns ziemlich egal, wer gewann, hatten wir doch zu viele Sieger gesehen, die sich auf dem Thron in grässliche Verlierer verwandelten. Unsere *Big Chiefs* aber fanden an den Festen Gefallen. Hinterher freuten sie sich und gaben damit an, wie viele Bullen und Ziegen sie geschlachtet und wie viel Bier sie gebraut hatten, um die Menschen zu bestechen, damit sie für sie stimmten:

Wir trinken Honigbier
Und rülpsen ungeniert,
Prosten den Verlierern zu,
Und den Göttern geben wir die Eingeweide,
Wenn zugleich Witwen und Waisen sterben,
Bettelnd um die Reste vor unserer Tür.«

IV

Nun allerdings waren keine Ziegen mehr da, die geschlachtet und gegessen werden konnten. Zumindest nicht in der *Grube*. Auch Honigbier gab es nicht, anders als in den alten Tagen. Die Blumen waren vor Schmach gestorben und die Bienen am Schrecken; *der Teufelssalat* hatte sich seither geweigert, wieder zu blühen. In der *Grube* gab es keine Sieger. Und was außerhalb der *Grube* vor sich ging … wer wusste noch, was da geschah? Nur wenige kamen aus der *Grube* heraus, und kaum jemand von draußen kam hierher zu Besuch. Die Macheten hatten die früheren Bindungen vollständig durchtrennt. Dabei war vor den Umwälzungen gar von Einheit die Rede gewesen.

»Damals waren wir jung und dumm«, erzählte der *Alte Mann* dem *Jungen*. »Wir glaubten unseren *Big Chiefs* aufs Wort. Wir glaubten ihnen, als sie das Jahr des Kindes ausriefen und erklärten, der Jugend gehöre die Zukunft und das Gedeihen unserer Nation. ›Heil sei Euch, unseren höchsten Herrschern‹, sangen wir. ›Geht voran, wir folgen Euch; befehlt, wir gehorchen. Mehr verlangen wir nicht von Euch, unsere erhabensten Väter.‹«

Der *Oberste Big Chief* zeigte in die eine Richtung, andere *Big Chiefs*, wie immer trunken von ihrer Führerschaft, in alle möglichen anderen Richtungen. Und während die Bevölkerung verwirrt daherstolperte, räumten die Steuereintreiber den Leuten die Taschen aus. Jeder musste für die Dinge zahlen, die er sich wünschte. Auch für Frieden, Gerechtigkeit und Menschlichkeit.

»Und für die Freiheit, da zu leben, wo es uns gefiel, und so, wie es uns gefiel. Egal, ob wir nun lang oder kurz waren, dünn oder dick, weise oder dämlich, arm oder reich, *unsere* oder *ihre*, ohne Angst haben zu müssen, im Schlaf von unseren Freunden und Nachbarn in Stücke gehackt zu werden. Sie ließen uns für all das bezahlen. Dabei hatten wir sie eigentlich gewählt, damit sie uns eben diese Dinge schenkten. Wobei wir vergaßen, dass wir sie zu Gottheiten gemacht und ihnen die Macht gegeben hatten, Gesetze zu beschließen und sie eben so oft auch wieder zu brechen. Sie waren schon Halunken, die *Big Chiefs*, erstickten fast an der Macht.«

»Ihr habt sie dazu gemacht. Dann seid ihr ihnen gefolgt, bis ihr eure grauenhaften Ziele erreicht habt.«

»Wir glaubten an das Gute im Menschen.«

Es war die Zeit endloser Versprechungen. Versprechungen und nichts als Versprechungen. Arbeitern wurde Arbeit versprochen, den Kranken Heilung. Den Landlosen Land und den Durstigen Wasser. Den Armen Nahrung und Obdach und Strom und Telefon und Satellitenfernsehen und Wohlstand und Macht. Den Greinenden Gerechtigkeit und Wahrheit, doch auch darum war es schlecht bestellt, und die Menschen bekam nichts von alledem. Zu guter Letzt wurden alle Kranken und Armen, alle Zweifler und Abtrünnigen zusammengetrieben, in die *Grube* geworfen und dazu verdammt, in der Hölle zu schmoren.

»In jenem Jahr wurde ein junger Mann gehängt«, erinnerte sich der *Alte Mann*. »Weil er gesagt hatte, er könne weder sehen noch hören, was die *Big Chiefs* für uns getan hätten. Bevor sie den unverschämten jungen Kerl aufknüpften, sagten die *Big Chiefs* zu ihm:

Wer Ohren hat, hört.
Wer weiß, der hat Angst.
Wer Augen hat, sieht.
Wer weise ist, flieht.

Wer schlafende Götter weckt,
Muss mehr fürchten als nur ihre Hunde.«

»Danach müssen uns wohl Adleraugen gewachsen sein«, fuhr der *Alte Mann* fort. »Wir sahen Paläste aus Marmor, wo Slums sich um die Luft zum Atmen stritten und Hunde um erschlagene Kinder balgten. Wir sahen goldene Prachtstraßen an Stellen, wo Bettler auf der Straße starben und ihr Blut im Rinnstein gerann. Wir sahen Gutes, wo das Böse über Land zog, plünderte und raubte und Hass verbreitete, Unzufriedenheit säte, während Kinder Hungers starben, Mütter weinten und Dissidenten unter den Füßen der *Big Chiefs* Feuer entfachten. An jenem Tag lernten wir eine Lektion, an dem Tag, da ein junger Mensch zu Tode kam, weil er im Dunkeln gesehen und beim Namen genannt, was auch wir gesehen, doch auszusprechen gefürchtet hatten.«

Der *Junge* gab ein trockenes Lachen von sich, so bitter und traurig, dass der *Alte Mann* nicht wusste, was er davon halten sollte. Unsicher kaute er weiter. Die blinden Augen richteten sich auf die Stelle, an der er den *Jungen* vermutete. »Du glaubst kein Wort von dem, was ich sage«, meinte er ruhig. »Du glaubst nichts davon.«

»Was spielt das für eine Rolle«, gab der *Junge* zurück. »Was gesagt ist, ist gesagt, und was getan ist, ist getan. Niemand kann es ungesagt oder ungeschehen machen. Wem hilft das jetzt weiter?«

»Ich wusste es«, murmelte der *Alte Mann*. »Ich wusste, dass unsere Kindeskinder nie glauben würden, was wir getan haben. Ich wusste, dass sie nie hinnehmen würden, dass wir, die Väter ihrer Väter, nie richtige Väter gewesen sind.«

Dass die Väter ihrer Väter unter dem Geruch der Macht zu sabbern begonnen hatten, vor den Korrupten auf die Knie gegangen waren und gebellt hatten, wenn ihnen so befohlen wurde. Dass der mächtige Baum ihrer Vorfahren sich vor den Gewaltigen und ihrer Politik geduckt hatte, dass die Träger ihrer Träger vor Schrecken starr zugesehen hatten, wie die Gerechtigkeit abgeschafft wurde, man ihr die Augen verband und sie durch die traumatisierten Dörfer paradieren ließ, bevor sie von Kugeln durchlöchert wurde, weil sie mit der Bevölkerung gemeinsame Sache gemacht hatte; wie die Gleichheit vom Angesicht des Landes getilgt wurde, weil sie ein zu subversiver Begriff war, und wie die Wahrheit von jenen, die niemals auch nur an das Morgen dachten oder eine Träne für ihre Kindeskinder übrig hatten, zum Schweigen gebracht wurde und dem Vergessen anheimfiel.

»All diese Dinge waren damals genauso wenig zu fassen wie heute«, sagte der *Alte Mann*. »Wir waren keine unverbesserlichen Zyniker; im Gegenteil, wir waren ein lächerlich leichtgläubiges Volk. Wir glaubten alles, was unsere *Big Chiefs* uns sagten. Und sie setzten uns Haufen von Mist vor, der mit Versprechen versüßt war. Einmal sagten sie uns, wir sollten ihnen auf ewig dankbar sein, weil sie uns den größten Flughafen der Welt gebaut hatten. Obwohl wir gar keine Flugzeuge besaßen. Und sie waren alles andere als bescheiden. Oft prahlten sie damit, dass unsere Nation dank ihrer weisen, gottgegebenen Führung die bedeutendste der Welt wäre. Was spielte es da für eine Rolle, dass wir die höchste Anzahl Prostituierter hatten, die Körper und Seele verkauften, die meisten Bürger in Elendsvierteln, die meisten arbeitslosen Jugendlichen? Je mehr, desto besser, sagten sie uns. Mehr und immer noch mehr war immer besser.«

»Haben sie euch nie gesagt, dass das Land, dein Land, bloß dazu diente, von der übrigen Welt ausgebeutet zu werden?«, fragte der *Junge*. »Ein Überrest vom kolonialen Fest? Oder dass ihr nichts weiter als Arbeiter und Heimatlose im eigenen Land wart, das der Welt auf tausend Jahre verpachtet war?

Erbärmliche Würmer, die ihren Fortschritt nach westlichem Maß maßen, danach, wie viele Säcke Kaffee ihr gepflückt und wie viele Ballen Baumwolle ihr produziert hattet?«

»Das haben sie uns nie gesagt«, gab der *Alte Mann* zu. »Doch im selben Jahr bauten sie uns das größte Konferenz-zentrum der Welt. Unsere Herzen aber waren leer. Sie haben uns damals säckeweise Mist vorgesetzt, weil wir einfach alles glaubten, was sie uns sagten.«

»Ihr hattet aber so viele Wahrheiten, an die ihr glauben konntet«, erinnerte ihn der *Junge*. »Wahrheiten, wie sie in eu-rer Vergangenheit zu finden waren, und in euch selbst und euren Kindern; nicht zu leugnende, uralte Wahrheiten wie die der Güte des Guten und der Übelkeit des Üblen. Wer Hass sät, wird Hass ernten. Habt ihr nie davon gehört? Dass der, der Hunger sät, Wut, und der, der Angst einpflanzt, Tränen ernten wird? Seid ihr es nicht gewesen, die uns diese Dinge gelehrt haben? Dass wer Armut sät, Tränen erntet, Gewalt und Blut? Ihr hattet doch all diese wirklichen Wahrheiten und konntet an sie glauben! Und dennoch habt ihr lieber an eure eigenen Lügen geglaubt, eure korrupten Führer angebe-tet und eure Loyalität an Macht und Geld verpfändet.«

Der *Alte Mann* hörte gespannt zu. Wie ein Hund, der die Ohren spitzt, um den Humor in der Stimme seines Herrn mitzubekommen. Der *Junge* war immer noch wütend, doch seine Wut war nun anders. Die Stimme des *Alten Mannes* zit-terte, als er den *Jungen* fragte: »Woran glaubst du?«

»An nichts, das ich nicht sehen kann.«

Es hatte eine Zeit gegeben, da auch der *Junge* an alles ge-glaubt hatte, das augenscheinlich war. Er hatte sogar an einen gerechten, allmächtigen, allgegenwärtigen, allwissenden Gott geglaubt. Es hatte eine Zeit gegeben, da hatte auch er an das Gute im Menschen geglaubt, an den Sieg des Guten über das Böse, der Heilung über die Krankheit und an den Mythos der Sicherheit nach Zahlen. Doch dann lag er in einem Kirchengestühl, und auf ihm lagen die Körper Hunderter Toter, drohten ihn zu ersticken und in ihrem Blut zu ertränken, und es waren Menschen, die gerade ihr Dankgebet gesprochen hatten, dass sie an diesem Zufluchtsort in Sicherheit waren; Menschen wie er, die sich in der Gewissheit gewiegt hatten, dass sie im *Haus Gottes* nicht kaltblütig von ihren Nachbarn und langjährigen Freunden ermordet werden würden. Jener Tag hatte ihn vom Glauben geheilt. Seither glaubte er nur noch an die Tat, seine Taten. »Es ist besser, an nichts zu glauben«, sagte er, »es ist besser, an nichts zu glauben als an etwas Falsches.«

Der *Alte Mann* nickte, um ihn zu besänftigen, sagte aber ruhig: »Und doch wird ein Volk, das an nichts glaubt, es nie zu etwas bringen.«

»Und deshalb habt ihr eine Lüge geglaubt«, erwiderte der *Junge* »und die verwandelte sich dann in euren schlimmsten Albtraum.«

»Ich lebe noch«, meinte der *Alte Mann*. »Viele wurden schon lange vor Sonnenaufgang erschossen, zusammen mit der Wahrheit und der Gerechtigkeit und solch absoluten Dingen.«

Also ging es schließlich nur darum, dachte der *Junge*. Er war jetzt hellwach und aufgeregt. Es ging letztlich nur darum, wer wie viel zu verlieren hatte, wie viel einer aufzugeben bereit war.

Er rollte sich noch eine Zigarre, rauchte und dachte nach. Was hatte er zu verlieren? Wie viel war er zu opfern bereit? Von seinem Leben einmal abgesehen: Was hatte er überhaupt zu opfern? Und war sein Leben unter den gegebenen Umständen überhaupt wert, bewahrt zu werden? Wäre es nicht viel lohnender, es für eine Sache hinzugeben, sogar für eine, an die er nicht so recht glaubte, als diese Lüge zu leben?

Der *Alte Mann* hörte, wie er seinen trüben Gedanken nachhing, und sagte: »Versteh mich nicht falsch, wir waren nicht bloß Gläubige. Als wahre Söhne unserer Väter waren wir auch große Täter. Wir erfanden die Wahrheit neu und errichteten der Nichtigkeit großartige Monumente. Wir erzogen die Kinder im Dogma und lehrten unsere Landsleute die Knechtschaft. Mitunter sahen wir irgendeiner Sache ins Angesicht und schworen mit unserem sprichwörtlich guten Willen, dass sie überhaupt nicht existierte. Zum Beispiel die Korruption. Oder Rassismus, Armut, Arbeitslosigkeit und Krankheit. Als wir es dann müde waren, Gutes zu tun, erfanden wir ein neues Schlagwort, nannten es Philosophie und machten uns daran, unseren Kindern beizubringen:

Wenn du es nicht ändern kannst, mach dir keine Sorgen,
Vergiss es einfach.
Wenn es dich dann immer noch quält, mach dir keine
Sorgen,
Ignorier es einfach.
Wenn es dich noch immer peinigt, macht nichts,
Schwör es einfach weg.
Schieb jemand anderem die Schuld zu und häng ihn
bei Sonnenuntergang.

Und damit war alles geklärt. Dann erfanden wir Schlagworte. Wir sangen sie, schrien sie und sprachen sie anstelle des Gebets. Wir aßen sie, tranken sie, schlachteten sie bei Festen. Unsere *Big Chiefs* riefen gern im Chor:

Unsere Kinder sind unsere Zukunft,
Bewahrer freigiebiger Weiden,
Krieger unserer wildesten Schlachten,
Unsere Big Chiefs von morgen,

Bewahrer unseres Lichts,
Unserer Traditionen und Kultur,
Sollen ohne Kummer sein.

Anschließend aber stellten die *Big Chiefs* sicher, dass die Jugend nicht die geringste Möglichkeit bekam, ihnen die Macht wegzunehmen, dass sie zu Nullen heranwuchsen. Zu Strebern nach Leere. Zu Erben des Absurden, der Bigotterie und des Blutvergießens. In eben jenem Jahr ertappten wir unsere pflichtbewussten *Big Chiefs* dabei, wie sie versuchten, einen neuen Paragrafen in unserer Verfassung unterzubringen. Sie sangen:

Wollen sie sich dir nicht anschließen,
Nicht anschließen, dann sperr sie ein,
Dann schieß sie tot,
In den Kopf zu gutem End'.

Wir schrien vor Entsetzen. Sie gaben ihren Irrtum zu. Der Erlass wurde abgeändert, doch das Prinzip, auf dem er beruhte, blieb. Unsere *Big Chiefs* waren der Meinung, sie könnten Frieden haben, ohne für Gerechtigkeit sorgen zu müssen.«

»Das ging nicht gut, stimmt's?«

»Wenn der junge Mann nicht gewesen wäre, wären sie damit durchgekommen«, nickte der *Alte Mann*. »Der junge Mann hörte nicht auf, zu schreien und einen Dialog zu fordern.«

V

Eines Nachts kamen vier ganz gewöhnliche Männer. Sie waren in die Kleider ganz normaler Menschen gehüllt. In den Taschen hatten sie Waffen und im Herzen Böses. Zu dem jungen Mann sagten sie: »Wir wollen reden.«

Der junge Mann fragte: »Worüber?«

»Warum nicht über deine so überaus gescheite These?«

»Über welche These denn?«

»Die These, die bei den armen Leuten so viel Wirbel im Kopf auslöst.«

»Wer sind Sie?«, fragte der junge Mann.

»Die These«, erwiderten sie. »Reden wir doch lieber über die These. In der behauptet wird, ein Blinder könne die Blinden nicht führen; dass Politiker mitunter den einen oder anderen betrügen könnten, nicht aber auf immer und ewig die ganze Bevölkerung. Du weißt schon, die These, in der behauptet wird, dass der Mensch in allen Menschen stirbt, die im Angesicht der Tyrannei den Frieden bewahren. Eben die These, die alle Unterdrückten aufruft, sich zu erheben und die Despoten zu stürzen. Die These, von der du ganz genau weißt, dass von ihr die Rede ist.«

Der junge Mann wusste genau, worüber die Polizisten, denn eben das verdächtigte er sie zu sein, sprachen. Er hatte einmal ein solches Thesenpapier verfasst, damals, in lang vergangenen Tagen, als das Kritisieren noch einen Sinn hatte. Er hatte es bei einer der großen Demonstrationen gegen die Armut und die Nahrungsmittelpreise vor dem Tribunal an der Universität, an der er studierte, vorgetragen. Seine Rede hatte so viel Unruhe heraufbeschworen, dass die Universität geschlossen worden war. Das Überfallkommando, das ausgeschickt worden war, die Studenten mit Keulen, Gewehren und Tränengas zur Ruhe zu zwingen, hatte er leidenschaftlich angefleht, hatte mit viel Gefühl über Wahrheit und Gerechtigkeit gesprochen, über Gleichheit und Brüderlichkeit, über die Notwendigkeit eines Dialogs und der Versöhnung, über Frieden, Liebe und Einheit. Die Polizisten hatten ihm so aufmerksam zugehört, dass er fast glaubte, sie verstünden, worüber er sprach. Doch dann hatten sie ihre Keulen geschwungen und waren über ihn und alle anderen hergefallen, als ob er überhaupt nichts gesagt hätte. Damals war er nur knapp mit dem Leben davongekommen, doch hatte man ihn nachfolgend exmatrikuliert. Er hatte geglaubt, die Angelegenheit wäre damit erledigt, und sie vergessen; bis jetzt.

»Nun«, sagten sie zu ihm. »Wie wir gleich beweisen werden, sind wir der Ansicht, dass du absolut falsch liegst. Komm mit.«

»Wohin?«

»Das zeigen wir dir noch.«

»Wer sind Sie?«

»Das erfährst du noch früh genug.«

»Kann ich mein Sakko mitnehmen?«

»Das brauchst du nicht.«

»Darf ich einen Freund anrufen?«

»Nicht nötig«, meinten sie. »Du hast nichts zu befürchten.«

»Was sind Sie eigentlich?«, fragte er noch einmal.

»Wir sind die Bewahrer des Lichts«, gaben sie zur Antwort. »Du kannst uns glauben, dass in diesem Land nicht mal eine Maus furzt, ohne dass wir es erfahren.«

Und also tat der junge Mann wie ihm geheißen und glaubte ihnen. Sie brachten ihn auf einen einsamen Hügel, der war weit von allem entfernt, und schossen ihm, sehr zum Erstaunen der Nacht, die ihnen zusah, unzählige Löcher in den Körper. Und als er auf dem Boden lag und sein Leben verblutete, schaute er zu den Männern auf und fragte: »Warum?«

»Für unser Land.«

»Aha!«

»Und für Geld.«

»Aha!«, keuchte der junge Mann, und die Sterne starben in seinen Augen. »Jetzt weiß ich Bescheid.«

»Das hätte er sich gleich denken können«, sagte der *Junge* verbittert. »Er hätte von Anfang an wissen müssen, dass sie die Agenten des Bösen waren, Untiere, die sich für Geld sogar gegenseitig umbringen würden. Dann wäre er dem Tod entgangen.«

Der *Alte Mann* seufzte schwer: »Es gab keinen anderen Ausweg als den ins Schweigen und in den Tod.«

»Du musst es ja wissen«, sagte der *Junge*. »Du warst ja einer von ihnen.«

»Ich gehörte nicht dazu.«

Er war im Lavendel-Rosen-Hof gewesen, wo solch schwerwiegende Angelegenheiten verhandelt wurden. Er war dabei gewesen – das konnte er nicht leugnen – in jener Nacht, als die Frage der *Endlösung* zum ersten Mal aufgekommen war. Es waren dort aber schon so viele niederträchtige und irrsinnige Ideen verhandelt worden, dass er dem wenig Aufmerksamkeit geschenkt hatte. Dann hatte der *Big Chief* für Justiz höchstselbst die Sache wieder auf den Tisch gebracht, dieser hochgebildete Vertreter des Rechts, der europäischer war als die Europäer, die ihm zu denken und zu disputieren beigebracht hatten, als wäre er eine wissenschaftliche Abhandlung. Während seine Zuhörerschaft mit einem Ohr hinhörte, sich über gegrillte Rippchen hermachte und unzählige Kalebassen voll Honigbier leerte, hatte jemand, einer der zahlreichen gesichtslosen Gesellen, die sich wie Drohnen um einen geborstenen Bienenstock beim Präsidentenpalais her-

41

umtrieben, verkündet, es gäbe nur einen einzigen Weg, die *Langen* ein für alle Mal auf ihren Platz zu verweisen. »Schickt sie alle ins Grab, da gehören sie hin«, hatte er gesagt. »Bringt sie alle um, Männer, Frauen und Kinder. Andernfalls werden sie immer mehr und schielen nach der Macht.«

Der *Alte Mann* war auch zugegen gewesen, als schließlich völlig offen von der *Endlösung* gesprochen wurde. Als man sich über Brandstiftung, Vergewaltigung und Mord verständigte, um zum Ziel zu kommen. Wie, wann und durch wen die *Langen* schließlich *neutralisiert* werden sollten, wurde dem inneren Zirkel überlassen, einer Clique, die so fest zusammenhielt wie der Schließmuskel einer hungernden Hyäne.

Der *Alte Mann* hatte die Worte noch im Ohr, als er die Versammlung mit einer unheilvollen Vorahnung verließ. Im Grandhotel, wo Freunde beim Bier ihre intellektuellen Ansichten zur Politik austauschten, setzte sich die Debatte, befreit von der Gegenwart dumpf vor sich hin brütender alter Wachleute, bis in die tiefe Nacht fort. Der *Alte Mann* hatte seine Meinung offen zum Ausdruck gebracht. Das war mutig für einen aus dem inneren Kreis der Macht. Jeder, der eine moralische Position vertrat, die von der Auffassung abwich, welche die *Big Chiefs* predigten, riskierte, dass er alle Gunst einbüßte und jede Aussicht auf Karriere verlor. Deshalb hatten viele Intellektuelle und Beamte Angst davor, überhaupt eine Meinung zu haben. Nicht so der *Alte Mann*. Er war nicht der Ansicht, dass Menschen Personalausweise bei sich tragen sollten, in denen sie als lang oder kurz, reich oder arm, gebildet oder ungebildet eingestuft und, was noch schlimmer war, anhand ihrer ethnischen Zugehörigkeit klassifiziert wurden. Darüber hinaus, so ließ er wissen, war es ein höchst widerwärtiger Gedanke, dass ein Teil der Bevölkerung offen plante, einen anderen Teil der Bevölkerung auszulöschen und vom Angesicht des Landes zu tilgen. Das wäre früher schon versucht worden, rief er seinen Zuhörern in Erinnerung, und zudem von Ländern, denen tausendmal größere Ressourcen zur Verfügung gestanden hatten und die weitaus entschlossener gewesen waren als die *Big Chiefs*, doch war es auch ihnen nicht gelungen. Und so würde es auch den *Big Chiefs* und ihren Lakaien nicht gelingen. Und mehr noch, so fuhr er auf den Wogen seiner Überzeugung fort, er glaubte, dass man in keinem zivilisierten und gebildeten Land genügend Wahnsinnige fände, die einen so abscheulichen Plan in die Tat umsetzten.

Wie die Geschichte ihm bald darauf beweisen sollte, irrte er sich gewaltig.

Zu den ihm zuhörenden Freunden gehörten ein Universitätsdozent, ein Minister, ein Oberst, ein Polizeichef, ein Bürgermeister, ein Bezirkspräsident und ein paar Parteifunktionäre. Allesamt reiche und mächtige Männer, Männer von hohem Rang und gebildet zudem – Männer, die ihm später in mehr als einem Punkt das Gegenteil beweisen und die einander in Grausamkeit und Brutalität überbieten sollten. Nachdem er gegangen war, hatten diese Herren seinen peinlichen Ausbruch noch eine Weile diskutiert. Sie waren zu der einstimmigen Meinung gelangt, dass sein Name der wachsenden Liste intellektueller Weichlinge und Dissidenten – Menschen, auf die man sich nicht verlassen konnte und die man demzufolge als Erste eliminieren musste – hinzugefügt werden sollte. Viele von denen, die auf der Liste standen, jene, die die Zeichen der Zeit erkannt und begriffen hatten, welches Unheil da dräute, waren bereits nach Europa geflohen.

Nicht so der *Alte Mann*.

Überzeugt davon, dass seine Landsleute aus der Geschichte gelernt hatten, dass sie der ethnischen Bigoterie nicht erliegen und sich nicht auf das Niveau der schwachsinnigen Demagogen und menschenverachtenden Schlächter an der Spitze begeben würden, war der *Alte Mann* im Land geblieben und hatte die Gräuel seines falschen Glaubens bis zum Letzten auskosten müssen.

Verblüfft hatte er mit angesehen, wie Waffen importiert und versteckt worden waren, wie Macheten und starke Bögen, mit denen man Stahlpfeile abschießen konnte, auf dem Luftweg eingeschleust und in den Häusern hochrangiger und lokaler Politiker verborgen worden waren. Der Universitätsdozent hatte von seinem eigenen Geld einen ganzen LKW voll Macheten gekauft und sie dem Bürgermeister, der eine Schweißwerkstatt besaß, zum Schärfen übergeben. Dann waren Minister und andere Führungskräfte durch das Land gereist und hatten unter den *Kurzen* die Lüge verbreitet, dass die *Langen* sie allesamt auslöschen wollten. Sie hatten in Rätseln gesprochen und den Menschen Angst eingeflößt, bis diese sich bewaffneten und sich auf einen Krieg einstellten, hatten ihre Leute aufgerufen, die *Kakerlaken* zu vertreiben und auszulöschen.

»*Wata wakata kata kata kata*«, hatten sie erklärt. »Sie werden euch in Stücke hacken, hacken, hacken, hacken, bis ihr alle ausgelöscht seid. Sie werden euch zu Staub hacken, damit sie euer Land und die Macht, die sie früher schon einmal jahrzehntelang innehatten, auf Jahrhunderte behalten können.«

Seine *Liebste* hatte ihm von ihrer Angst vor dem, was sich da zusammenbraute, gesprochen, doch der *Alte Mann* hatte sie beruhigt. Es gäbe keinen Grund, weshalb sie und ihre Kinder ins Ausland fliehen müssten. Zu guter Letzt würde die Vernunft obsiegen. Gott würde nicht zulassen, dass so etwas je wieder geschah. »Das ist doch nur eine Wahlkampagne«, erklärte er ihr. »Zum Schluss behält die Vernunft die Oberhand.«

44

Die Vernunft hatte nicht die Oberhand behalten. Als alles vorbei war, waren Tausende tot, zerhackt von Macheten, mit Pfeilen erschossen und mit nagelbeschlagenen Keulen erschlagen. Die meisten *Big Chiefs* und politischen Führungskräfte, die das Gemetzel ausgelöst hatten, waren nach Europa und Amerika geflohen, wo sie täglich aufs Neue ihre Unschuld beteuerten. Der Universitätsdozent unterrichtete Afrikanistik an einer Universität im kanadischen Alberta. Der Bürgermeister hatte sich über die Grenze im Nachbarland in Sicherheit gebracht und sich beim Flüchtlingszentrum der Vereinten Nationen als politischer Flüchtling registrieren lassen. Der Oberst, der friedfertige Menschen in Kampfmaschinen verwandelt hatte, war mit seinen *Kriegern* in den Regenwald geflohen, von wo aus er weiterhin mordete und schändete, vergewaltigte und plünderte und das neue Regime beschuldigte, es wolle ihn und sein Volk auslöschen.

»Wie hast du bloß überlebt?«, fragte der *Junge* verwundert.

»Ich habe nicht überlebt. Ich bin auf andere Weise gestorben.«

»Wie das?«

»Ja, wie das. Diese Frage habe ich mir an die tausend Mal gestellt. Ich habe mich das gefragt, als ich in einem abgedunkelten Haus hockte und hörte, wie meine Regierung über das Radio Hasstiraden aussandte, Landsleute und Nachbarn bedrängte, zu den Macheten zu greifen und uns alle auszulöschen. Viele sind ums Leben gekommen, ohne zu wissen warum.«

Der *Junge* schüttelte den Kopf. Er war auf dem Grund der Verzweiflung angelangt. »Gelebt haben und nicht wissen warum, das ist schlimmer als gar nicht gelebt haben«, sagte er.

»Gelebt haben ist immer das Bessere«, erwiderte der *Alte Mann*. »Am besten ist es, wenn man weiß warum, aber …

aber was nützt es einem Mann, wenn er weiß, dass er seine Existenz einer Affäre verdankt, die seine Mutter einst mit dem Dorftrottel hatte? Das würde ihn zur Hälfte umbringen, und ein halber Mann lebt gar nicht.«

»Ein Mann?«, sagte der *Junge* verbittert. »Ihr bezeichnet euch als Männer?«

»Unsere Frauen meinten, dass wir keine wären«, gab der *Alte Mann* zu. »Kann sein, dass wir selbst damals nur halbe Kerle waren. Unsere Väter aber waren ganze Männer und – wie wütende Bullen – potent bis zur Zerstörung. Sie handelten, als ob sie alles wüssten, und davon waren sie auch überzeugt. Manchmal aber waren ihre wilden, allwissenden Taten so abscheulich, dass wir sie kritisierten. Und wenn wir in unserer Kritik nicht nachließen, gewährten sie uns eine Audienz. ›Sohn‹, sagten sie, ›ein Mann wird geboren, ein Mann stirbt. Die Zeit dazwischen misst sich nach der Größe seines Mundes. Amen.‹ Dann traten sie uns in den Unterleib.«

»Amen«, sagte der *Junge*.

»Versteh mich nicht falsch«, fuhr der *Alte Mann* fort. »Wir liebten unsere Väter, und sie sagten, sie liebten uns ebenfalls. Sie stellten ihre Liebe unter Beweis, indem sie Vernunft in uns hineinzuprügeln versuchten, uns zu besseren und dankbareren Bürgern formen wollten, zu Menschen, die keine Fragen stellten und nicht widersprachen. Wenn du, mit deinem Verständnis von Gerechtigkeit und deinen Überzeugungen von Gut und Böse, damals schon auf der Welt gewesen wärst, würdest du bis auf den heutigen Tag im Gefängnis schmoren.«

»Das glaube ich sofort«, meinte der *Junge*.

Die alte Henne war des Scharrens überdrüssig geworden und döste jetzt im Schatten des alten Baums vor sich hin. Der *Junge* schnippte seinen Zigarrenstummel ins Feuer. »Was ich nicht begreifen kann«, sagte er zu dem *Alten Mann*, »ist, wie jemand unter solchen Bedingungen leben konnte. Das heißt, wenn das, was du erzählst, die Wahrheit ist.«

Der *Alte Mann* lächelte matt vor sich hin, wie er das oft tat, wenn er sich erinnerte, und gab zur Antwort: »Betrunken haben wir uns. Wir haben so getan, als merkten wir nicht, was wir uns antaten. Wir tranken und ertränkten unseren Kummer im Alkohol. Und zwischen unseren Saufgelagen taten wir so, als wären wir völlig normal. Wir fällten großartige Entscheidungen und verkündeten einzigartige Erlasse. Denen, die das Land bestellten und von uns spöttisch *wananchi*, Kinder des Bodens, genannt wurden, gaben wir Anweisungen. Und während sie das Land rodeten und Regenwald in Wüste verwandelten, reisten wir zu internationalen Konferenzen und diskutierten über Erderwärmung und Wirtschaftsfragen, verhandelten über Kredite, trafen Übereinkünfte und unterzeichneten Verträge, die wir kaum verstanden. Was uns dann widerfuhr, traf uns vollkommen unvorbereitet; so etwas hatte sich nie zuvor ereignet. Eine Sache, die von der Natur her völlig unmöglich war.«

Die Frucht ihrer zweifelhaften Errungenschaften konnte die ganze Welt sehen: Berge von Unrat und Halden mit defekten Regierungsfahrzeugen, Straßen, die ins Nirgendwo führten, aber der Befriedigung kranker Egos dienten, halb fertige Brücken, die weder Flüsse noch die Abgründe in ihren Herzen überspannten, Amtsgebäude ohne Möbel, Wasser oder elektrischen Strom, halb fertige Krankenhäuser, die weder über Ärzte noch über Medikamente verfügten, Schulen ohne Lehrer und Bücher und eine Staatsverschuldung, die für tausend Jahre reichte. Und all das hatten die Chiefs in wenigen kurzen Jahren erreicht, Chiefs, deren einzige erkennbare Aufgabe im Leben darin bestand, die *Langen* zurechtzustutzen und die gesamte Welt in Besitz zu nehmen.

Und der *Alte Mann* war einer von ihnen gewesen. Unfreiwillig zwar und nur für kurze Zeit, doch hatte er ihnen geholfen, der Barbarei den Anstrich von Würde zu verleihen.

»Das, was du da erzählst«, sagte der *Junge*, setzte sich abrupt auf und schnürte sich die Schuhe, »das kann einfach nicht wahr sein.« Seine Bewegungen waren entschlossen und sicher. »Das kann nicht im Mindesten wahr sein«, wiederholte er. »Ich weigere mich zu glauben, dass solche Ungeheuerlichkeiten der Wahrheit entsprechen.«

Der *Alte Mann* hörte die unterdrückte Wut in seiner Stimme und erwiderte beruhigend: »Sie sind, nehme ich an, nicht ganz wahr. Es waren die Widersprüche unserer Zeit.«

»Amen«, sagte der *Junge* und erhob sich. Er ging zur Tür hinüber und blieb nachdenklich stehen, sah zum *Alten Mann*, dann hinaus in die dunkle Gasse und wieder zum *Alten Mann*. Der hörte, wie er zögerte, und fragte: »Wohin gehst du?«

»Ich weiß nicht«, antwortete der *Junge*.

Dann hörte der *Alte Mann*, wie er hinaus in die Gasse stapfte, und dachte bei sich: Ich darf das nicht tun, ich darf ihn nicht in Wut bringen.

Immer, wenn er wütend war, ging der *Junge* spazieren. Er ging und ging, quer durch das enge Gewirr von Straßen und Gassen, aus denen die *Grube* bestand, streifte durch die schmalen Schneisen und Flure zwischen den Häusern und suhlte sich in ihrem Elend. Er atmete den Staub ein, den Geruch verfaulenden, schwelenden Mülls, den Gestank der Hungerleider und ihrer Brut, der unaufhörlich über dem Ort hing und ihn nur noch wütender machte.

ZWEITES BUCH

Ich sah, wie meine Mutter,
die mich gestillt hatte,
von Hunden gefressen zu werden drohte.
Ich spürte Trauer.
Sie lag da und war nackt.

Dr. Baraka: *Der Überlebende*

Die Stimme

I

Dann war es still. So totenstill, dass er den Rauch mit mattem Seufzen aus dem Feuer aufsteigen hörte. Er hörte, wie die alte Henne unter dem Tabakbaum, wo sie vor sich hin döste, mit den Flügeln raschelte. Er selbst hatte schon tagelang nicht geschlafen. Er hatte dem *Jungen* nicht erzählt, dass er Angst vor dem Schlaf hatte. Er fürchtete sich vor den gestaltlosen Ungeheuern, die ihn im Schlaf verfolgten, vor den Visionen, die so deutlich waren, dass ihm der Kopf davon schmerzte. Und die Geister, die er sah, stanken nach dem Begräbnisgeruch verfaulender Rosen und vermodernden Lavendels und schienen so greifbar, dass er sich nicht immer sicher war, ob es Träume oder Erinnerungen waren. Bloße Einbildungen oder wirkliche Offenbarungen aus dem Kessel Albträume, der in seinem Kopf brodelte. Manchmal stimmte er ein Lied an, um sie zu vertreiben, meist aber schreckten weder Singen noch lautes Sprechen sie ab.

Das letzte Mal richtig geschlafen hatte er in der Nacht, bevor der *Oberste Big Chief* ums Leben gekommen war. Nach einem Tag, den er wieder einmal damit zugebracht hatte, eine ganze Nation mittels ein paar Aspirin und einer Unzahl von Gebeten zu heilen, war er zeitig zu Bett gegangen, in dem Bewusstsein, dass er einen weiteren Tag im Operationssaal vor sich hatte, ohne die notwendigen Geräte und Medikamente. Er hatte geträumt, dass er ohne Betäubung Zähne ziehen musste, ihm waren wütende Elfen erschienen, die sich auf seinen Schultern niederließen und ihn in den Boden stampften, und glühende Kometen, die aus einem blauen Himmel auf ihn niederfielen. Das hatte er niemandem anvertraut, nicht einmal seiner *Liebsten*. Erst später, als die ganze Welt wusste, dass das Präsidentenflugzeug vom Himmel gestürzt war und das ganze Land in Flammen stand, hatte er sich einen Reim auf seine Vision gemacht. Da war es jedoch bereits zu gefährlich geworden, im Schlaf die Augen zu schließen, geschweige denn zu träumen.

In der Unglücksnacht hatte er wach gelegen und sich um seine Frau und die Kinder Sorgen gemacht, sich gewünscht, er hätte den Rat seiner Freunde befolgt und sie ins Ausland geschickt. Er hatte im Bett gelegen, und die ganze Nacht hallte ein knirschender Lärm in seinem Kopf wider, der ihn wahnsinnig machte. Wie er später herausfand, kam er aus der Werkstatt des Bürgermeisters, in der die *Krieger* ihre Macheten schärften.

»Mach dir keine Gedanken, Justin«, hatte er zu seinem verängstigten Nachbarn gesagt. »Die wollen uns bloß Angst einjagen.«

Später im Morgengrauen hatte Justin ihn zu sich gerufen: »Komm, sieh dir das an.«

Nur mit Morgenmantel und Pantoffeln bekleidet, war der *Alte Mann* seinem Nachbarn, einem Arzt an der Universitätsklinik, an die Hecke gefolgt, von der aus man auf eine Kreuzung sehen konnte. Eine blutrünstige Bande hatte dort eine Straßensperre errichtet und kontrollierte die Personalausweise der Leute, die zur Arbeit gingen oder fuhren. Manche wurden durchgelassen, andere verhaftet.

»Mach dir keine Gedanken, Justin«, hatte er wieder gesagt. Ebenso sehr, um die Kälte zu vertreiben, die ihm ins Herz fuhr, als um seinen Freund zu beruhigen. »Sie können jetzt keinen Völkermord vom Zaun brechen. Nicht jetzt, da

sich weiße Soldaten hier befinden und die ganze Welt zu-
sieht. So blöd können sie nicht sein.«

Sie waren es.

Er konnte damals nicht wissen, dass die Leute, die an der
Straßensperre verhaftet worden waren, zur Kirche der Heiligen Familie gebracht und dort ermordet wurden. Noch später, als die Massaker sich ausdehnten und die systematische
Ermordung aller *Langen* nicht mehr als Gerücht abgetan
werden konnte, war Justin erneut bei ihm aufgetaucht. Auf-
gebracht hatte er berichtet, dass er Studenten der Universität und einen ihm bekannten Professor gesehen hatte, wie sie
zusammen mit der Bande an der Straßensperre Personalausweise kontrollierten und alle die verhafteten, die umgebracht
werden sollten. Er hatte außerdem gehört, dass Mörderban-
den drogenumnebelter Jugendlicher, die sogenannten *Stam-
meskrieger*, von Regierungsverantwortlichen zu Pöbelmilizen
zusammengefasst und im Haus eines Parlamentsmitglieds,
eines Mannes, der sich bis dahin als fortschrittlicher Politiker,
Nationalist und Intellektueller, als aufrechter Mensch, guter
Vater und Christ gezeigt hatte, bewaffnet, beköstigt und bezahlt wurden: So viel gab es für ein gebrandschatztes Haus,
so viel für einen toten Mann, etwas weniger für eine tote Frau
und noch weniger für ein totes Kind. Justin war so entsetzt,
dass er auf der Stelle fliehen wollte.

Doch dazu war es zu diesem Zeitpunkt schon zu spät.

Die Behörden gaben die Anweisung heraus, dass alle Per-
sonen, die in Gebiete außerhalb ihrer Verwaltungsbezirke
und Gemeinden reisen wollten, bei ihren Bezirkspräsiden-
ten eine schriftliche Genehmigung einzuholen hatten. *Langen* wurde befohlen, zu ihrer eigenen Sicherheit zu Hause zu
bleiben, wohingegen ihre Mörder Passierscheine erhielten,
sodass sie sich frei bewegen und sie niedermetzeln konnten.
Inzwischen war es unmöglich, den Straßensperren auszuwei-

chen. Sie waren überall errichtet worden, um die abzufangen, die zu fliehen versuchten. Wer beim Fluchtversuch erwischt wurde, wurde ausgeraubt, gefoltert, vergewaltigt und erschlagen. Fahrzeuge wurden umgestürzt und gingen mitsamt ihren Insassen in Flammen auf.

Ein paar Tage später war Justin in das Haus des *Alten Mannes* gerannt gekommen und hatte ihn angefleht, ihn vor den Milizen zu verstecken. »Die bringen uns um«, schrie er. »Die bringen uns alle um.«

Und obwohl er um sein eigenes Leben und das seiner Familie fürchtete, hatte der *Alte Mann* Justin, dessen Frau und die Kinder versteckt, ihnen zu essen gegeben und für sie gesorgt. Ein anderer Nachbar entdeckte sie, und als der *Alte Mann* zu seiner Arbeit aufgebrochen war, rief er die Milizen herbei, die sie alle umbrachten. Wäre er an diesem Tag nicht zur Arbeit gegangen, könnte Justin vielleicht noch leben.

Der Gedanke war ihm noch nicht wieder aus dem Kopf, als sich draußen Schritte näherten, zögerlich, unsicher und so leise, dass es gut und gern auch der Wind hätte sein können, der unter dem alten Baum die Erinnerungen aufwirbelte. Dann hörte er die Henne gluckend davonlaufen, und ihn überkam wieder Angst.

»Wer ist da?« Keine Antwort. Er wusste, wer es war. »Was willst du?« Wieder keine Antwort. Er wusste auch, was der Mann wollte. Er hörte das Geräusch eines abbrechenden Blattes, wieder und wieder.

»Schämst du dich nicht?«, fragte der *Alte Mann*. »Schämst du dich nicht, einen alten Mann zu bestehlen?«

Es folgte ein unbehagliches Schweigen. Dann ließ sich die *Stimme* vernehmen. »Armut kennt keine Scham«, sagte sie.

»Ach«, seufzte der *Alte Mann* erleichtert. »also bist du es wieder.«

»Ja«, sagte die *Stimme*. »Ich bin's.«

Die *Stimme*, diese *Stimme*, war nicht gewöhnt zu greinen. Plötzlich fiel dem *Alten Mann* ein, dass er die *Stimme* schon gehört hatte. Und das nicht nur in der Dunkelheit, die jetzt sein Leben bestimmte, sondern früher schon, als er die Furcht einflößenden, mörderischen Augen noch sehen konnte. Aus voller Kehle heraus war die *Stimme* schrecklich anzuhören, das Brüllen eines Büffels, der auf ein Gemetzel aus ist. Der *Alte Mann* hatte sie mehr als einmal vernommen, wie sie sich über die klagenden Schreie der Männer, Frauen und Kinder und über den wütenden Donner der Keulen und Macheten erhob, die in Kinderschädel einschlugen, wie sie Obszönitäten und Hass herausschrie.

»Willst du denn nicht bezahlen?«, fragte er.

»Ich habe kein Geld.«

»Arbeitest du nicht?«

»Mir gibt keiner Arbeit.«

»Ja, damals hatte man auch Schwierigkeiten, Arbeit zu finden«, erinnerte sich der *Alte Mann*.

Männer verschwendeten ihr Leben, lagen in Parkanlagen im Gras und träumten davon, was sie mit Geld anstellen könnten. Arbeit war immer knapp, Geld noch viel knapper. Die meisten konnten sich nicht an einen Tag erinnern, an dem sie Geld besessen hatten. Sie verschworen sich, duldeten und verkauften einander gegenseitig für Geld. Sie schufteten wie Sklaven in giftigen Fabriken und Touristenpalästen. Sie schwitzten und bluteten auf Feldern, deren Erträge für den Export bestimmt waren, und in den Diensträumen der Verwaltungsbehörden. Sie vergossen ihr Blut und das ihrer Landsleute, verkauften dem Teufel ihre Seele und bekamen doch niemals genug Geld. Verbrechen, Politik und Korruption waren die einzigen Gewerbe, die sich bezahlt machten.

»Das war der Tod aller anständigen Arbeit«, sagte der *Alte Mann* zur *Stimme*.

Als er erkannte, dass der *Alte Mann* ihm nicht böse war, kam der Mann näher. An der Tür blieb er stehen. Sein Magen knurrte, als er die halb volle Schüssel mit Essen sah, die zu Füßen des *Alten Mannes* stand. »Sogar das Stehlen ist heute nicht mehr so leicht«, sagte er. »Sie lassen uns nicht mehr in die *Stadt*.«

»Der *Junge* war letzte Nacht dort«, erwiderte der *Alte Mann.* »Das hat er mir selbst erzählt.«

»Der *Junge* ist eben schneller als die Kugeln.«

»Welche Kugeln?«

»Sie schießen auf Diebe«, erklärte die *Stimme*.

»Wirklich?«, murmelte der *Alte Mann.* Es war ihm peinlich. Er hatte für das Gesetz gestimmt, das die Polizei ermächtigte, das Feuer auf Diebe zu eröffnen, wenn sie auf frischer Tat ertappt wurden. Damals, als man es noch für notwendig erachtete, den Anschein von Gerechtigkeit zu wahren, hatten sich die Gesetzgeber getroffen und beratschlagt, was gegen die überhandnehmende Kriminalität in der *Stadt* zu tun war.

»Erschießt alle«, hatte der Justizminister gemeint. »Erschießt sie alle und erspart uns die Gerichtsverhandlungen.«

Dann hatten sie mit ansehen müssen, wie schießwütige Polizisten unschuldige Menschen töteten, denn das Gesetz wurde von all denen missbraucht, die alte Rechnungen zu begleichen hatten und Groll gegen irgendjemanden hegten. Und natürlich von jenen, die fürchteten, dass ihre Vorherrschaft zu Ende gehen könnte. Doch selbst das zählte nicht im Vergleich zu dem, was sie später mit den Macheten anrichten sollten.

»Was für ein schrecklicher Fehler«, stöhnte er. Er spürte tiefe Reue. »Welche Ungerechtigkeit, was für ein großes, großes Übel.«

»Die erledigen uns jetzt«, sagte die *Stimme*.

»Nein, bestimmt nicht«, entgegnete der *Alte Mann*, richtete sich auf und bereitete sich auf Ungemach vor. »Das können sie nicht, es ist unmöglich.«

Seine *Liebste* hatte ihn als hoffnungslosen Optimisten bezeichnet. Er wollte so sehr das Gute im Menschen sehen, dass er gar nichts mehr merkte.

Der Magen des Mannes knurrte von der Tür her. Er kämpfte gegen die Versuchung an, die ihn beim Anblick der gefüllten Schüssel überkam. Er dachte daran, um eine Hand voll zu betteln, genierte sich aber. Er überlegte, ob er es nicht stehlen könnte, und schämte sich dafür. Und er erwog, den *Alten Mann* des Essens wegen umzubringen.

»Wo steckt der *Junge*?«, fragte er.

»Der ist nicht hier.«

Während die *Stimme* noch in der Tür stand und ernstlich überlegte, ihn umzubringen, forderte der *Alte Mann* ihn auf: »Steh nicht da rum, komm rein und setz dich.«

Er zögerte: »Bleibt der *Junge* lange weg?«

»Das kann man bei ihm nie so genau wissen.«

Der Mann fasste Mut, trat ein und setzte sich auf den Platz, auf dem der *Junge* gesessen hatte. Der *Alte Mann* hörte, wie der Ankömmling den Atem anhielt.

»Hast du Schmerzen?«

»Ein wenig, Irgendwer hat mich zusammengeschlagen und mir alles weggenommen.«

»Welcher Feigling schlägt einen Mann hinterrücks nieder?«, wunderte sich der *Alte Mann*. »Was für ein Ungeheuer muss man sein, jemanden für einen Teller Essen umzubringen?«

Der Mann war sehr still.

»Ich habe nichts außer diesem bisschen Essen, das der *Junge* mir dagelassen hat«, fuhr der *Alte Mann* fort. »Wollen wir es uns teilen?«

Der Mann wartete die Einladung nicht erst ab, sondern

langte sofort nach der Schüssel und bediente sich. Er aß gierig.

Er gehörte zu den *Kurzen* und war einst stolz darauf gewesen. Er war ehemals Soldat gewesen, nicht weniger als ein Offizier in der Präsidentengarde, ausgestattet mit der Macht über Leben und Tod eines jeden, den er als Bedrohung seiner Interessen und derer seiner Herren ansah. Ein verhätschelter und überbezahlter Sadist, der nie eine Schule besucht hatte, aber mit dem Wink seiner Waffe einen ganzen Saal voller akademischer Größen zum Schweigen bringen konnte, jener *Kakerlaken*, die sich als Intellektuelle bezeichneten. Auf dem Höhepunkt der Massaker, erinnerte sich der *Alte Mann*, hatte er eine Sondereinheit angeführt, die nur gebildet worden war, um intellektuelle *Kakerlaken* wie Ärzte und Rechtsanwälte, Universitätsprofessoren und politische Dissidenten – Menschen, die für den Zerfall seines Traumes verantwortlich gemacht wurden – aufzuspüren und zu eliminieren. Dann hatte er miterlebt, wie die auf die Pfeiler ethnischer Zugehörigkeit gegründete Macht in sich zusammenfiel und damit auch seine eigene Macht, denn das korrupte System, dem er diente, wurde militärisch und politisch vernichtet. Da war alle Hoffnung von ihm gewichen, und im Gefängnis, in dem er Jahre verbracht hatte, war sie schließlich gestorben. Obwohl er immer wieder seine Unschuld beteuert hatte.

Er hatte weder aus eigenem Antrieb getötet, protestierte er, noch war es aus Bosheit geschehen. Er empfand keinerlei Feindschaft gegen irgendjemanden, egal ob lang oder kurz, dünn oder dick, reich oder arm. Einige derjenigen, die er umgebracht hatte, waren seine besten Freunde gewesen, Menschen, die auf Befehl von oben ausgelöscht werden mussten. Er hatte nur Befehle befolgt. Wie ein Soldat. Befehle, welche die *Big Chiefs*, die jetzt in Europa und Amerika und all jenen Ländern lebten, die solchen Leuten immer Obdach boten, an seine Vorgesetzten erteilt hatten. Und zweifellos aßen und tranken und schliefen sie jetzt auf das Vorzüglichste und lasteten kleinen Leuten wie ihm, die nur Befehle ausgeführt hatten, den Völkermord an. Warum, so hatte er während seiner Gerichtsverhandlung eingewandt, mussten kleine Leute in der Hölle schmoren, während die Drahtzieher im Himmel schwelgten?

Er war verletzt und verbittert, empört über den Gedanken, dass er sich damit begnügen sollte, die Reste aus der Schüssel eines Mannes zu stehlen, den er getötet hätte, wäre es ihm gelungen, ihn aufzuspüren, als man ihm befohlen hatte, ihn umzubringen. Er war auch wütend darüber, dass er jetzt genau wie die anderen alt und verbraucht war und zu nichts anderem mehr nutzte, als einen alten Mann zu bestehlen.

Der *Alte Mann* lauschte dem, was ihm wild durch den Kopf schoss, und fragte: »Geht es dir gut?«

»So gut, wie ich nur hoffen kann. Und dir, wie geht es dir?«

»Ich bin zu alt. Zu alt, um noch zu hoffen.«

»Was machen deine Augen?«

»Unverändert«, antwortete der *Alte Mann.* »Wie geht es deiner Frau?«

»Gar nicht gut.«

Seine Frau war im Gefängnis verrückt geworden. Sie hatte dort die Strafe für ihre Beteiligung am Abschlachten von Frauen und Kindern abgesessen, an Menschen, die bis zu dem Tag, an dem sie sie hatte umbringen lassen, gute Freunde und Nachbarn gewesen waren.

Sie war eine gute Ehefrau und Mutter gewesen, eine bescheidene, gottesfürchtige Frau, bis der Wahn des Völkermords von ihr Besitz ergriffen hatte. Sie war eine fromme Katholikin und ging, gehüllt in ein langes, weißes Gewand mit weißem Stirnband, dazu schwarze Leinenschuhe, fast jeden Tag in die Kirche, und nie sah man sie ohne Rosenkranz um den Hals oder in den Händen. Als jedoch der Völkermord die Menschen um sie herum in Bestien verwandelte, ergriff ein blutrünstiger Dämon Besitz von ihr und hackte mit der Machete auf die Kinder ihrer Nachbarn ein. Dann schloss sie sich der Orgie von Mord und Blutvergießen an, einer Orgie, die neunzig Tage dauerte und die ganze Welt beschämte.

Bei ihrer Gerichtsverhandlung traten Zeugen auf, die aussagten, sie hätten sie ihren Rosenkranz beten gesehen, als sie die Mörder in eine Kirche führte, um jene niederzumetzeln, die dort im Glauben, das Böse würde ihnen nicht an den heiligen Ort folgen, Zuflucht gesucht hatten. Wie ihr Mann und tausende anderer wurde sie freigelassen, weil glaubwürdige Zeugen fehlten. Die wenigen Zeugen, die die Gräueltaten überlebt hatten, waren traumatisiert, zu verwirrt, ihr im Gerichtssaal gegenüberzutreten. Man hatte sie schließlich aus dem Gefängnis entlassen. Die Reststrafe sollte sie zu Hause absitzen und sich da mit den Dämonen herumschlagen, die in ihrem Hirn in Einzelhaft saßen. Dort hatte ihr Mann sie zurückgelassen.

»Sie überlebt die Woche vielleicht nicht«, sagte er, fast schon erleichtert.

»Sieht aus, als gäbe es vor dem Tod kein Entrinnen«, bemerkte der *Alte Mann*.

»Nicht, solange man lebt«, bekräftigte die *Stimme*.

Als er die Schüssel des *Alten Mannes* beinahe leer gegessen hatte, stellte er sie wieder dahin zurück, wo er sie hergenommen hatte. Dann wischte er sich die Hände an den Hosen ab und räusperte sich. Er fühlte sich jetzt viel besser. »Warum bringt der *Junge* dich nicht zum Augenarzt?«, fragte er in kraftvollerem Ton als zuvor.

»Zu welchem Arzt denn?«

»Zu den weißen Ärzten, die regelmäßig kommen und wieder gehen.«

»Arbeiten die etwa hier? Hier in der *Grube*?«

»Sie haben unten am Fluss ein großes Zelt aufgestellt. Sie nennen es das Zelt des Lebens.«

»Das Zelt des Lebens?« Der *Alte Mann* wunderte sich noch mehr.

»Dort heilen sie die Leute, lehren sie und beten für sie«, erklärte die *Stimme*.

»Woher kommen sie?«

»Von weit her. Von da, wo alle Weißen herkommen.«

Er hatte nur wenig Bildung genossen und glaubte, dass alle Weißen *von weither* kamen. Der *Alte Mann* wusste es besser. Man konnte die Menschen längst nicht mehr danach beurteilen, woher sie kamen. Genauso wenig wie nach ihrem Gewicht, ihrer Größe oder ihrer Sprache. Um das zu begreifen, musste man nicht zur Schule gegangen sein, und doch … nur das, was man sehen konnte, ließ sich auch richtig beurteilen.

II

Die letzten weißen Gesichter, die er gesehen hatte, waren wie Engel eingeschwebt und hatten sich dann als Todesengel offenbart. In riesigen Hubschraubern waren sie gekommen, inmitten des Chaos gelandet und in weißen Lastwagen vor die Psychiatrische Klinik gefahren. Sie waren bis an die Zähne bewaffnet gewesen, so bedrohlich, dass die Macheten schwingenden Milizen, die nur darauf warteten, die Kliniktore zu stürmen und die Patienten abzuschlachten, zurückwichen.

Der *Alte Mann*, er stand damals der Psychiatrischen Klinik vor, hatte gemeinsam mit seinen Ärztekollegen, den Schwestern und Patienten gejubelt. Eine ganze Nacht lang hatten sie gehört, wie Claver Macheten für die Milizen schliff, die am Tor der Klinik lauerten. Nun, da die weißen Lkws vorfuhren, atmeten alle erleichtert auf. Die Freude wich Schreien der Verzweiflung, als die weißen Soldaten, nachdem sie die weißen Nonnen aufgeladen hatten, die zu retten sie gekommen waren, in ihre Fahrzeuge stiegen und zum Flughafen brausten. Sie ließen die Tore offen stehen, als ob sie die Milizen zu ihrer Blutorgie aufforderten. In den Staubwolken und der allgemeinen Verwirrung, welche die abziehenden Friedenssoldaten hinterließen, brach Panik aus. Jeder war sich selbst der Nächste. Ärzte, Schwestern und die Patienten, die gesund genug waren zu erkennen, dass die Macheten schwingenden Milizen ihnen allen einen entsetzlichen Tod zugedacht hatten, stoben davon.

Der *Alte Mann* aber war nicht fortgerannt. Das war noch das Beste, was man von seinem Verhalten an jenem Tag sagen konnte. Er war nicht geflohen. Seine Widerstandskraft brach, als er sah, wie die weißen Soldaten davonfuhren und die einzige Macht der Welt, welche die Milizen in Schach halten konnte, in einer Staubwolke entschwand. Als er mit ansehen musste, wie sich die Schutzengel in Herolde der Verzweiflung verwandelten, in das Angesicht des Todes.

Dann, als die Milizen durch die Tore hereinschwärmten, sich wie schreckliche Ungeheuer aus dem Staub erhoben, den die fliehenden Soldaten aufgewirbelt hatten, als sie brüllend, schreiend den Patienten mit ihren Macheten die Kehlen aufschlitzten und die Köpfe von den Rümpfen trennten, da war der *Alte Mann* zwischen ihnen hindurch und hinaus auf die Straße gegangen. Ohne Angst, ob er nun weiterlebte oder starb, vielleicht sogar einen schnellen Tod und damit das Ende des Albtraums suchend, war er unbehelligt zum Tor hinausgeschritten, immer weiter gegangen, gelaufen und gelaufen. Auf einer Straße, die mit verwesenden Leichen übersät war, bis die Klinik weit hinter ihm lag. Wohin er auch sah, traf er auf den Geruch von Tod und Angst. Die Leute hielten in ihrem Tun inne und sahen auf die geisterhafte Gestalt im weißen Kittel, auf die Seelenqual, die er wie das Glimmen eines verletzten Glühwürmchens von sich ausgehen spürte. Alle kannten ihn, die Mörder wie die Opfer. Doch keiner, ob nun aus Respekt vor seinem blutbesudelten Kittel oder aus Überraschung, ihn so verzweifelt mitten durch das Gemetzel schreiten zu sehen, wagte es, ihn zu töten oder ihn um Hilfe für die Opfer zu bitten. Sein Gesichtsausdruck war so finster, dass er die gut sechs Kilometer durch die Hölle bis zu seinem Haus gehen konnte. Dort fand er seine Familie, völlig verängstigt, in einem Hinterzimmer zusammengedrängt. Er hatte sie beruhigt, dass sie sich nicht in unmittelbarer Gefahr befänden, dass die Milizen nur die Menschen umbringen würden, die in ihren Augen eine Bedrohung darstellten. Dann hatte er den Rest des Tages und den größten Teil der Nacht damit verbracht, seine *Liebste* – und sich selbst auch – davon zu überzeugen, dass das Ganze bald vorüber sein würde, nichts weiter war als eine vorbeiziehende Wolke, die Hysterie des Augenblicks, die abebben würde, sobald den Leuten klar würde, welche unmenschlichen Grausamkeiten sie begingen, sobald sie das Ausmaß des Verbrechens an ihren Landsleuten begriffen, in das die Politiker sie getrieben hatten.

Noch oft war er danach in die Klinik zurückgekehrt, um Verletzte zu behandeln und sich um die Überlebenden zu kümmern, und das bis zum Ende. Bis zu dem Tag, an dem sich die Dunkelheit auf seine Augen senkte und er den Weg zum Krankenhaus nicht mehr erkennen konnte.

Und genau so, wie der Gestank von Lavendel und Rosen sein Herz bis auf den heutigen Tag krank machte, so tat es die Erinnerung an die weißen Soldaten, die traurig auf die Patienten seiner Psychiatrischen Klinik sahen, von denen sie angefleht wurden, sie lieber zu erschießen, als sie ihren Brüdern und Schwestern auszuliefern. Wenn es überhaupt einen Grund gab, für die Finsternis dankbar zu sein, die ihn umgab, dann den, dass er nie wieder ein lächelndes weißes Gesicht sehen musste. Er gehörte nicht zu denen, die einem Menschen übel nahmen, was ein anderer getan hatte, aber er wusste, dass sein Herz nie vergessen würde.

»Ich habe sagen gehört, dass sie gute Menschen sind«, sagte die *Stimme*. »Dass sie kein Geld wollen und es für Gott tun.«

»Für wessen Gott?«, fragte der *Alte Mann*.

»Das sagen sie nicht. Für ihren, denke ich, den Gott der Reichen und Mächtigen. Aber sie haben vielen Armen ihr Augenlicht wiedergegeben.«

»Der *Junge* traut den Helfern nicht über den Weg«, sagte der *Alte Mann*. »Wir müssen darauf achten, dass sie uns nicht dazu brauchen, sich ihrer eigenen Schuld zu entledigen und ihr schlechtes Gewissen reinzuwaschen. Wir sollten die, die uns jetzt mit guten Werken kommen, fragen, wo sie waren, als man uns geschlagen und gedemütigt hat. Wo waren sie, als man uns missbraucht und geschändet hat? Wo waren sie, als wir sie am dringendsten brauchten? Wo war ihr Gott, als sie uns betrogen und beraubt haben? Wo war ihr Gott, als sie uns um des Profits willen gemolken und ausgeblutet haben? Wo war ihr Gott da?«

Die *Stimme* schwieg. So ausgiebig, dass der *Alte Mann* fürchtete, er hätte ihn beleidigt. »Trotz alledem«, sagte er und seufzte unter der Erkenntnis tief auf, »ein hungriger Magen stellt keine Fragen.«

»Ich schicke ein Kind her, das dich zu ihnen bringt«, erklärte die *Stimme*.

Der *Alte Mann* hatte die *Stimme* nie gesehen – richtig gesehen, als Menschen. Er kannte ihn nur dem Klang nach, von seinen leisen Schritten her und dem asthmatischen Schnaufen. Auch den *Jungen* hatte er nie gesehen. Und das *Mädchen* mit ihren Kleinen, das ab und zu vorbeikam, mit ihm redete und seinen Liedern lauschte, auch nicht. Er hatte keinen von ihnen gesehen, denn er war ungefähr zur selben Zeit erblindet, da seine Arbeit, seine guten und schlechten Taten, seine Erfolge und Misserfolge, seine Freuden und Nöte, Früchte zu tragen begonnen hatten. Das letzte Bild, das sich ihm Augenblicke, bevor die Finsternis sich auf ihn senkte, eingebrannt hatte, war das seiner *Liebsten*, die auf dem Fußboden lag und schrie, während ein wahnsinniger Milizionär einen Spieß in sie hineinbohrte. Da war das Licht in seinen Augen erloschen. Die Schreie aber waren immer weitergegangen und würden bis zu seinem Tod bei ihm bleiben.

Der Schmerz war ebenso unerträglich wie damals, wenn er daran dachte, dass er, der so viele Menschen vor den blutrünstigen Milizen versteckt und vielen weiteren das Leben gerettet hatte, seine eigene Familie nicht hatte retten können.

Am meisten peinigte ihn der Gedanke, dass seine Kinder vielleicht in dem Glauben gestorben waren, er hätte sie ihren Mördern überlassen.

Aber wieder sehen können, nachdem er jahrelang alles hatte ertasten müssen …

»Nein«, sagte er, an die *Stimme* gewandt. »Schick das Kind nicht vorbei; da ist kaum etwas, das ich noch gern sehen möchte. Und ich muss mich für den Jungen um den alten Baum kümmern.«

Die *Stimme* seufzte laut und stand auf. »Ich werde dir etwas vorbeibringen.« Und damit war der Mann verschwunden, so schnell und so leise, wie er gekommen war. Schweigen kehrte ein. Auch die alte Henne legte sich wieder zur Ruhe.

»Irgendwann dieser Tage«, dachte der *Alte Mann*, »muss ich ihn nach der *Stimme* fragen.« Aber eigentlich wollte er es gar nicht wissen. »Warum nur sind ausgerechnet die Ärmsten die freundlichsten Menschen?«, fragte er sich.

Die Stille war ohrenbetäubend.

Er lauschte der pulsierenden Energie der *Grube*, hörte, wie sie wuchs. Spürte sie weiter und weiter ansteigen, fühlte ihre Anspannung – die Spannung eines Bogens im Augenblick, bevor er Pfeile des Elends versendet; spürte die schreckliche Kraft. Es war wie bei einem Vulkan kurz vor dem Ausbruch. Es war der Todeskampf eines lebendigen, sterbenden Wesens, eines gepeinigten Riesen, der jede bekannte und unbekannte Krankheit hatte, den jede menschliche und unmenschliche Daseinsweise peinigte. Der *Alte Mann* hörte das, spürte es, roch es. Und ihm schauderte vor Schrecken vor *all dem*. Und von Zeit zu Zeit kam *all das* vorbeigekrochen und stahl ihm ein Blatt oder auch zwei von dem alten Baum.

Nicht einmal der *Alte Mann* konnte sich daran erinnern, wer den Tabakbaum einst gepflanzt hatte. Vielleicht war es ein anderer alter Mann gewesen, der Vater des *Jungen* oder die

Mutter des *Mädchens*. Oder auch eine der Seelen, die hier an dieser Stelle, die er jetzt Zuhause nannte, gelebt hatten und gestorben waren; die zahllosen namenlosen Geister, die ihn von Zeit zu Zeit heimsuchten, die fragten, ob er immer noch am Leben war, und sich ein Blatt oder zwei vom alten Baum borgten. Es hätte auch ein Vogel sein können, der den Samen in sich trug, ein Wesen, das keine andere Wahl hatte als zu tun, was die Natur vorschrieb. Wie es sich auch verhielt, der alte Baum war ein Wahrzeichen in der *Grube*. Und unabhängig davon, wie scharf er ihn bewachte, schlichen Leute herbei und nahmen sich ein Blatt oder auch zwei für ihre Zwecke, ob er es nun erlaubte oder nicht. Nie kam jemand und wollte ein Blatt kaufen. Das Geld war ungefähr zur gleichen Zeit aus der *Grube* verschwunden, da menschliche Würde und allgemeiner Anstand vor Verzweiflung gestorben waren. Dieselben verzweifelten Seelen, die – ohne dem *Alten Mann* ein Wort zu sagen – ein Blatt nahmen, huschten während der schlimmsten Dürre auf Zehenspitzen zum Baum hin, opferten an seiner Wurzel einen Kübel Wasser und verschwanden wieder, erneut, ohne das Wort an den *Alten Mann* zu richten. So war die Atmosphäre, die in der *Grube* herrschte.

DRITTES BUCH

Phénéas, der Sohn des Bürgermeisters, war seit seiner frühen Kindheit, weil er Polio gehabt hatte, ein Krüppel und ging am Stock zur Schule. Der Bürgermeister hatte den Befehl über die örtliche Miliz und fuhr den ganzen Tag in einem Kleinlaster durch die Gegend, der mit Lautsprechern bestückt war, die Hass ausspuckten und alle aufforderten, noch mehr zu töten. Phénéas, der Sohn dieses Mörders, streckte den Jungen mit seinem Stock zu Boden und warf sich auf ihn, um andere Schüler daran zu hindern, ihn mit ihren Macheten zu zerstückeln. Nicht die Lehrer oder irgendjemand anders, nein, der zehn Jahre alte, verkrüppelte Junge, der nicht Fußball spielen konnte und deshalb von den anderen Jungen verspottet wurde, der Junge, der niemandes Freund war, rettete sein Leben.

Dr. Baraka: *Der große Plan des Teufels*

Das Mädchen

I

Im Hof war das Geräusch näherkommender nackter Füße zu hören. Der *Alte Mann* gab sich Mühe, mutig zu wirken, und räusperte sich vernehmlich: »Wer ist da?«

»Ich bin's«, antwortete das *Mädchen*.

Der *Alte Mann* entspannte sich. Wie ein Hund, der in der Dunkelheit eine vertraute Stimme vernimmt. »Ich habe schon geglaubt, es wäre wieder jemand, der ein Blatt vom alten Baum stehlen wollte.«

»Nein, ich bin's nur«, wiederholte das *Mädchen*.

»Dann komm rein. Ich kann dir zwar nichts anbieten, aber komm rein und setz dich.«

Der *Alte Mann* meinte zwar, dass er das *Mädchen* noch nie mit eigenen Augen gesehen hatte, doch sie hatte ihm erzählt, er habe ihrer Mutter das Leben gerettet, nachdem die Milizen ihr die Hände abgehackt und sie zum Sterben auf der Straße liegen gelassen hatten. Er konnte sich auch an ihre Mutter nicht erinnern, hatte er doch so viele Gliedmaßen wieder angenäht und so viele Wunden geschlossen, dass alles zu einer einzigen schrecklichen Erinnerung zusammenfloss.

»Wo steckt der *Junge*?«, fragte sie.

»Er ist weg.«

So, wie sie sich bewegte, war ihm klar, dass sie schmächtig war, vom Hunger ausgezehrt und verhärmt. Er wusste auch, dass sie noch jung war, konnte aber ihr Alter nicht abschätzen. Er hätte sie fragen müssen. Er wusste auch, dass sie drei Kinder von drei verschiedenen Männern hatte.

»Wo ist er hin, der *Junge*?«

»Das hat er nicht gesagt.«

Sie sah sich in dem leeren Zimmer um, blickte auf den staubigen Fußboden und die mit Fliegen bedeckten Schüsseln neben der Feuerstelle. Der *Junge* ließ sie sonst nie unabgewaschen stehen.

»War er wütend?«

»Er gerät leicht in Wut.«

»Du darfst ihn nicht wütend machen. Er ist gefährlich, wenn er wütend ist.«

»Ich weiß, kleine Mutter«, sagte der *Alte Mann*. »Ich darf ihn nicht aufbringen.«

Beim Anblick der ungespülten Schüsseln knurrte ihr der Magen. Sie hatte schon lange nichts mehr gegessen. Sie gewöhnte sich zwar langsam daran, doch der Hunger schmerzte, sobald sie etwas Essbares sah. »Dann iss mal auf«, sagte sie. »Ich will nämlich abwaschen.«

»Ich habe keinen Hunger«, antwortete der *Alte Mann*. »Nicht mehr, nicht auf etwas zu essen.«

»Wonach hungert dich dann?«

Er lachte still vor sich hin, denn er besaß durchaus Sinn für Humor. Es hatte einmal eine Zeit gegeben, da hatte ihn nach vielerlei Dingen gehungert. Er war hungrig auf Wissen gewesen, auf Leben und Liebe. Nach Gerechtigkeit und Frieden. Und Gelassenheit. Jetzt war er schon glücklich, wenn er ein bisschen Ruhe hatte.

»Du musst aufessen«, wiederholte sie. »In deiner Schale ist noch ein bisschen drin. Also red nicht und iss.«

Sie sagte es mit Bestimmtheit und duldete keinen Widerspruch. Auch seine *Liebste* hatte ihm immer befohlen zu essen, wenn er zum Umfallen müde von der Arbeit nach Hause kam.

Seine Hand langte nach der Schale. Als er merkte, dass sie fast leer war, fiel ihm die *Stimme* wieder ein.

»Wie ähnlich«, sagte er leise zu sich selbst, »wie wir einander doch gleichen, wenn wir bar unserer Uniformen und unseres Rangs, bar unserer Ängste und Unsicherheiten und all der anderen Dinge, die uns voneinander unterscheiden, dastehen. Wie sehr wir uns dann gleichen.«

»Was murrst du da wieder vor dich hin?«, fragte sie ihn.

Er lachte und meinte: »Es gibt so einiges auf der Welt, worüber man murren kann. Wie geht es der alten Frau?«

»Sie ist tot. Ich habe es dir doch schon erzählt.«

»Stimmt«, sagte der *Alte Mann*, dem es jetzt wieder einfiel. »Woran ist sie gestorben?«

»Sie war des Lebens müde. Und des Alters und der Krankheit und dass sie mit anschauen musste, wie so viele starben. Sie war dir sehr ähnlich, die alte Frau. Machte sich immer Sorgen um die Menschen und ihre Bedrängnisse.«

In der Zeit des Völkermords hatten die Milizen sie bedrängt, ihren *langen* Ehemann zu töten. Seine *kurzen* Geschäftspartner wollten ihn aus dem Weg wissen, und als sie sich weigerte, zwangen sie sie, mit anzusehen, wie sie ihn und ihre Kinder töteten. Dann hatten sie ihr die Hände abgeschlagen und sie liegen lassen, damit sie verblutete. Ihre Nachbarn hatten sie ins Krankenhaus gebracht, wo der *Alte Mann* ihr die Hände wieder annähte und sie gemeinsam mit anderen *langen* Patienten, die die Milizen umbringen wollten, versteckte. Ihre Seele hatte die Tür vor dem Anblick des Schreckens zugeschlagen. Nicht ihre Augen. Den Rest ihres Lebens war sie im Dunkeln umhergetastet und hatte nach einer Tür zu ihrer Vergangenheit und nach einer Erklärung dafür gesucht, warum sie ein derartiges Schicksal verdient haben könnte. Den Völkermord hatte sie überlebt, um eines demütigenden Todes in Armut zu sterben.

»Iss, oder du wirst auch Hungers sterben«, wies das *Mädchen* den *Alten Mann* an. »Warum war er denn wütend?«

»Ich hab ihm was gesagt.«

»Du weißt doch, dass er es nicht mag, wenn man ihm Vorhaltungen macht.«

»Ich weiß. Er hört es überhaupt nicht gern, wenn man ihm etwas über sein Erbe erzählt. Davon will niemand etwas wissen, weil es nur um Wahnsinn und Tod geht.«

»Du darfst aber nicht zulassen, dass wir es vergessen«, sagte sie. »Sonst passiert es wieder.«

»Mir hört keiner mehr zu.«

»Ich schon.«

»Du bist aber bloß ein Mädchen.«

»Und eine Mutter.«

Sie wollte nicht, dass ihre Kinder mit leeren Köpfen und Herzen aufwuchsen und als Vergewaltiger und Schlächter endeten. Sie wollte, dass sie zu integren Menschen heranwuchsen. Menschen, die aufstanden und für ihre Rechte eintraten, für ihr Leben und das, was ihnen gehörte. Menschen, die sich aus der *Grube* erhoben und zu ihren Leuten sagten: »Kommt, erhebt euch aus diesem Sumpf der Verzweiflung und fordert von euren Politikern, dass sie euch wie Menschen leben lassen, denn auch ihr seid Menschen. Lang oder kurz, reich oder arm, Männer oder Frauen, auch ihr seid Menschen, und daran kann niemand etwas ändern.«

Der *Alte Mann* erstarrte vor Ehrfurcht. Als sie sah, wie still er geworden war, lachte sie über ihre Kühnheit und fügte hinzu: »Aber du hast schon recht, Großvater, ich bin bloß eine Frau. Wie soll ich ihnen beibringen, Männer zu werden? Ich bete, dass sie von dir lernen, dass sie keine Führer werden dürfen, die nicht führen können, und keine Männer, die nur von ihrem Magen gesteuert werden.«

Der *Alte Mann* grübelte über ihre Worte nach. »Damals,

in den alten Zeiten, sind uns unzählige Dinge widerfahren«, sagte er. »Vieles davon wird niemand je verstehen.«

»Eines Tages schon«, sagte das *Mädchen*.

»Ich bin jetzt ein alter Hund«, meinte er traurig. »Kann inzwischen gar nichts mehr verstehen. Damals hätte ich verstehen sollen. Es schien so, als hätten wir alles gehabt. Außer Köpfe zum Denken. Unser Lieblingsmotto war *Leben und leben lassen*. Das bewahrte uns davor, uns von unseren Kalebassen voller Bier und von unserem hohlen Geschwätz zu trennen, aufzustehen und bewertet zu werden. Die schreckliche Vorstellung, aufzustehen und zu bemerken, dass wir gar keine Grundlage hatten, auf die wir uns stellen konnten; die Verlegenheit, zu denken und dabei herauszufinden, dass wir überhaupt nicht denken konnten.

Wenn etwas Wichtiges auf dem Spiel stand, sagten wir immer: ›Warten wir mal ab.‹ Dann kehrten wir zu unseren Kalebassen voller Bier zurück und harrten der Dinge. Wir warteten und schauten zu und saßen und schauten zu und saßen und guckten … bis das, was wir uns angeguckt hatten, wie ein Splitter in unseren Augen saß. Dann sprangen wir begeistert auf, schlugen uns gegen die hohle Brust und verkündeten stolz: ›Na, was haben wir euch gesagt?‹

Unsere erstaunten Nachbarn nannten das die Abwarten-und-Aussitzen-Politik. Die Politik der Aasgeier und Tüpfelhyänen. Kreaturen, die weder schwarz noch weiß waren, weder Küken noch Adler, weder Hund noch Katze.«

Er blieb einen Augenblick lang still und kramte in seiner Erinnerung, ob er selbst Hund oder Katze gewesen war. »Eines Tages«, fuhr er schließlich fort, »sahen wir ein Rudel wilder Hunde hinter einer alten Kuh herjagen. Sahen, wie sie sich an der Nachgeburt festbissen, während sie wie alle Mütter kämpfte, um sie davon abzuhalten, ihr neugeborenes Kalb zu verschlingen.«

»Und die Bullen?«, fragte das *Mädchen*. »Es gibt doch in jeder Herde Bullen?«

»Die weideten gemächlich«, antwortete der *Alte Mann*. »Die Bullen weideten und warteten ab, was geschah. Genau wie unsere Väter dagesessen und abgewartet hatten, was passierte, während die weißen Herren unsere Weiden in Felder umwandelten, auf denen angebaut wurde, was ihnen nützte.«

»Große Trauer«, meinte das *Mädchen*.

»Noch größere Ungerechtigkeit«, setzte der *Alte Mann* hinzu. »Unter unserer Leere sanken unsere Speicher in sich zusammen und stürzten ein.«

»Außerdem noch Feigheit.«

»Nein, kleine Mutter. Es war so, wie es von einer Bevölkerung erwartet wurde, die ihre Fähigkeit zur Wut und ihren Willen zum Protest verloren hatte, einer Bevölkerung, für die ein Teller Essen zum Statussymbol geworden war. Von Leuten, die ihren Wert nach Geld bemaßen und sich der Macht wegen gegenseitig abschlachteten.«

»Und was war mit den Gesetzen?«, fragte das *Mädchen*.

»Gesetzen?« Der *Alte Mann* spuckte ins Feuer. »Wir hatten Hunderte. Die meisten verstanden wir nicht, und die, die wir verstanden, mochten wir nicht. Aber die Gesetze waren nötig, um die Armen davon abzuhalten, sich ihres Lebens zu freuen, und um die Richter zu beschäftigen. Außerdem tat es allen gut, dass es das eine oder andere Gesetz gab. Hab ich dir erzählt, dass wir ziemlich leichtgläubig waren?«

»Soll ich dir dein Instrument reichen?«, fragte sie ihn.

Der *Alte Mann* lachte. Er hatte sie mit seinen Klagen nicht langweilen wollen. Doch sie kannte ihn besser als er sich selbst. Neben dem Bett fand sie sein altes Instrument. Sie nahm es und legte es ihm in die Hand. Als er es einmal in den Händen hielt, die langen, knochigen Finger darum geschlossen, konnte er nicht anders, er musste spielen.

II

Er hatte als Junge Harfe spielen gelernt, als er zu Füßen seines Großonkels saß, eines Musikers von nationalem Ansehen, was seine Fans und Bewunderer nicht davon abgehalten hatte, ihn während des Völkermords abzuschlachten. Er hatte auf Feiern gespielt, um seine Freunde und sich zu unterhalten, und sich manchmal von einem oder zwei Trommlern begleiten lassen. Er war einst im Lavendel-Rosen-Hof vor verstopften *Big Chiefs* aufgetreten, begleitet hatte ihn dabei die große Trommel des Nationalorchesters. Ihr donnernder Klang ließ den gesamten Platz erzittern und erfüllte alle mit Stolz. Dieses Geräusch hatte sich, ebenso wie der Geruch nach vermoderndem Lavendel und verfaulenden Rosen, unauslöschlich in sein Herz eingegraben. Wenn er jetzt spielte, dann hörte er manchmal das Donnern der Trommeln und spürte, wie sich die Erde unter Schmerzen hob und senkte wie eine Frau in den Wehen, die einer Nation voller Katastrophen das Leben schenken sollte. Doch seit er erblindet war und eine Welt entdeckt hatte, so dunkel und einsam und furchterregend, dass die Hoffnung zugrunde ging, spielte er für sein Leben: um die Dämonen auszutreiben, die in seiner Erinnerung umgingen, und die Angst zu verjagen, die beständig in seinem Herzen hauste.

»Es war einmal«, sang er leise zu seinem Spiel, »da machten die Gesetzgeber noch mehr Gesetze. Es gab ein Gesetz gegen Betrug, ein Gesetz gegen Schmuggel, ein Gesetz gegen das Hamstern und auch eines gegen die Korruption. Die meisten kümmerten sich nicht um die neuen Gesetze, denn sie hatten nichts zu verlieren. Die Reichen aber, von denen wir eine ganze Menge hatten, heulten vor Schmerz auf:

Kein Betrug mehr?, weinten sie.
Nicht mehr stehlen?, jammerten sie.
Nicht mehr hamstern?, brüllten sie.
Nicht mehr schmuggeln?, klagten sie.
Keine Korruption mehr?, stöhnten sie.
Wovon sollen wir dann leben?

Sie wurden ganz blass. Sie beschwerten sich bei den Gesetzgebern und verlangten Gerechtigkeit. ›Wie sollen wir unseren Lebensunterhalt verdienen?‹, fragten sie. ›Wie sollen wir unsere Kinder ernähren? Wie sollen wir unsere Söhne erziehen und bilden? Wie sollen wir ohne Korruption reich und mächtig werden?‹

›Genau so wie alle anderen, die nicht betrügen und stehlen‹, antworteten ihnen die Gesetzgeber.

›Wie das denn? Wie, um alles in der Welt, stellen wir das an?‹

›Das wissen wir auch nicht‹, erwiderten die Gesetzgeber. ›Ehrlich, wir haben keine Ahnung.‹

Die Reichen streikten. Sie demonstrierten und erklärten, dass sie so lange kein Geld mehr ausgeben würden, bis die ungerechten Gesetze außer Kraft gesetzt würden. Sie würden nichts mehr kaufen, keine Löhne mehr zahlen und niemanden mehr einstellen, wenn die ungerechten Gesetze nicht abgeschafft würden. Sie würden keine Steuern mehr zahlen, erklärten sie. Sie würden außer Landes gehen, ihr Geld nach Europa schaffen und den Staat unter der Last seiner Außenschulden zusammenbrechen lassen. Sie würden streiken, wie keine Gewerkschaft je zuvor gestreikt hatte. Damals war es noch nicht verboten zu streiken. Streiks wurden erst für gesetzeswidrig erklärt, als die kleinen Leute glaubten, sie könnten ihre Löhne erkämpfen, wenn sie sich weigerten, umsonst zu arbeiten. Die Gewerkschaftsfunktionäre wandten sich an die aufgebrachten Reichen. ›Seid vorsichtig‹, sagten sie. ›Bevor ihr es euch verseht, schieben uns diese zweizüngigen Gesetzgeber ein Gesetz gegen Mord unter.‹

Und also wurden die Gesetze aufgehoben.«

»Warum denn?«, fragte das *Mädchen*. »Warum habt ihr nicht gekämpft?«

»Gegen wen denn?«

»Gegen die, die euch euer Grundrecht verweigerten. Gegen die Macher ungerechter Gesetze.«

»Die haben doch nur ihre Arbeit getan«, meinte der *Alte Mann*. »Zumindest haben sie das uns gegenüber behauptet.«

»Und die Reichen?«, blieb sie hartnäckig. »Warum seid ihr nicht gegen sie vorgegangen? Warum seid ihr nicht auf die Straße gegangen, habt euch ihnen entgegengestellt und ihnen gesagt, dass sie kein Recht dazu hatten zu stehlen?«

»Recht?«, lachte der *Alte Mann* auf. »Der Ärger, den wir mit den Rechten hatten. Wir hatten Hunderte, wie auch Gesetze. Alles und jeder hatte ein Recht auf dieses und jenes. Die Hyäne besaß das Recht, die Gazelle zu fressen, und die Gazelle hatte das Recht, die Hyäne aufzuspießen. Das hat uns ganz schön verwirrt, dass wir sowohl das Recht hatten, recht zu haben, wie auch das Recht, unrecht zu haben, das Recht, zu essen und gefressen zu werden. Heute kannst du vielleicht darüber lachen, wir aber nahmen diese Dinge sehr ernst. Rechte und Freiheiten waren Dinge, die wir nie begriffen haben. Die Pressefreiheit und die Meinungsfreiheit, sie beide verursachten unseren Auspressern großes Kopfzerbrechen. Einmal schlossen sie einen Reporter von den Parlamentssitzungen aus, weil er den Rechten und Freiheiten eines *Big Chiefs* in die Quere gekommen war; seinem Recht, zu sagen, was er dachte, und seiner Freiheit zu meinen, was immer er gerade wollte.«

»Was hat er denn gesagt?«

»Meine Kompetenz als *Big Chief* in Frage stellen heißt, die geistige Gesundheit der Leute in Frage stellen, die mich gewählt haben, damit ich sie vertrete.«

»Und was meinte er damit?«

»Dass er alles Recht der Welt hätte, während der Parlamentsdebatten zu schlafen«, erklärte der *Alte Mann.* »Und das haben sie ausnahmslos getan.«

»Alles nur hohle Worte«, meinte das *Mädchen.*

»Mit denen sie unsere Welt beherrschten. Wir aßen sie, tranken sie, sprachen sie als Gebet. Wir atmeten sie ein, lebten sie und schlachteten sie für unsere Feste. Den Kindern wurde beigebracht, das Loblied der *Big Chiefs* zu singen, bevor sie überhaupt laufen konnten.«

Sein Instrument fiel ihm wieder ein, und er räusperte sich:

Sind sie nicht für dich, schlag sie, prügel sie,
Sind sie nicht für dich, erschieß sie, erstich sie,
Sind sie nicht für dich, zerschmettre sie, lynche sie,
Sind sie nicht für dich, brandmarke sie als
unzufrieden,
Nenn sie unpatriotisch, nenn sie Dissidenten,
Schick sie ins Verlies, sind sie nicht für dich,
Schick sie in den Tod, tilg sie von der Erde,
Sind sie nicht für dich, grill sie, iss sie.

»Unsere *Big Chiefs* mochten solche Lieder«, sagte er mit leisem Glucksen. »Unsere *Big Chiefs* verstanden sie nur zu gut. Wir lebten in einer Zeit der Gewalt. Die Leute brandschatzten, die Leute plünderten, die Leute meuchelten und mordeten, gewöhnlich aber nur die Ihren. Sie prügelten sich auf der Straße darum, wer Vorfahrt hatte. Und wir haben ihnen eingetrichtert: ›Überlasst das Reden den Weibern. Kämpft!‹ Sie kämpften mit Worten, dann mit den Fäusten und schließlich mit Stöcken und Macheten. ›Sollen sie kämpfen‹, sagten wir. ›Sollen sie bluten. Möge der Beste überleben.‹ Dann schnappten wir uns den Sieger, trugen ihn zu Siegesgesängen auf den Schultern durch die Gegend, klagten ihn anschließend des Mordes an und brachten ihn auf der Stelle um. So ging unsere Pöbeljustiz.

Unsere *Big Chiefs* drohten ihren politischen Gegnern unablässig Gewalt an. Manchmal spuckten sie Feuer und geboten allen, die nicht bei uns geboren waren, ihre Sachen zu packen und zu verschwinden, oder unsere Krieger würden ihre Häuser anstecken und ihre Frauen vergewaltigen. Verlangte man eine Erklärung von ihnen, dann beriefen sich unsere *Big Chiefs* auf ihr Recht zur freien Meinungsäußerung und behaupteten, sie hätten damit sagen wollen, dass sie nicht für die Gesundheit und das Wohlergehen oppositioneller Politiker garantieren könnten, die sich wagten, in die Geheimreviere der Regierungspartei einzudringen. Das erschien den *Big Chiefs* logisch.

Als die Regenzeit anbrach, sprossen wilde Blumen aus unseren staubigen Köpfen, und als sie blühten, war die Luft mit Eitelkeit geschwängert.«

»Und was war mit der Polizei?«, fragte das *Mädchen*.

»Unsere Polizisten taugten rein gar nichts«, antwortete der *Alte Mann*. »Sie hielten einem Verdächtigen das Gewehr ans Ohr, erklärten ihm seine Rechte und drückten ab. So klärten sie Verbrechen auf. Schlimmer noch, sie liebten ihre Arbeit. ›Machen wir uns einen Spaß‹, sagten sie immer, ›erlegen wir ein paar Verdächtige.‹ Sie hatten die Genehmigung, Verdächtige und Abweichler, Aktivisten und derlei Abschaum zu töten. Wenn sie sich auf der Straße bewaffneten Räubern gegenübersahen, schossen sie wild um sich, bis nur noch die Polizisten und die Räuber am Leben waren. Das nannten sie dann unentschieden.«

»Großvater«, fragte das *Mädchen* verwundert, »Und die Gerichte? Du hast gesagt, dass es Gesetze gab.«

»Unsere Speicher flossen vor Gesetzen über. Eigentlich hätten sie mit Hirse, Kassava, Weizen und Mais gefüllt sein müssen, hätten unsere *Big Chiefs* nicht ihre Waffen mit unseren Nahrungsmitteln bezahlt. Mit den Gerichten war es folgendermaßen: Alle waren verdächtig, und so waren die Gerichte überfordert. Zu vielen Angeklagten musste der Prozess gemacht, zu viele Verbrecher mussten schuldig gesprochen und ins Gefängnis gesteckt werden. Niemand aber gestand seine Schuld ein, nicht einmal die Schuldigen. Die Richter hatten die Nase voll von unserer Neigung zum Verbrechen. Die Gerichte waren überlastet, die Gefängnisse platzten aus allen Nähten, und die Straßen erstickten im Verbrechen.

Der *Big Chief* für Justiz ärgerte sich am meisten über diesen Zustand. ›Vergesst die langwierigen Verhandlungen‹, fuhr er die Richter an. ›Schluss mit der ganzen Verteidigung und den gelehrten Diskussionen. Befindet alle für schuldig und räumt die Gerichte noch vor dem Mittagessen.‹ Er befahl der Polizei, sofort das Feuer auf alle Verdächtigen zu eröffnen und sie zu erschießen. Panischer Schrecken ergriff uns. Die Armen zitterten vor Angst.

›Ihr habt nichts zu befürchten‹, erklärte er uns. ›Wenn ihr wirklich unschuldig seid, habt ihr nichts zu befürchten.‹

Dennoch erstarrten wir vor Angst, weil wir nicht wussten, wo die nächste Kugel einschlagen würde. ›Und was ist mit uns?‹, fragten wir. ›Was geschieht mit gesetzestreuen, friedliebenden Menschen? Was wird aus den Dummen? Sie sind unschuldig.‹

Unsere Richter, sie, die gelehrte Männer des Rechts waren, sie, unsere alten Weisen, sie, die die Hüter unserer Gerechtigkeit und die Verteidiger unserer Unschuld waren, lachten und sagten: ›Niemand, wirklich niemand, ist je völlig unschuldig.‹

Dann machte sich die Polizei an die Arbeit. An jenem Tag schlachtete sie ein Dutzend Verdächtige ab. Keiner wurde je identifiziert. Noch wurden ihre Verbrechen aufgeklärt.«

VIERTES BUCH

*In jenem Juni verabschiedeten sie ein weiteres Gesetz. Damit
wurde verboten, mittellos zu sein, kein Geld und keine Arbeit
zu haben, kein Zuhause und keine Familie, keinen Reichtum
zu besitzen und krank zu sein. Und bevor wir noch dazu kamen, uns diese Dinge zu beschaffen, zauberten sie einen neuen
Befehl hervor, schickten die Bulldozer aus und schoben alle
in die Grube. Damit waren wir alle Vagabunden ohne Haus
und Heim, und auch das war gesetzeswidrig, wie es gleichfalls
gegen das Gesetz war, Hunger zu haben oder behindert zu
sein, alt zu sein oder arm.*

Dr. Baraka: *Die Hölle der Armen*

Die Big Chiefs

I

Das *Mädchen* hatte den Topf jetzt mit nasser Asche geschrubbt und spülte ihn mit Wasser aus. Es hatte eine Zeit gegeben, da hatten die Lieder des *Alten Mannes* sie in Wut versetzt und in ihr das Verlangen aufkommen lassen, laut zu schreien und sich die Haare auszureißen. Jetzt machten die Lieder sie nur noch traurig und matt und lebensmüde.

Sie spülte auch die Schüsseln ab und verstaute sie neben dem Topf. Der Hunger kniff ihr nicht mehr so stark in den Magen. Er erinnerte sie nur daran, dass es ihn gab. In der Tür tauchte ein Schatten auf, und als sie aufschaute, sah sie ein Kind dort stehen. Es starrte sie mit tief liegenden, dunklen, vom Hunger geäderten Augen an.

»Hallo«, begrüßte sie das Kind.

»Hallo«, sagte das kleine Mädchen, die Hände hinter dem Rücken verborgen. Es hatte die glasigen Augen einer gefangenen Kreatur. Seine Glieder sahen aus wie trockenes Feuerholz. Bis auf eine kurze Hose trug es nichts am Leib, und nur seine winzigen Ohrringe ließen erkennen, dass es ein Mädchen war.

»Wer ist da?«, fragte der *Alte Mann*.

»Ein Kind«, antwortete das *Mädchen*. »Nur ein Kind.«

»Bitte es herein«, sagte der *Alte Mann*. »Tritt ein, mein Kind, steh nicht dort in der Tür rum wie ein ungebetener Gast. Wir können dir zwar nichts anbieten, aber komm herein und setz dich.«

»Ich darf nicht hierbleiben«, erwiderte das Kind. »Mein Vater hat es mir verboten, weil der *Junge* es nicht gern sieht, wenn man den *Alten Mann* stört.«

Der *Alte Mann* lachte und sagte: »Wie du siehst, ist der *Junge* heute nicht da.«

»Aber ich muss auf meinen Vater hören«, beharrte das Kind.

Es stand dort, die Hände auf dem Rücken, und sprach mit der Ernsthaftigkeit eines Überbringers wichtiger Nachrichten.

»Der *Junge* ist nicht da«, wiederholte das *Mädchen*. »Aber du musst auf deinen Vater hören. Was hat er dir gesagt?«

Nun brachte das Kind die Hände hinter dem Rücken hervor und hielt sie dem *Alten Mann* hin.

»Er hat mir aufgetragen, dir das hier zu bringen«, sagte es zum *Alten Mann*.

»Was meinst du mit *das*?«

»Eier. Die alte Henne hat sie bei uns gelegt.«

Das Kind hielt zwei Eier in den dünnen Händen, welche die alte Henne im Haus seines Vaters gelegt hatte und die deshalb eigentlich dem Vater gehörten.

»Dein Vater ist ein Ehrenmann«, sagte der *Alte Mann*.

»Er trug mir auf, dir zu sagen, dass sie die Bezahlung für den Tabak sind, den du ihm gegeben hast.«

»Sag ihm, dass ich ihm dankbar bin.«

Das *Mädchen* nahm dem Kind die Eier aus den Händen.

»Alles Gute, Großvater«, verabschiedete es sich.

»Geh in Frieden, mein Kind«, erwiderte der *Alte Mann*.

»Alles Gute, kleine Mutter.«

»Geh in Frieden«, antwortete das *Mädchen*.

Nachdem das Kind gegangen war, meinte der *Alte Mann* zum *Mädchen*: »Sein Vater ist ein armer Mann.« Worauf das *Mädchen* erwiderte: »Sind wir nicht alle arm?« Denn die Armut hätte keine Wurzeln, sie sei heute hier und morgen da.

Im Haus gab es mehrere Töpfe, aber da die meisten Löcher hatten, wurden sie zu etwas anderem verwendet. Sie legte die Eier in den Topf, in dem der *Junge* seinen Tabak aufbewahrte. Traurig, so ein Haus ohne Frau, dachte sie, als sie sich setzte.

»Erzähl mir von den Frauen«, bat sie den *Alten Mann*.

»Von den Frauen?« Der *Alte Mann* klang aufgeschreckt.

»Von deinen Frauen, den Müttern deiner Töchter«, erklärte sie. »Erzähl mir von allen.«

»Was soll ich dir von den Frauen erzählen? Es waren liebende, vertrauensvolle, gutmütige Lasttiere. Sie taten, was ihnen aufgetragen wurde, und sie taten es mit ganzem Herzen. Es war ihre Aufgabe, sich zu kümmern, sich zu sorgen, zu weinen und die Familie zu ernähren. Waren die Zeiten hart, hatten sie es noch schwerer. Aber wir waren so sehr mit den großen Aufgaben der Politik, der großen Jagd nach Reichtum und Macht beschäftigt, dass es uns kaum auffiel.«

»Haben sie nie gefragt warum?«

»Man hatte sie gelehrt, von allen gut zu denken«, sagte der *Alte Mann*. »Positiv zu denken und keine Fragen zu stellen. Wir haben ihnen beigebracht:

Sie, die sagt ›Ja‹,
Wird im Himmel verzeichnet.
Sie, die fragt ›Warum‹,
Uns nur Ärger bereitet.

Die Mütter verzweifelten über dem Versuch, uns zu verstehen. Sie fütterten ihre Babys mit bitterer Galle und Geifer.«

»Und die Babys starben.«

»Nein, kleine Mutter. Das Gift einer Schlange bringt ihre Jungen nicht um. Sie wuchsen auf und wurden zornige junge Männer.«

Und wenn die jungen Männer den Mund aufmachten, dann waren ihre Worte Gewehre und Macheten, wild gewordene Bienen in den tauben Ohren ihrer Väter. Die *Big Chiefs* ärgerten sich über das, was die jungen Männer zu sagen hatten. Sie ließen ihre tollwütigen Hunde auf sie los, ihre Polizei, die nichts lieber tat, als die Kürbisse der Jugend mit ihren Keulen zu zerschmettern und die Samen über die verdorrte Erde zu verstreuen. Die Mütter klagten umsonst.

Die Mütter hatten wenig zu sagen. Sie fürchteten ihre Männer und vertrauten ihnen. Sie folgten ihren sündigen Ehemännern in deren Elfenbeintürme und auf die Bahnen der Macht und zu guter Letzt auf die Bahnen des Verderbens und in die Schlachthäuser.

Aber er erzählte dem *Mädchen* auch von seiner *Liebsten* – vielleicht, um den Frauen wenigstens ein bisschen gerecht zu werden – und dass sie alles darangesetzt hatte, ihm die Augen zu öffnen und mit ihr nach Europa oder Amerika zu fliehen. Seine *Liebste* hatte die Zeichen der Zeit und der drohenden Katastrophe eher erkannt als die meisten und vorhergesagt, dass es zu einem Massaker kommen würde. Ihr war es aufgefallen, und sie hatte Alarm geschlagen, als die *Big Chiefs* anfingen, mit gespaltenen Zungen zu reden und ihre Leute aufforderten, sich zu bewaffnen, während sie allen anderen Sicherheit versprachen. Sie gab ihre Stelle als Lehrerin an der weißen Schule auf und wollte mit ihrer Familie ins Exil gehen. Er aber hatte ihre Angst weggeredet und sie schließlich dazu gebracht, abzuwarten, weil alles wieder in Ordnung kommen würde.

Wie sehr er sich geirrt hatte.

»Unsere Welt war nichts für Frauen und Kinder«, erklärte er dem *Mädchen*. »Sie war nichts für die Schwachen und Armen. Es war keine Welt für die Beschränkten – im Geist, im Körper oder in ihren Mitteln. Tagsüber predigten wir Frieden, und nachts zogen wir in den Krieg. Das Schlimmste aber war, dass die *Big Chiefs* an ihre Torheit glaubten. Dass sie wirklich davon überzeugt waren, entgegen der alten Weisheit, die besagte, dass der, der mit Maul und Kiefer einer Hyäne erntete, für seinen Bruder miternten konnte. Ein paar von uns träumten sogar davon, in den Rat der *Big Chiefs* aufgenommen zu werden. Die *Big Chiefs* lachten uns nur aus. ›Führt der Schakal den Geier?‹, fragten sie. ›Führt die Hyäne den Löwen? Seit wann führt der Blinde den Sehenden?‹

Wir schlichen verwirrt davon. Sie ließen einen fahren.

›Ihr wollt also eine Führungskraft werden?‹, fragten sie uns. ›Woher habt ihr solche Vorstellungen? Wisst ihr etwa nicht, dass ihr eine Führungspersönlichkeit sein müsst, um führen zu können? Dass hungrige Mägen keine Märchen erzählen? So weit wird es nie kommen; nur über unsere Leichen. Ihr werdet von jemandem geführt, der auch etwas zu sagen hat. Also stimmt für uns!‹

Was wir auch taten. Obwohl wir wussten, dass das die Umkehrung all dessen war, was menschlich und moralisch ist, stimmten wir für sie. Obwohl wir seit Generationen wussten, dass der, der mit dem Schnabel und dem Appetit des weißen Geiers erntet, nur für sich ernten kann, wählten wir sie, damit sie für uns ernteten. Unser Wissen und die alte Weisheit nützten uns wenig, wenn wir mit ihrer Art der Macht zu tun hatten. Unsere *Big Chiefs* wussten, wie schwierig es für den Hungrigen ist, sich eine objektive Meinung zu bilden. Sie nutzten ihr Wissen mit verheerender Wirkung. Nach den Wahlen prahlten sie damit, wie viel Reis und Zucker sie im Austausch gegen Stimmen hergegeben hatten und forderten die Wahlbeobachter heraus, ihren Sieg in Frage zu stellen. Die Macht war die Privatangelegenheit der Mächtigen, der *Big Chiefs* und ihrer Kohorten, ihrer Verwandten, Gefolgsleute und Anhänger.

Eines Tages aber ging der *Big Chief* für Machtfragen so weit, dass er vorschlug: ›Gebt dem Volk die Macht!‹ Er versprach auch, jeder Stadt und jedem Dorf, jedem Haus und jeder Hütte, jedem Mann, jeder Frau und jedem Kind Macht zu übertragen, wenn man ihn wieder ins Parlament wählte.

Der *Big Chief* für Justiz, er, der der Gebildetste und Gescheiteste des ganzen Rudels war, wies ihn brüsk ab. ›Macht korrumpiert‹, verkündete er.

Und also bekam das Volk nie welche.

Nicht, dass es irgendeine Rolle gespielt hätte. Die Menschen wollten weniger Macht als vielmehr Nahrung, Wasser, Kleidung, Bildung, Gesundheit und Schutz vor Unheil. Ihnen war viel mehr an Befreiung von der Furcht vor Kugeln gelegen, die durch die Dunkelheit flogen und Unschuldige ebenso niederstreckten wie Schuldige. Sie sehnten sich viel mehr nach einer Abkehr von politischen Manipulationen und einer Rückkehr zu schlichter Ehrlichkeit, einem Wiedererwachen wirklicher Gerechtigkeit und einem Ende von Habsucht und Barbarei. Nein, die Bevölkerung wollte weniger die Macht als ein Ende der mutwilligen Zerstörung der Regenwälder und ihrer Bewohner durch Korruption, Bigotterie und Völkermord. Unsere Bevölkerung wollte weniger die Macht als all die anderen Dinge, und wir verschwendeten unsere Lebenszeit daran, unsere *Big Chiefs* von dieser einfachen Wahrheit zu überzeugen.

Und während wir uns gelehrt über unsere endlose Not ausließen, kamen Kinder zur Welt, wuchsen in tiefster Armut heran und vergingen. Bettlerinnen gebaren auf der Straße, und ihre Kinder lernten betteln, bevor sie noch krabbeln konnten. Wir bedeckten unsere Herzen mit den Strohbündeln unserer Verkommenheit.

Zu jener Zeit gab es die *Grube* noch nicht.«

II

Die Bewohner der *Grube* hatten eine Reihe Behelfs-
siedlungen an den Flussufern und neben den Müllhalden
der *Stadt* errichtet. Riesige, wuchernde Ansammlungen von
Bruchbuden aus Stöcken und Pappe, aus Lehm und Elend,
die eine siedende Masse verwahrloster Menschen beherberg-
ten, eine Eiterbeule auf dem Antlitz der Nation. Immer wieder schickten die *Big Chiefs* ihre Polizei mit dem Auftrag, alles
in Brand zu stecken, hofften darauf, dass alle in den Feuers-
brünsten umkamen oder ihre erbärmlichen Leben einsam-
melten und für immer verschwanden. Doch die Bewohner
der Elendsviertel kamen weder um noch zogen sie für immer
von dannen. Ihnen bot sich kein Ausweg. Sie waren in den
Bruchbuden aufgewachsen, hatten dort Kinder gezeugt und
geboren und würden dort sterben; wenn nicht im Feuer, dann
vor Hunger oder an ihrem schlimmen Kampf gegen die Armut. Auch Krankheiten und Unterernährung würden ihren
Blutzoll fordern, ebenso die Überschwemmungen der Regenzeit, die regelmäßig Bruchbuden und Bewohner fortspülten.
Doch waren die Opfer, die die Naturkatastrophen forderten,
den *Big Chiefs* bei weitem nicht hoch genug.

Die Leute in den Elendssiedlungen waren den *Big Chiefs*
ein ebensolcher Dorn im Auge wie die Bettler. Es waren ihrer zu viele, sie waren zu arm, zu schmutzig, zu krank und zu
aufsässig. Und die Richtigen wählten sie auch nicht. Den *Big
Chiefs* missfiel einfach alles an den Bewohnern der Elendsviertel, am meisten aber verdross sie, dass sie ihre Chiefs weder liebten noch respektierten. Wenn die *Big Chiefs* andere,
noch wichtigere *Big Chiefs* aus dem Ausland eingeladen hatten, sich ihr wunderbares Land anzusehen, und vorbeigefah-
ren kamen, dann säumten die aus den Elendsviertel nicht

etwa die Straßen, um ihre unansehnlichen Häuser zu verbergen, schwenkten keine Flaggen und führten auch keine patriotischen Tänze vor.

Eines Tages, nachdem die Nahrungsmittelrevolte die *Stadt* geplündert, missbraucht und schwelend zurückgelassen hatte, hielten die *Big Chiefs* nun endlich den Zeitpunkt für gekommen, die Elendsviertel vom Erdboden zu tilgen. Alle Armengemeinden wurden zum Gesundheitsrisiko erklärt, ihre Bewohner samt und sonders zu kriminellen Unruhestiftern und einer Bedrohung für Frieden und Sicherheit. Sie hatten alle an der Nahrungsmittelrevolte teilgenommen und mit außergewöhnlicher Freude geplündert, gebrandschatzt und vergewaltigt. Das Beste war, sie wären alle tot.

Also ergoss sich eines frühen Morgens ein rachsüchtiger Flächenbrand voller Wut und Bosheit in das Tal und machte alles dem Erdboden gleich. Durch den aufsteigenden Rauch und das um sich greifende Chaos sah das Elendsvolk nicht etwa die Wagen der Feuerwehr, die kamen, um ihre nutzlosen Leben zu retten, sondern brutale Bulldozer, die ihre Welt in Asche legten und alles in die schlammigen Flüsse schoben. Sie wurden von bewaffneten Polizisten und entarteten Mitgliedern der Jugendorganisation eingekesselt und wie Vieh in das tiefste Müllloch der *Stadt* getrieben, wo man ihnen dahinzuvegetieren befahl. An den Zufahrten in die *Stadt* wurden gewaltige Schlagbäume und Straßensperren errichtet und bewaffnete Soldaten stationiert, die jeden kontrollierten, der seinen Fuß auf diese Straßen setzte. Kriminelle und Bettler sowie jene, die kriminell oder hungrig aussahen, wurden angehalten und nicht in die *Stadt* gelassen. Allen Gegnern und Abweichlern sowie ähnlich gepolten Elementen wurden die Wohn-, Existenz- und Menschenrechte aberkannt, und man verurteilte sie, den Rest ihres Lebens in der *Grube* zu verbringen.

Dann wurde ein neues Gesetz verabschiedet, das Dissidenten und Abweichler, von denen manche sogar mit den *Big Chiefs* verwandt waren, ihrer Staatsangehörigkeit beraubte und sie vom Vorsitz auch noch im Rat des kleinsten Dorfes ausschloss.

»Ich habe ein Lied darüber geschrieben«, sagte der *Alte Mann*.

»Ich weiß«, antwortete das *Mädchen*.

Er zupfte sein Instrument und sang weiter.

»Wir hatten nichts zu essen«, sang er. »Wir hatten kein Wasser und auch keine Macht. Wir hatten keinen Gott. Wir krochen zu den *Big Chiefs*, weil wir keine anderen Väter kannten. ›Väter unsere, wir sterben‹, klagten wir. ›Die Geldmacher sind wieder am Werk. Sie haben unsere Speicher geplündert, haben uns unserer Freunde und Verwandten beraubt. Sie wollen unser Blut, und in ihren Adern fließt gar keins. Väter unsere, wir sterben.‹

Die *Big Chiefs* lächelten wohlwollend und senkten den Weizenpreis, obwohl es keinen zu kaufen gab, denn die Ladenbesitzer hatten ihn gehamstert. Wir klagten, wir stöhnten und weinten uns das Herz aus dem Leibe. Sie nickten weise, senkten den Malzbierpreis und betranken sich ungehemmt weiter. Habe ich dir erzählt, dass unsere Chiefs richtig saufen konnten? Zwischen ihren Saufgelagen regierten sie mittels Dekreten. Sie stiegen auf eine Bühne und verkündeten per Dekret, dass es im Land genug Nahrungsmittel gab, die gegenwärtige Dürre zu überstehen.

›Darüber hinaus‹, erklärten sie, ›haben wir die Steuer auf Radios abgeschafft, damit ihr euch informieren könnt, wo die Lebensmittel zu kaufen sind. Wir haben auch die Steuer für große Autos gesenkt, damit ihr euch Träume erfüllen könnt und seht, dass wir uns um euch sorgen. Wir verordnen: Malzbier für alle. Was wollt ihr noch? Was wollen kleine Leute?‹

›Etwas zu essen‹, heulten wir. ›Wir wollen Lebensmittel, die wir essen können, keine, von denen wir nur hören.‹

Die *Big Chiefs* wurden wütend. Sie tobten und geiferten, und der Schaum trat ihnen vor den Mund. Kein Wesen war gefährlicher als ein wütender Chief. ›Wir kennen euch‹, rasten sie. ›Wir kennen euch besser als ihr selbst. Ihr braucht mehr Gesetze. Ihr braucht mehr Polizei, um Recht und Ordnung aufrechtzuerhalten, um für euch Frieden und Stabilität zu schützen.‹

Von da an war es illegal, über Hunger zu sprechen, und staatsgefährdend, wenn man vor Hunger weinte oder um Essen bettelte. Es war Hochverrat, wenn man sagte, dass nicht ausreichend Nahrungsmittel zur Verfügung stünden. Alle Jammerer und Beschwerdeführer, alle Waisen und Bettler, alle Abweichler und Fragesteller, die auch nur den Mund aufmachten, um zu gähnen, wurden öffentlich hingerichtet. Das brachte uns Ausdauer bei. Wir wurden so ausdauernd, dass sie völlig vergaßen, dass wir existierten.«

»Wie ist es denn dann zu den Lebensmittelkrawallen gekommen?«, fragte das *Mädchen*.

»Die waren etwas völlig anderes«, erzählte der *Alte Mann*. »Wir standen wie gewöhnlich Schlange, um unsere Tagesration Hirse zu kaufen, hielten unsere Münzen in der einen und unsere Hirsekörbe in der anderen Hand. Damals gab es überall Schlangen, lange Reihen ausgehungerter Menschen, die sich in der endlosen Agonie immerwährenden Hungers drehten und wanden; Reihen, die sich wie tödlich verwundete Schlangen krümmten und wanden und tagelang nicht vergingen. Wenn die Ladenbesitzer mittags schlossen, lösten sich die Schlangen nicht auf. Hunderte hungriger Menschen standen in der stechenden Sonne, bis die Ladenbesitzer gegessen und Siesta gehalten hatten. Nur die Armen mussten nach Hirse anstehen. Die Reichen hatten all den Reis und all den Weizen, den sie nur essen konnten. Den Reichsten fehlte es selbst damals an nichts.

Eines Tages beschloss ein Ladeninhaber, sein Geschäft früher zu schließen, weil er an der Beerdigung eines *Big Chiefs* teilnehmen wollte. Draußen standen mehrere hundert Männer, Frauen und Kinder, die Mehl kaufen wollten; sie hatten seit Sonnenaufgang in der Schlange gestanden und waren am Ende ihrer Kräfte. Sie flehten und bettelten, aber umsonst. Schließlich resignierten sie und gingen auseinander. Ein hungriger Mann brach zusammen. Er stürzte auf einen anderen hungrigen Mann, der fiel auf eine noch hungrigere alte Frau. Sie riss eine andere um, die in das Schaufenster des Ladens fiel. Das Geräusch splitternden Glases war alles, was es brauchte, dass die Menge außer Kontrolle geriet. Sie explodierte förmlich. Eine Tollwut aus Schreien und Klagen und Zerstören und Einsammeln und Davonrennen. Der spontane Wahnsinn breitete sich wie ein Buschfeuer in der ganzen *Stadt* aus, wo andere zu Hunderten endlos Schlange standen – in Schlangen so lang wie der Kummer einer alten Witwe. In kürzester Zeit war die ganze *Stadt* von Zerstörern und Einsammlern, Plünderern und Grabschern überflutet.

Scheiben wurden eingeschlagen, Autos umgeworfen und Gebäude in Brand gesteckt. Alles Bewegliche wurde fortgeschleppt, einen Tag lang regierte die Anarchie. Die Überfallkommandos stürzten sich in das Getümmel, die blutigen Kämpfe dauerten eine ganze Woche an und verursachten eine Zerstörung, wie sie die *Stadt* seither nie wieder erlebt hat. Die Polizei behielt schließlich die Oberhand, verhaftete Hunderte und prügelte noch mehr zu Krüppeln. Die Plünderer wurden aus der *Stadt* verbannt und zum Leben in der *Grube* verdammt. Weit genug von der *Stadt* entfernt, um sicherzustellen, dass solch eine Orgie der Gesetzlosigkeit nie wieder über eine zivilisierte Gesellschaft hereinbrechen würde.«

»Und was war mit den Lebensmitteln?«, fragte das *Mädchen* verwundert.

»Die Lebensmittel?« Der *Alte Mann* brach in schallendes Gelächter aus. »Es gab keine. Die Nahrungsmittelschlangen starben eines natürlichen Todes. Dann setzten die Regenfälle ein und damit die Überschwemmungen der Regenzeit. Kinder starben, während die Mütter sich noch verzweifelt fragten, was sie tun könnten. Wir fütterten die hungrigen Hunde mit unseren Toten, und mit den Hunden ernährten wir unsere lebendig Toten.«

»Wehe!« Das *Mädchen* blickte erschreckt auf.

Der *Alte Mann* saß kerzengerade und bewegungslos, starrte zum alten Baum hinüber. Sie begriff, dass seine Seele wieder auf Wanderschaft war und in ihrem Sumpf aus Traurigkeit versank.

»Wehe!«, sagte sie noch einmal.

»Wehe, wehe«, sagte auch der *Alte Mann*. »Leid und Schrecken, nur Leid und Schrecken.«

Es war nicht verwunderlich, dass seine Gedanken auf Wanderschaft gingen. Sie hatten die Schädel gesehen, Zehntausende, die in Mahnmalen, Bibliotheken und Kirchen aufgestapelt lagen und in so vielen Gräbern verscharrt waren, dass man sie nicht mehr zählen konnte. Kugeln hatten sie durchbohrt, eine Axt, eine Machete oder eine mit Nägeln gespickte Keule hatten sie gespalten. Und es war nicht ausgeschlossen, dass es nicht wieder geschah.

»Warum lernen wir nie etwas?«, fragte das *Mädchen*.

»Eines Tages werden wir es«, seufzte der *Alte Mann*. »Gott isst kein *ugali*.«

»Warum hat er es zugelassen?«

»Gott hatte kaum etwas damit zu tun. Habe ich dir nicht gesagt, dass wir in einer Zeit des Wahnsinns lebten?«

Er hatte ihr erzählt, wie die *Big Chiefs* in der Kirche aufgetaucht waren und die Morde öffentlich verurteilt hatten. Doch zur gleichen Zeit waren ihre Stimmen im Radio zu hören gewesen, und dort hatten sie Völkermordlieder gesungen und jene, die sich noch nicht daran beteiligten, gedrängt, der gemeinschaftlichen Pflicht, die Opposition zu beseitigen, nachzukommen.

»Die machen sich was vor«, hatten sie im Radio verlautbart. »Sie glauben, sie werden immer mehr, aber die Wahrheit ist, dass sie von dieser Erde verschwinden. Einer nach dem anderen wird ausgelöscht. Deshalb, Freunde, lasst uns feiern. Die *Kakerlaken* sind ausgelöscht und ausgerottet. Gott gibt den Gerechten.«

Der *Alte Mann* hatte ihr über seine Lehren und Schriften erzählt, von seinen Theorien über alles zwischen Leben und Tod. Das *Mädchen* hatte seine Klagegesänge, sein Wehklagen und seine Geschichten gehört, die so voller Leid steckten. Sie hatte sie so oft gehört, dass sie sie auswendig konnte. Doch obwohl sie ihr das Herz brachen, brachte sie es nicht über sich, ihn zu bitten, damit aufzuhören; nicht einmal, als sie merkte, dass ihr Herz vor Schmerz zugrunde ging. Diese Lieder waren der *Alte Mann*, und der *Alte Mann* war seine Lieder, und sie konnte sich das eine nicht ohne das andere vorstellen.

»Solch eine Sinnlosigkeit hat man noch nie erlebt«, sagte er. »Die *Big Chiefs* glaubten den barfüßigen Wunderheilern, die ihnen versprachen, sie mit Hexerei von unheilbaren Krankheiten zu heilen, ihre Lebenszeit zu verdoppeln, ihren Reichtum wie ihre Macht zu verdreifachen.«

»Habgier«, meinte das *Mädchen*.

»Unsere Chiefs waren ganz verrückt davon«, sagte der *Alte Mann*.

FÜNFTES BUCH

Männer würden – wie Männer das eben tun – reden. Über Macht und Politik und, weil sie gelernt haben, wie Schauspieler zu handeln, würden sie alles daransetzen, einander mit ihrem Wissen und ihrem einzigartigen Verständnis der politischen Wirklichkeit und der absurden Politik, die Armut und Völkermord hervorbrachte, auszustechen.

Sie würden sich und einander Fragen stellen, die unmöglich zu begreifen wären und noch schwerer zu beantworten. Brachte schlechte Politik Armut hervor, oder gebar Armut schlechte Politik? War die Vertreibung vieler Menschen und die Ermordung Hunderter Landsleute mit dem Ziel, sie ihres Landes und ihres Viehs zu berauben, eine Stammesfehde oder ein Völkermord? War die Erschießung unbewaffneter Demonstranten und Teilnehmer bei Protesten gute Polizeiarbeit oder schlechte Politik? Handelte es sich beim absichtlichen Aushungern einiger Tausend kritischer Nomaden und aufmüpfiger Rebellen um Politik oder Völkermord? Die Meinungen waren vielzählig und gingen weit auseinander. Die Männer diskutierten diese Fragen mit leidenschaftlichem Feuer und Hingabe bis weit in die Nacht hinein. Schließlich verteidigten sie ihre Ansichten mit den Fäusten.

»Das war kein Völkermord«, erklärte ein weiser Narr überzeugt. »Das war eine Stammesfehde, ein bloßes Säbelrasseln,
nur ein Begleichen alter Rechnungen, ein Kassensturz gewis-
sermaßen, hahaha. So was ist doch ganz normal, hahaha.«

Dr. Baraka: *Des Teufels Masterplan*

Der Schlachter

I

In der Tür tauchte ein kleines Kind auf. Noch so ein abgemagertes Wesen mit aufgeblähtem Bauch und katatonischen Augen. Der Junge war nackt, seine unterernährten Glieder wurden nur von dünnen Sehnen und Haut zusammengehalten, die Haut war rissig und löste sich in Fetzen ab wie die eines Warzenschweins, das sich zu lange im Schlamm gewälzt hat.

Sie hatten ihn nicht kommen gehört, so unhörbar leichtfüßig waren Kummer und Elend, die beständig an seiner Seite gingen.

»Seid gegrüßt, *G-Großvater*«, sagte er mit matter Stimme.

»Sei gegrüßt, Kind. Kenne ich dich?«

»N-*Nein*. Ich wohne *d-drüben* auf der anderen *S-Seite*. Seid gegrüßt, *kleine M-Mutter*.«

»Sei gegrüßt«, erwiderte das *Mädchen* den Gruß. »Wessen Kind bist du?«

Er war der Sohn von *C-Claver*.

»Komm rein«, forderte der *Alte Mann* den kleinen Jungen auf. »Wir haben nichts, aber komm ruhig herein und setz dich zu uns.«

Der Junge, der beherzt gegen sein Stottern ankämpfte, erklärte, dass er weder hereinkommen noch sich setzen könne, weil er in *E-Eile* war.

»Wo willst du denn hin?«, fragte der *Alte Mann*.

Er war auf dem Weg nach Hause.

»Und wo bist du gewesen?«, fragte das *Mädchen*.

Zu Hause.

Der *Alte Mann* nickte bedächtig, während er darüber nachdachte, was der Junge gesagt hatte. Schließlich fragte er ihn: »Also, sag schon, was du möchtest.«

Der Junge schaute vom *Alten Mann* zum *Mädchen*, sah auf seine Füße und sagte schließlich mit toter Stimme: »Mein *V-Vater* schickt mich, und ich soll *f-fragen* ...«

Er wusste, dass alle, die seinen Vater kannten, ihn verabscheuten. Und sogar ein paar von denen, die ihm nie begegnet waren. Einige nannten ihn den Schlachter des Teufels und bezeichneten den Jungen als Sohn des Teufels. Er konnte seinen Vater nicht in Schutz nehmen, ihn auch nicht fragen, warum man ihn den Schlachter des Teufels nannte. Sicherlich war, was immer sein Vater getan haben mochte, so schrecklich, dass niemand – außer sein Sohn – ihm je vergeben würde oder ihn achten könnte. Deshalb fiel es ihm ausgesprochen schwer, diejenigen um Nahrung anzubetteln, die in seinem Vater ein Ungeheuer sahen.

»Was hat er dir aufgetragen, Sohn?«, fragte der *Alte Mann*.

»Er hat *ge-gesagt*, ich soll sagen, dass er krank im *B-Bett* liegt.«

»Tut mir leid, dass es ihm nicht gut geht«, sagte der *Alte Mann* und nickte.

»Es sieht so aus, als hörte der Kummer nie auf«, fügte das *Mädchen* hinzu und schüttelte den Kopf.

Der kleine Junge hielt den Blick immer noch auf die Füße gesenkt: »Er hat *ge-gesagt*, dass ich dich bitten soll ...«

Wieder hielt er inne, unterdrückte dadurch ein Stottern. Der *Alte Mann* redete ihm gut zu: »Also sprich, Kind. Es ist kein Verbrechen, um etwas zu bitten.«

Der kleine Junge setzte wieder an: »Er hat *ge-gesagt*, dass ich dich *b-bitten* soll, mir zu erlauben, zwei *B-Blätter vom a-alten B-Baum* zu *p-pflücken.*«

»Hat er dir Geld mitgegeben?«

»Nein, *G-Großvater.*«

»Den Tabak gibt es nur gegen Geld. Dein Vater weiß das.«

»Ja, *G-Großvater.* Mein Vater hat *ge-gesagt,* ich soll *s-sagen,* dass er *i-irgendwann be-bezahlen* wird. Wenn es ihm *w-wieder gu-gut* geht.«

»Und wann wird das sein?«

»Das *w-weiß* ich nicht. Er hat *ge-gesagt,* ich soll *d-dir s-sagen,* dass er schon *l-lange* krank im *B-Bett l-liegt.* Deshalb *k-konnte* er *nicht k-kommen,* dich *b-besuchen* und mit dir über die *a-alten S-Sachen* reden.«

Armut war wahrlich die schlimmste Krankheit auf Erden. Armut machte aus guten Menschen Lügner und Diebe und brachte Kindern das Lügen bei. Armut verwandelte Krieger in Bettler und ehrenwerte Menschen in Ungeheuer. Armut machte die Menschen klein, machte sie dem Erdboden gleich, und es sah ganz so aus, als bürdete sie den Menschen endlose Demütigungen auf.

»Ich weiß nicht, ob ich dir erlauben soll, für deinen Vater zwei Blätter vom Tabakbaum zu pflücken«, sagte der *Alte Mann* schließlich. »Der Baum gehört nicht mir, sondern dem Jungen. Richte Claver das aus.«

Der Junge setzte an, um für seinen Vater ein gutes Wort einzulegen, stotterte aber so sehr, dass er es ließ. Stattdessen blieb er in der Tür stehen und weigerte sich zu gehen.

»Du hast gehört, was Großvater gesagt hat«, sagte das *Mädchen* ein bisschen zu grob. »Also geh jetzt und richte es deinem Vater aus.«

Der kleine Junge rührte sich nicht von der Stelle.

Der einzige Mann namens Claver, an den der *Alte Mann*

sich erinnern konnte, war Schlachter und Eisenwarenhändler. Claver hatte in seiner Werkstatt Macheten angeschliffen und Beile und Keulen und andere Mordwerkzeuge gefertigt. Er war mit den Milizen losgezogen und hatte bei ihnen gehaust, um ihnen die Rinder zu schlachten, die sie stahlen, und die Macheten zu schleifen, wenn sie vom vielen Morden stumpf geworden waren.

Claver hatte viele Jahre im Gefängnis gesessen und auf seinen Prozess wegen Verbrechen gegen die Menschlichkeit gewartet, war aber entlassen worden, als niemand bezeugen konnte, dass er eine Machete geführt oder jemanden umgebracht hatte. Sein ausgebuffter Rechtsanwalt hatte das Gericht mit dem Argument überzeugt, dass Claver am Völkermord nicht mehr und nicht weniger Schuld hatte als die europäischen und amerikanischen Waffenhersteller oder die Länder, die die Armee oder die Milizen bewaffnet hatten.

Keiner mochte Claver leiden. Mehrmals hatte man ihn vergiften wollen, und er wagte sich tagsüber nicht mehr aus dem Haus, weil er fürchtete, die Leute, die ihm die Schuld für ihren Schmerz gaben, könnten mit Macheten über ihn herfallen. Sein Sohn aber konnte – wie die Söhne vieler anderer – hingehen, wo er wollte, denn ihn traf keine Schuld an seines Vaters Verbrechen.

»Bist du etwa immer noch hier?«, fragte der *Alte Mann* ihn.

»Ja, *G-Großvater.*«

»Was meinst du, kleine Mutter?«, fragte der *Alte Mann* das *Mädchen.* »Sollen wir dem Kind erlauben, für seinen Vater, der, wie er sagt, krank im Bett liegt, zwei Blätter zu pflücken?«

Das *Mädchen* sah den kleinen Jungen an. Er war nicht älter als sieben Jahre, sah aber schon wie ein alter, matter Mann aus. Es schien, als hätte er nicht nur die dunklen Flecken auf der Seele seines Vaters geerbt, sondern auch die körperlichen Narben.

Und er war genauso alt wie ihr eigener Sohn.

In ihrem Zögern spürte der kleine Junge das Mitleid und sagte: »Bitte *s-sag j-ja*, kleine *M-Mutter*. Mein *V-Vater* ist sehr krank.«

»Nur zwei Blätter?«

»Nur zwei, kleine *M-Mutter*.«

»Ich pass ganz genau auf«, warnte sie ihn.

Der kleine Junge pflückte zwei der größten und reifsten Blätter vom alten Baum, kam an die Tür zurück und zeigte ihnen, dass er tatsächlich nur zwei Blätter genommen hatte.

»Dann geh in Frieden, Sohn«, sagte der *Alte Mann*.

»Bleib gesund, Großvater«, antwortete der kleine Junge. Vor lauter Glück besiegte er zum ersten Mal an diesem Tage sein Stottern. »Bleib gesund, kleine Mutter.«

»Mach's gut«, sagte sie.

Dann war er fort, leise wie eine Maus und genauso schnell.

»Der *Junge* wird wieder wütend werden«, meinte der *Alte Mann*.

»Zählt er etwa die Blätter?«

»Er kennt sie mit Namen. Wie die Zeiten sich geändert haben. Wir haben noch die Ziegen unseres Vaters gezählt, und wir kannten auch jede beim Namen. Heutzutage ...«

»Du hast recht, Großvater«, sagte das *Mädchen* matt. »Die Zeiten ändern sich.«

Der *Alte Mann* starrte zum alten Baum hinüber, unter dem das alte Huhn munter wurde und weiter nach Futter scharrte. Plötzlich begann er leise und traurig vor sich hin zu singen.

»Die Jugend war, anders als heutzutage, gehorsam. Anweisungen ausführen konnten wir gut. Und weil wir Söhne unserer Väter waren, hatten wir auch Ziele. Wir strebten nach Macht, der Macht, die unsere Väter mit solcher Hingabe ausübten.

Und als sie erkannten, wie uns nach Erfolg dürstete, sagten unsere Väter, die *Big Chiefs*, zu uns: ›Wenn ihr es beim ersten Mal nicht schafft, versucht es ein ums andere Mal aufs Neue.‹«

Wir versuchten es wieder und wieder. Wir strebten danach, bis uns das Streben in Fleisch und Blut übergegangen war und es zum Schluss gar nichts mehr bedeutete, dass uns unsere Väter, die *Big Chiefs*, nie einen Erfolg gestatteten. Doch wurden sie böse auf uns, wenn wir den Sinn in ihrem Unsinn nicht begriffen. Sie wüssten ja, sagten sie, dass wir wie unsere Mütter eher schlichten Geistes seien. Doch würden wir sie immer damit überraschen, wie schlimm es wirklich um uns stünde. Manchmal wären sie gar versucht, uns die Schädel zu öffnen, um bestätigt zu finden, dass sie vollkommen leer waren.

Was die Jugend von heute vielleicht überrascht, ist, dass wir nichts begriffen. Auch damals gab es schon gute Schulen, in denen man den Kindern Unterordnung und Ehrfurcht vor der Macht beibrachte. Und man brachte ihnen bei, sich an den Autobahnen aufzustellen und den vorbeifahrenden *Big Chiefs* Preislieder zu singen:

Einmal Bettler, immer Bettler,
Bettle, bettle, bettle.
Wir kriegen was, wir kriegen nichts,
Bettle, bettle, bettle.
Fluch unsern Wurzeln, unsern elenden Göttern,
Bettle, bettle, bettle.
Heil unsern Chiefs, unsern geldbewehrten Göttern,
Bettle, bettle, bettle.
Einmal Bettler, ewig Bettler,
Bettle, bettle, bettle.
Ob wir was kriegen oder nicht,
Wir betteln, betteln, betteln.

II

Unsere *Big Chiefs* hatten ein Problem, was Bettler anging. Anscheinend hatten Bettler nie etwas und bettelten immer. Sie hockten an den Straßenecken und bettelten. In einem fort und den ganzen Tag. Nachts schliefen sie in Mülltonnen und öffentlichen Toiletten. Sie waren ein ganz eigenes Volk: egal ob *Kurze* oder *Lange*, von den Seen oder vom Meer, aus den Bergen oder von den Hügeln. Sie einte, dass sie allesamt Hunger hatten, ausgemergelt aussahen und zu schwach waren zu hassen.

Als einmal ein Bettler an einer Straßenecke lag, sagten die *Big Chiefs*, das wäre eine neue Masche, ihnen Mitleid und vor allem Geld abzunehmen. Deshalb ließen sie ihn liegen. Sie hatten es satt, immer nur zu geben und zu geben und langsam ausgeblutet zu werden. Eine ganze Woche lag er da. Wenn sie vorbeifuhren, hielten sie sich die Nasen zu. Ein Monat verging, und er lag immer noch da. Die Leute gingen stählernen Herzens an ihm vorbei und ließen ihn vermodern. Er blieb dort liegen, bis ihm die Haut von den Knochen fiel und Würmer aus den Augenhöhlen krochen. Sie stießen ihn mit Zehenspitzen an, um sicherzugehen, dass das nicht nur ein neuer Trick war, ihre Aufmerksamkeit zu erlangen. Als schließlich nur noch ein paar Knochen übrig waren, die im Rinnstein verstaubten, sahen wir endlich zähneknirschend ein, dass er wohl schon lange tot war.

Manch einer behauptete, er hätte das absichtlich getan, um ein Begräbnis auf Staatskosten zu erhalten. Andere wieder vertraten die Meinung, er wäre überhaupt nicht gestorben, sondern hätte seine Schauspielerei auf ein neues Niveau gehoben. Die meisten aber sagten überhaupt nichts dazu. Bettler starben jeden Tag.«

»Wehe«, stöhnte das *Mädchen*.

»Wehe, wehe«, echote der *Alte Mann*. »Wie ich dir gesagt habe: Wir waren nichts weiter als unbegreifliche Säcke. Manchmal maßen wir den Wert eines Menschen an seinem Hüftumfang. Aber mit unseren *Big Chiefs* vermochten wir es auch in dieser Hinsicht nicht aufzunehmen. Sie betrachteten sich unsere verzweifelten Anstrengungen, schüttelten die Köpfe und meinten nur: ›Begreift doch, ihr taugt nicht zur Führungsschicht.‹ Und dann zogen sie sich zu ihren Ratssitzungen zurück, zankten sich und erließen ein neues Gesetz gegen irgendetwas. Manchmal aber befiel auch sie die Verzweiflung angesichts ihrer Unfähigkeit, außer ihren Streitereien etwas zustande zu bringen. Dann beantragten sie ein Misstrauensvotum gegen sich selbst, machten aber unverzüglich weiter wie vorher. Als das zum ersten Mal geschah, lachten wir. Als es aber so oft passierte, dass wir es gar nicht mehr zählen konnten, fiel uns das Lachen viel schwerer. Beschämt starrten wir zu Boden und taten so, als gingen sie uns nicht das geringste bisschen an. Und als sie mitbekamen, wie peinlich uns das alles war, trösteten sie uns und sagten: ›Habt mehr Vertrauen, ihr habt schließlich keine andere Wahl.‹«

»Und ob ihr eine Wahl hattet«, widersprach das *Mädchen*. »Ihr wolltet euch bloß nicht entscheiden.«

»Ja, die Wahl zwischen zwei Bananen«, sagte der *Alte Mann*. »Kann man da was anderes wählen als die Größe? Und die Größe hatte uns ja in diese Situation gebracht – die Größe unserer Ambitionen. Unsere *Big Chiefs* waren nämlich genau wie wir unverbesserliche Träumer. Sie träumten, sie wären Götter. Und wenn sie andere fliegen sahen, träumten sie, sie könnten auch fliegen. Sie träumten, sie wären große Staatsmänner, weil sie häufig mit großen Männern an einem Tisch aßen. Und sie glaubten, dass sie nie, wirklich niemals, sterben würden, weil wir beteten, dass sie nie, wirklich niemals, sterben sollten. Habe ich dir erzählt, dass unsere Väter abgöttische Verehrer der Obrigkeit waren?«

»Mindestens zehn Mal schon.«

»Sie schworen, nie vom Führungsanspruch zu lassen und ihn bis zum letzten Sohn hinunter zu verteidigen.«

»Was sie auch getan haben«, stellte das *Mädchen* fest.

Es war Nachmittag, und wie immer um diese Zeit frischte der Wind auf, fegte durch die Häuser, wirbelte Staub hoch und trieb den Gestank der Armut durch alle Gassen und Mauern. Von nah und fern hörte er hungrige Kinder schreien. Das *Mädchen* hatte selbst drei davon, die auch den ganzen Tag lang nichts zu essen bekamen.

»Schmerz tötet nicht«, dachte sie. »Er tut nur weh.«

Der *Alte Mann* nickte stumm, als hätte er ihre Gedanken gehört, und sprach zu sich: »Die Seele ist aus härterem Holz als das Hirn.«

Er hatte Menschen erlebt, die – die Eingeweide in der Hand – Schlange gestanden und gewartet hatten, bis ein Arzt sich ihnen widmete, der kaum mehr zu geben hatte als ein Aspirin und etwas Mitleid. Er hatte Schwerverletzte behandelt, für die keine Hoffnung bestand, doch ein paar Monate später verließen sie das Krankenhaus und führten ein Leben als Gesunde. Ein Mann war, nachdem die Milizen ihm die Füße an den Knöcheln abgeschlagen hatten, auf seinen blutenden Stümpfen die drei Kilometer bis zum Krankenhaus gehumpelt.

»Nein«, sagte der *Alte Mann* zu dem *Mädchen*, »Schmerz tötet nicht. Aber politische Narretei, die ist ein ganz entschlossener Mörder.«

Und wenn eines klar war, dann die himmelschreiende Tatsache, dass die Chiefs nicht die geringste Ahnung davon hatten, worum es in der Politik eigentlich ging. Einige meinten, sie sei ein großes Festessen, eine Gelegenheit, es sich gut gehen zu lassen und Fett anzusetzen. Diejenigen aber, die gebildet waren und reden konnten, erklärten uns, sie sei nur ein Spiel, ein schmutziges Spiel, bei dem die Spielregeln im Verlaufe des Spiels erfunden, geändert und, so die Notwendigkeit bestand, neu erfunden würden.

Unsere *Big Chiefs* beherrschten das Spiel meisterhaft. Sie prahlten, selbst dann noch, als sie sich schon hoffnungslos im Labyrinth eines wirtschaftlichen Dschungels verirrt hatten. Sie schlugen sich an die hohle Brust, selbst dann noch, als sie schon in unergründlichen ideologischen Sümpfen strampelten und untergingen. Und wie die Dschungelkönige, die sie geworden waren, brüllten sie:

Wehe, Wehe und Schrecken,
Wir, wir sind die Big Chiefs.
Allwissend sind wir,
Und ihr die kleinen Scheißer,
unwissend seid ihr,
Vereint sollt ihr deshalb streben
Und uns eine neue Zukunft bauen.

»Diese *Grube* habt ihr uns gebaut«, warf ihm das *Mädchen* vor. »Eine *Grube* ohne Boden, in der ihr eine ganze Nation begraben habt.« Sie sprach voller Bitterkeit, doch war ihre Verbitterung nicht so groß wie die des *Jungen*.

»Elfenbeintürme haben wir gebaut«, sagte der *Alte Mann*, um sie zu besänftigen. »Die *Grube* ist ein Nebenprodukt. Die *Grube* ist der Ort, aus dem die Kohle und die Arbeit kamen. Als Begründer einer Nation übertrafen wir uns selbst: In allem, was wir nicht über unsere Grenzen schmuggeln und zu Geld machen konnten, waren wir sehr genügsam. Kinder haben wir gezeugt und sie zur Elite von morgen, zu den Industriekapitänen der Zukunft ernannt. Alkoholiker, Arme und Degenerierte jeder Art haben wir geschaffen. Wir erfanden die Arbeitslosigkeit neu und ließen aus allen Vagabunden und Prostituierte, Kriminelle und Waisen werden. Und schließlich machten wir alle zu Mördern.«

»Und die Mütter?«, fragte das *Mädchen*. »Was haben sie getan?«

»Von den Müttern habe ich dir bereits erzählt. Sie vertrauten ihren Männern und folgten ihnen in Infamie und Verdammnis.«

Der *Alte Mann* hatte ihr von einer Frau erzählt, die Immaculata hieß, die Unbefleckte. Immaculata hatte einen Frauentrupp zur zentralen Frauenklinik geführt. Tagelang hatten sie davor gelagert, erbeutetes Fleisch gekocht und es sich gut gehen lassen, während sie darauf warteten, dass die Frauen gebaren und sie die Neugeborenen abschlachten konnten.

Das *Mädchen* schüttelte bei dieser Erinnerung den Kopf und sagte zum *Alten Mann*: »Eure Zeit war eine Zeit der Finsternis.«

»Finsternis im Angesicht des hellen Tages«, pflichtete der *Alte Mann* ihr bei. »Das Zeitalter des Niedergangs von Sinn, des Todes der Vernunft. Mitunter aber war ein Lichtstrahl auszumachen. Ab und zu wurde der eine oder andere *Big Chief* nüchtern, gestand ein, dass sie uns ins Unglück führten, und legte sich einen Strick um den Hals.

Ansonsten aber stolzierten sie in grenzenloser Selbstüberschätzung herum, erließen Gesetze, nach denen wir zu leben und zu sterben hatten und versuchten, den Wind zu ernten. Nicht einen Gedanken verschwendeten sie an den arbeitslosen Vater, der vor Sorgen ganz krank war, oder an das mutterlose Kind, das nachts angsterfüllt hörte, wie sein Vater weinte.«

Er lachte plötzlich auf. Eine Folge kleiner, trockener Husten, die den Staub in seinem Bart aufwirbelten und dem *Mädchen* Sorge bereiteten.

»Was hast du?«

»Der Staub«, antwortete er. »Er schmeckt mit jedem Tag bitterer.«

»Das liegt am Wind«, erklärte sie ihm. »Auf der anderen Seite drüben verbrennen sie immer noch Müll.«

Er keuchte beim Singen. Sie wusste, dass er sich erholen würde, sobald der Regen einsetzte und die Luft von Staub und Rauch reinigte.

»Du wirst es nicht glauben«, fuhr er fort, »doch eines Tages entschieden eben diese *Big Chiefs* – nach einigem Nachdenken –, dass sie die kleinen Leute nun lange genug hingenommen hatten. Sie hatten die Nase voll von ihrem Elend und ihr Stöhnen länger mit angehört, als sie ertragen mochten. Sie kamen zu dem Schluss, dass sie ganz gut ohne die *Kakerlaken* leben könnten, hatten aber nicht die leiseste Vorstellung, was sie mit ihnen anfangen sollten. Heimlich versammelten sie sich im Lavendel-Rosen-Hof, verspeisten ein paar Ziegenrippchen, tranken etwas Honigbier und berieten über das Schicksal der *Kakerlaken.*

Der *Big Chief* für Verteidigung, dessen Vater ein großer Krieger gewesen und als Freiheitskämpfer gestorben war, machte den Vorschlag, die *Kakerlaken* mit Raketen in die Hölle zu schießen, während sie schliefen. Er fürchtete, seine Armee könnte überwältigt werden, sollten die kleinen Leute eines Tages auf den Gedanken kommen, sich zu erheben und den Gewehren zu trotzen. ›Man muss sie zurechtstutzen‹, sagte er. ›Sie müssen flach auf dem Boden liegen. Wie leere Briefumschläge. Ich schicke meine Krieger. Die erteilen den *Kakerlaken* eine Lektion, die sie nie wieder vergessen.‹

Ein anderer Chief schlug vor, die *Kakerlaken* einzukesseln, sie in der Mitte der *Grube* zusammenzutreiben und sie mit etwas Stärkerem als einem Insektizid auszuräuchern. ›Man darf nicht zulassen, dass sie sich weiterhin vermehren‹, verkündete er mit der ganzen Arroganz eines wohlgenährten Gottes. Das war der *Big Chief* für das Gesundheitswesen, der einen Tag, bevor seine Mutter, eine große Freiheitskämpferin, in Armut starb, in ganz einfachen Verhältnissen auf die Welt gekommen war.

Der *Big Chief* für Landwirtschaft, der nur mit Bananen und Mais großgezogen worden war, kam mit dem Vorschlag, die *Kakerlaken* mitsamt ihren Flöhen und Wanzen und deren zahllosen Nachkommen verhungern zu lassen.Der *Big Chief* für die Wasserversorgung aber, dessen Mutter Wasser aus Löchern geschöpft hatte, die mit Kamelurin verseucht waren, er hatte die beste Idee von allen. Er vertrat die Meinung, man sollte alle Quellen und Teiche, alle Flüsse und Seen vergiften, um sicherzustellen, dass auch nicht eine nutzlose *Kakerlake* überlebte. Tagelang berieten sie hinter verschlossen Türen die verschiedenen Möglichkeiten. Zu guter Letzt entschieden sich die *Big Chiefs* für die einfache, gewöhnliche Machete, ein Mordinstrument, das so handlich war, dass jeder es benutzen konnte, war er nun Mann oder Frau, klein oder groß.

Dann klärte der *Big Chief* für Arbeit – er wusste, was Angebot und Nachfrage und das Gleichgewicht der Natur betraf, von allen am besten Bescheid – sie darüber auf, dass es ohne die kleinen Leute nicht gehen würde. Heute nicht, nicht morgen und in hundert Jahren auch nicht. Ein Land in der Entwicklung benötigte alle möglichen Leute: lange und kurze, dunkle und hellhäutige, kluge und dumme, gute und böse. Die kleinen Leute wären wichtig, und ginge es nur darum, sie zu treten oder anzuspucken. Der Gedanke, diese natürliche Vielfalt zu verändern, hieße, den Zweck der Schöpfung in Frage zu stellen – ja, Gott höchstselbst herauszufordern. Kein Volk könnte seine eigene Vielfalt und Verschiedenheit zerstören und gleichzeitig hoffen zu überleben.

Die *Big Chiefs* dachten lange und angestrengt darüber

nach, und obwohl sie ihn im Verdacht hatten, ein *Kakerlaken-sympathisant* zu sein, stimmten sie schließlich dafür, die *Kakerlaken* am Leben zu lassen.«

SECHSTES BUCH

Einmal gab es eine Waisenschwemme,
doch damals kaufte sie jemand ab, und wir senkten den Preis.
Armeen kauften sie lastwagenweise
als Zielscheiben.

Dr. Baraka: *Des Teufels Masterplan*

Die Götter

I

»Dann kamen die Epidemien. Eine Schwemme der Unersättlichkeit. Ein manisches Streben nach mehr, nach Besitz, nach Wohlstand und Macht. Wer etwas besaß, bekam noch mehr, wer nichts hatte, bekam nichts. Das Land versank im Chaos. Gier riss es in Fetzen, die Chiefs und die Mächtigen zerlegten es und pflügten es um und um. Die Kleinen und Machtlosen mussten die Pflüge ziehen.

›Ihr entstammt der Erde‹, sprachen die *Big Chiefs* zu ihnen, ›und zu Erde sollt ihr werden. Also schuftet.‹

Die Jugend aber – ich habe dir ja erzählt, dass sie ein Born der Vernunft war, die Jugend wollte das nicht schlucken. ›Arbeiter sind ebenfalls Menschen‹, klärten sie ihre *Big Chiefs* auf. ›Wer arbeitet, soll auch seinen Lohn dafür erhalten. Arbeiter sind Menschen und keine Ochsen, die man beliebig benutzt, missbraucht und abschlachtet.‹

Wir gaben uns die größte Mühe, die Jugend nicht zu beachten. Das waren doch bloß kleine Kinder, gerade erst dem Mutterschoß entsprungen. Was wussten die schon von Arbeit und Löhnen? Doch die Jugend ließ nicht locker. Sie brüllte so laut und so lange, dass die *Big Chiefs* sie zu guter Letzt hörten.

›Ihr seid also jetzt Politiker geworden, was?‹, schrien die *Big Chiefs* sie bestürzt an. ›Und wer hat euch gewählt? Wer hat euch den Auftrag erteilt, euch der *Kakerlaken* anzunehmen? Wer hat euch diese Autorität verliehen?‹

›Unser Gewissen‹, sagte die Jugend. »Unser gesunder Menschenverstand sagt uns, dass ihr euch irrt, denn selbst die Hyäne tötet nicht aus Bosheit die Ihren.‹

Die *Big Chiefs* gerieten in Wut. ›Wenn euch von diesem Land auch nur ein kleines Stück gehörte‹, riefen sie, ›dann würdet ihr erkennen, wie wichtig Besitz ist. Auf die Knie mit euch und bettelt! Bettelt! Bettelt!‹

›Betteln ist etwas für die Waisen«, erwiderte die Jugend mit großem Ernst. ›Wir fordern unsere Geburtsrechte ein.‹

›Eure Geburtsrechte?‹ Die *Big Chiefs* erstickten fast an ihrem Zorn. ›Wir werden euch eure *Kakerlakenrechte* beibringen.‹

Sie warfen die Jugend in die Polizeiverliese. Dort schlugen, folterten und kastrierten sie sie. Wir, die wir immer noch glaubten, dass uns das rein gar nichts anginge, bargen voll Scham unsere Gesichter. Die Mauern unserer Herzen zerfielen unter dem Angriff unserer Nutzlosigkeit zu Staub.«

Der Wind, der jetzt die Mauern erzittern ließ, sagte ihm, dass es bald regnen würde. Doch solchen Vorboten traute heutzutage niemand mehr. Der Wind konnte auch bedeuten, dass irgendwo draußen im Tal ein Feuer wütete, das außer Kontrolle geraten war, und auf der anderen Seite der *Grube* Leben und Besitz zerstörte.

»Was ich niemals begreifen werde«, sagte das *Mädchen*, »ist, dass du bis zum bitteren Ende mit dem Teufel zusammengelebt hast, ohne je den geringsten Verdacht zu hegen, dass etwas außergewöhnlich Böses bevorstand.«

Worauf der *Alte Mann* antwortete: »Die Gazelle fürchtet sich mehr vor dem, der ihr Versteck verrät, als vor dem, der sie in ihrem Versteck sieht. Unsere Gazelle hatte von unserem Leoparden nichts zu befürchten. Wir waren schließlich eine zivilisierte moderne Gesellschaft, die sich den Menschenrechten und dem allgemeinen Anstand verpflichtet hatte.

Schließlich waren wir Mitglied in jeder nur denkbaren internationalen Organisation. Wir sangen die Einheit und Einigkeit, auch wenn es oft ganz andere Lieder waren. Wir, die Armen, sangen: ‹Oh, Gott ist gut und gütig, Gott ist gut zu mir!› Und die Reichen sangen: ‹O, Geld ist noch viel besser, Geld ist, was für mich zählt!›

Niemand aber mochte glauben – und schon gar nicht in der heutigen Zeit und vor den Augen der ganzen Welt –, dass unsere *Big Chiefs* zu den Macheten greifen könnten, um uns in Stücke zu hacken und vor unserer Zeit ins Grab zu schicken.

Nicht, dass wir uns vor dem Tod fürchteten. Menschen starben nun mal. An Krankheiten, durch Unfälle und derlei Dinge. Manche starben an den seltsamsten seelischen Gelüsten, die noch niemals Erfüllung fanden. Wie der Mann, der von unserem weltweit höchsten Bauwerk in den Tod sprang, weil ihm schließlich dämmerte, dass es ihm, obwohl er wie ein Ochse rackerte und schuftete, nie gelingen würde, etwas aus seinem Leben zu machen, und er es niemals schaffen würde, seinen Sohn zur Schule zu schicken.

Die Armen wurden oft krank. Wir wiesen sie an, sich vor den Krankenhäusern anzustellen und zu warten, bis sie an der Reihe waren. Wer das Schlangestehen überlebte, dem wurden ein paar zweifelhafte Pillen verschrieben, oder er bekam eine nicht gekennzeichnete Flüssigkeit gespritzt. Manchmal erlöste ihn das aus seinem Elend.«

»Ihr hattet Medikamente«, warf das *Mädchen* ein. »Zumindest die hattet ihr.«

»Die kauften wir auf den Müllkippen der Welt billig ein«, sagte der *Alte Mann*. »Den Rest bekamen wir geschenkt, um ihn an den Armen auszuprobieren und zum wissenschaftlichen Fortschritt beizutragen. Wir stopften die Kranken damit voll und befahlen ihnen zu leben. Und die sich daran hielten, die warfen wir in den Rinnstein und befahlen ihnen, bis zum nächsten Morgen zu sterben.«

»Wehe«, sagte das *Mädchen*.

»Wehe und hundertmal Wehe«, pflichtete der *Alte Mann* ihr bei. »Immerhin: Ich habe nie gehört, dass jemand gestorben ist, weil er nicht lesen und schreiben konnte – und Analphabeten gab es wahrlich genug. Wir durchlebten auch mal eine Armutsepidemie, aber die bewältigen wir schnell, indem wir einfach leugneten, dass es sie gab. Und damit die Armen glücklich blieben, brachten wir ihren Kindern folgendes Liedchen bei:

Armut ist Stärke, drum haltet sie fest.
Die Unterwürfigen erben die Welt,
Doch nicht ohne all ihren Zorn, drum haltet sie fest,
Die Geduld wird vielleicht obsiegen,
Auch wenn es kein Morgen gibt, haltet sie fest.
Haltet sie fest, oh, oder ihr hängt.

Wir erklärten dem Mangel den Krieg. Von da an war es illegal, wenn jemand auf den Müllhalden oder sonst irgendwo in der *Stadt* herumstöberte. Aus lauter Verzweiflung fingen die Armen nun an zu trinken und blähten sich die Seelen mit Träumen auf.«

»Großvater!« Das *Mädchen* konnte es nicht länger ertragen. »Wie konntet ihr trinken, wenn eure Kinder keine Milch bekamen? Wahrlich, es stimmt, dass Hochmut vor dem Fall kommt.«

»Genau!« Der *Alte Mann* nickte abwesend. »Doch als die Cholera ausbrach, starben auch sie.«

»Wer?«

»Was?«

Sie blickte erschreckt auf. Unwillig, noch einmal zu fragen,

115

wer ebenfalls gestorben war, dachte sie bei sich, dass es besser wäre, aufzustehen und zu gehen, bevor er sie durcheinanderbrachte. Sie konnte aber nirgends anders hin als nach Hause, wo es nichts anderes zu tun gab, als den Kindern beim Hungern zuzuschauen. Sie zog es vor, noch ein Weilchen zu warten. Vielleicht käme ja der *Junge* zurück, und sie könnte sich etwas Geld von ihm borgen.

»Wir hatten auch Probleme mit dem Geld«, tönte es vom *Alten Mann* zu ihr herüber.

Das war so unheimlich, dass es ihr Angst machte. Der *Junge* hatte ihr erzählt, dass der *Alte Mann* Gedanken lesen konnte. Der *Junge* war es leid, seine kummervollen Gedanken vor dem *Alten Mann* zu verbergen. Jetzt starrte sie ihn an und versuchte zu verstehen, wie er wissen konnte, was ihr durch den Kopf ging.

»Wenn du kein Geld hattest, warst du ein Nichts«, begann er und starrte blind zu dem alten Baum hinüber. »Keiner von uns hatte je genug, und deshalb taten wir so, als besäßen wir reichlich davon, um unsere Besucher zu beeindrucken und uns wie Männer zu fühlen. Das führte zur Inflation und der Armutsepidemie, von der ich dir erzählt habe. Kinder hungerten, und ihre ausgedörrten Körper verschmutzten unsere schöne *Stadt*. Also verkündeten die *Big Chiefs* ein neues Dekret. Alle Reste, all die Abfälle und Brotkrumen, die man auf den Fußböden unserer Touristenpaläste zusammenfegte, sollten an die Hunde und die Waisen verfüttert werden.«

»Wenigstens waren noch Touristen da«, sagte das *Mädchen*.

»Sie kamen in Ladungen auf Schiffen und in Flugzeugen«, erklärte der *Alte Mann*, »aus dem Osten und dem Westen, aus dem Norden und dem Süden. Sie waren an den Stränden und in den Bergen in Palästen untergebracht und taten sich an exotischen Delikatessen gütlich, wie nur Geld sie kaufen kann. Das beste Bett war für den Touristen, das fetteste Kalb war für den Touristen. Auf den Berggipfeln errichteten wir unseren Touristengöttern Tempel, an den Stränden bauten wir ihnen Bungalows. Unsere Chiefs verlangten nach Dollars, weil sie sich die gleichen Dinge kaufen wollten, welche die weißen Chiefs besaßen, Dinge, ohne die man kein hochrangiger Politiker sein konnte.

Sie schworen, dass der Tourismus nie endete, dass die Dollars nie starben. Sie irrten sich, denn die Touristen hörten auf, uns zu besuchen, als ihnen der Geruch verborgener Armut auf die Nerven ging und sie es leid waren, dass sie auf offener Straße überfallen und ausgeraubt wurden.

So starb auch der Dollar, und wie eine Herde durchgegangener kastrierter Bullen kam die Depression über uns. Die Preise schossen in den Himmel. Wir schrien vor Qual, kreischten so lange und laut, dass wir unsere Chiefs in den Wahnsinn trieben. Also suchten sie bei den weißen Chiefs Rat.

›So sieht man sich also wieder‹, wurden sie von den weißen Chiefs begrüßt. ›Unter den wie immer verzweifelten Umständen, nicht wahr? Was schmerzt euch diesmal, braucht ihr mehr Geld? Wie viel wollt ihr diesmal? So viel? Wir haben euch gesagt, dass ihr die Schulden nie loswerdet, wenn ihr so viel Müll produziert und den Staatsdienst nicht entschlackt. Was habt ihr unternommen, um euer Ungeheuer von Kabinett zu verkleinern? Stimmt es, dass ihr drei Ministern ein Vermögen zahlt, damit sie das arbeiten, was auch ein Einziger bewältigen kann? Und dass ihr zahlreiche Assistenten einstellt, damit sie als Assistenten der Assistenten dienen? Was wollt ihr damit beweisen? Dass ihr euch in Sinn- und Nutzlosigkeit hervorzutun wisst? Wollt ihr das Nichts neu erfinden? Das haben schon andere vor euch versucht. Und Länder mit weitaus reicheren Ressourcen, als ihr sie je haben werdet.

Wir wissen das, denn wir haben es erlebt. Das einzige Ergebnis ist, dass alle nur ärmer werden und noch mehr Leute unglücklich.‹

›Das alles ist uns bekannt‹, räumten unsere *Big Chiefs* ein. Ihre souveräne Fassade begann zu bröckeln. ›Aber wir müssen Verträge erfüllen und Schulden bezahlen. Ihr wisst ja, wie es in der Politik zugeht. Manchmal macht man hässliche Geschäfte, um wenigstens bis Sonnenuntergang zu überleben. Wir können niemanden ausschließen, selbst dann nicht, wenn der Betreffende eine Vergewaltigung oder einen Mord auf dem Gewissen hat. Sie würden uns sofort als tribale Extremisten bezeichnen. Würden sofort ihre eigenen Parteien gründen und einen Krieg gegen uns anzetteln. Wir müssen alle und jeden glücklich machen, damit sie uns nicht hassen. Uns sind also die Hände gebunden, wie ihr seht. Unser Latrinenungeheuer lebt weiter.‹

›Und wie viel frisst es?‹, fragten die weißen Chiefs und nickten verständnisvoll. ›Genauer gesagt: Wie viel Geld braucht ihr?‹

›Eine Menge. So groß wie die ganze Welt‹, antworteten unsere Chiefs.

›Gut‹, behaupteten die weißen Chiefs, ›wie ihr wisst, sind wir es, die das Geld erfunden haben. Ihr habt Folgendes zu tun: zuerst eure Währung abwerten und eure Götter als nutzlos erklären. Dann erhöht ihr eure Bananenproduktion und senkt gleichzeitig die Preise. Das Gleiche gilt für euren Kaffee, euren Kakao und euer Titan. Und wenn ihr schon mal dabei seid, denkt auch an den Preis für euer Gold, eure Diamanten und all das, was ihr sonst noch an uns verkauft. Ach ja, wir nehmen auch eure Frauen und Kinder in Zahlung. Selbstverständlich zu reduziertem Preis. So wie alles andere, das ihr als Sicherheit anbieten könnt. Irgendein Problem dabei?‹

Unsere Chiefs sahen nicht das geringste Problem.

›Kommen wir also ins Geschäft?‹, fragten die weißen Chiefs.

Unsere Chiefs waren bereit. Sie glaubten sowieso nicht, dass unsere Götter es wert waren, behalten zu werden, und was Bananen anging, so aßen unsere Chiefs nichts dergleichen. Sie ernährten sich von Fleisch, Milch, Honig und allen möglichen Delikatessen aus dem Ausland. In den Bergwerken und in der Landwirtschaft fanden sie Unmengen billiger Arbeitskräfte. Sie hatten nichts Eiligeres zu tun, als die wenigen wertvollen Dinge zu zerschlagen, die uns noch geblieben waren, und sagten uns, dass wir sie sowieso nicht brauchten. Dann liefen sie zu den weißen Chiefs und kehrten glücklich von diesem Besuch wieder. Allerdings hielt das Lächeln nicht lange vor, denn als unser Berg geborgter Dollars in unserem See der Irrelevanz versenkt wurde, verwandelte er sich in Schlamm – eine Wanderdüne aus Dung, die mit Geld nichts zu tun hatte und nicht einmal einen einzigen Blumentopf düngen konnte.

Die Inflation galoppierte durch eine verwüstete Landschaft. Alle Preise schnellten in die Höhe. Nur die Löhne nicht. Die *Big Chiefs* wurden mit Petitionen überschwemmt, Forderungen, die aus allen Lagern und Himmelsrichtungen bei ihnen eingingen. Die Brauer wandten sich an die *Big Chiefs* und erhielten die Genehmigung, ihre Bierpreise zu erhöhen, damit sie sich Flaschen leisten konnten. Die Bäcker wurden vorstellig, auch ihre Forderung einer drastischen Preiserhöhung wurde genehmigt, damit sie sich Bier leisten konnten. Die Fleischer zogen nach, damit sie sich ihr Brot kaufen konnten. Die Busbetreiber durften ihre Fahrpreise erhöhen, damit sie sich weiter ihr Fleisch kaufen konnten, und schließlich zogen die Gemüsebauern mit den Preisen nach, sonst hätten sie die höheren Transportkosten nicht bezahlen können. Alles wurde immer teurer. Die Löhne aber starben vor Schwäche, und die Arbeiter konnten sich gar nichts mehr leisten.

Wir stellten eine Abordnung mutiger alter Männer zusammen und schickten sie zu den *Big Chiefs*, um sie milde zu stimmen.

›Die Arbeiter sind es leid, dass sie nichts zu essen bekommen‹, erklärten wir ihnen. ›Die Leute haben die Nase voll, dubioser Gründe wegen zu sterben, haben es satt, bis auf den letzten Blutstropfen gemolken und von ihren Politikern ausgeblutet zu werden. Die Bevölkerung hat genug davon, auf euer Geheiß einander zu bekämpfen und zu töten. Die Leute können Armut und Hunger nicht mehr ertragen.‹

Die *Big Chiefs* schickten unsere Abgesandten mit dem Befehl zurück, dass wir aufhören sollten, wie alte, nutzlose Weiber zu klagen. Wir sollten härter arbeiten. ›Kauft euch eure eigenen Busse‹, riet man ihnen. ›Baut euch eure eigenen Brauereien. Backt euer eigenes Brot. Betreibt euer eigenes Metzgereien und Gemüseläden, und dann werdet ihr so reich sein wie alle anderen. Und hört auf, uns mit sinnlosen Petitionen die Zeit zu stehlen.‹

›Die Geschäfte müssen blühen‹, verkündete der *Big Chief* für Industrie. ›Die Marktwirtschaft ist frei, und der Fortschritt braucht Raum.‹

›Und was wird aus der Bevölkerung?‹, klagten wir.

›Die Leute werden es schon lernen‹, erklärten sie kurz und bündig. ›Wir leben in einem freien Land. Unsere Wirtschaft ist für alle offen und frei. Ein jeder ist gleich: Jeder hat seine Chance. Drum soll der Beste gewinnen!‹«

»Sieh dich vor, Pflanzenfresser«, sagte das *Mädchen* leise. »Weh und noch mal wehe, wenn die Fleischfresser dich Freund nennen und zu einem Festmahl einladen.«

»Eine uralte Weisheit«, sagte der *Alte Mann*. »Genau die Weisheit, die wir in den Wind schlugen, als uns die Orakel

120

vorhersagten, dass wir eines Tages auf das schauen würden, was wir aus unserem Leben gemacht haben, und dass wir uns dann wünschen würden, wir hätten nie gelebt.«

»Wehe«, sagte das *Mädchen*.

»Und noch mal wehe«, sagte der *Alte Mann*. »Als uns die Hungersnöte heimsuchten und sich die Krisen verschlimmerten, molken wir unsere Mütter und fütterten unsere Dämonen mit ihrer Milch. Unterdessen weinten unsere kleinen Kinder in den Höhlen, wo sie sich verkrochen hatten, um sich vor der Schande zu verstecken.«

»Und was war mit den Müttern?«, fragte das *Mädchen* ein letztes Mal. »Warum haben sie sich nicht gewehrt?«

»Ich habe dir erzählt, wie es mit den Müttern war. Sie glaubten an uns und vertrauten ihren Männern. Kamen die kleinen Kinder aus ihren Verstecken und schrien nach Essen, dann blökten die Mütter, wie es ihnen ihre Männer beigebracht hatten, die es von den *Big Chiefs* gelernt hatten, und sagten: ›Psst, mein Kleines, die *Kakerlaken* haben alle Milch getrunken. Sie haben uns auch das ganze Land weggenommen, unser ganzes Geld und unser ganzes Glück. Eines Tages musst du sie auslöschen, damit du all das zurückerhältst, was sie jetzt haben.‹

Die kleinen Kinder krochen in ihre Löcher zurück und schaufelten sich Erde in den Mund, um sich die Mägen zu füllen.

Die Jugend aber wollte nicht aufhören, ihre Unzufriedenheit kundzutun. Wenn die Überfallkommandos sie nicht bewusstlos prügelten, sobald sie ihrer ansichtig wurden, boten die *Big Chiefs* ihr großzügig den Dialog an. ›Hört auf zu jammern wie eure Mütter‹, sagten sie und zwangen die Jugend in die Knie. ›Reden wir mal von Mann zu Mann miteinander. Was ärgert euch so sehr, dass ihr in aller Öffentlichkeit schmutzige Wäsche wascht?‹ Worauf die Jugend mutig ant-

wortete, und ich habe dir ja erzählt, dass sie die reinste Speer-
spitze der Vernunft war: ›Ihr habt uns vor zehn Jahren schon
den Mond versprochen. Heute werft ihr uns vor, wir seien
ungeduldige Söhne. Vor zehn Jahren habt ihr uns die Befreiung von allem Mangel versprochen. Heute sagt ihr, wir seien
schuld, und bezeichnet uns als faule *Kakerlaken*. Was soll ein
Sohn da tun?‹

Die *Big Chiefs* waren sprachlos. Sie schauten die Jugend
lange nachdenklich an und fragten sich, wie es möglich war,
dass sie so ein Nichts hervorgebracht hatten. ›Sohn‹, sagten
sie schließlich, die Augen voller Tränen. ›Wenn wir wären wie
du, würden wir uns genauso fühlen wie du. In den Staub!‹

Dann traten sie der Jugend in den Unterleib.

Wir wichen vor Schmerz zurück. Sie tranken weiter Wein.
Ich sag's dir noch einmal: Sie waren alles andere als Idioten.
Während wir mit unserem Schicksal rangen, erhöhten sie die
Steuer auf das Dasein und senkten die Bedeutung des Le-
bens. Sie froren die Löhne ein und entzogen uns das Recht
auf Arbeitslosigkeit. Dann erhöhten sie sich, taub all unseren
Gnadengesuchen gegenüber, die Bezüge und bejubelten das
im Parlament.

Als wir das auf den Straßen nicht bejubelten, warfen sie
uns Undankbarkeit vor und schworen, uns Dankbarkeit beizubringen.«

II

»Großvater«, sagte das *Mädchen* fassungslos. »Ich muss dich noch einmal fragen, wie so etwas überhaupt möglich war.«

Der *Alte Mann* hatte sich die Frage so oft gestellt, dass sie ihm unauslöschlich ins Gehirn gebrannt war. Er hatte sich die Frage gestellt, als er im Morgengrauen mit anhören musste, wie die Macheten geschliffen wurden für einen weiteren Tag des Völkermords. Er hatte sich die Frage gestellt, als die Milizen bei Sonnenuntergang zurückkehrten und Lieder sangen, wie es Leute tun, hinter denen ein Tag voll sinnvoller Arbeit liegt – Lieder, die vor langer Zeit von Menschen komponiert worden waren, die vor Scham sterben würden, wenn sie sie jetzt hören müssten. Er hatte sich gefragt, *wie so etwas möglich war*, als er hörte, wie die Regierung die Bevölkerung aufhetzte, zu den Macheten zu greifen und Freunde, Nachbarn und Verwandte niederzumetzeln, Menschen zu töten, deren einziges Verbrechen darin bestand, dass sie anders waren. Er hatte sich die Frage gestellt, als sein Nachbar und Freund aus gemeinsamen Kindertagen um Mitternacht zu ihm gekommen war und ihm gebeichtet hatte, dass die Milizen ihm befohlen hatten, ihn umzubringen, weil er ein Moderater war. *Wie*, hatte er gefragt, bis er Ärzte und Rechtsanwälte, Lehrer und Schüler, Priester und Nonnen, Gebildete und Gottesfürchtige, ganz einfache Menschen erlebt hatte, wie sie zu Macheten griffen und sich in Diebe, Vergewaltiger und Schlächter verwandelten. Dann, und erst in jenem Augenblick, hatte er aufgehört zu fragen, *wie*, denn das war das *Wie*. Hier zeigte sich, *wie* sich ein einfaches Volk in Ungeheuer verwandelte, *wie* eine Zivilisation zur Barbarei wurde, *wie* ein sanftmütiges Volk zu Wilden wurde, *wie* ein gottesfürchtiges Volk zum

Werkzeug des Teufels wurde. Das war das *Wie. Wer, wann, warum* und *was* spielte, nachdem er das *Wie* gesehen hatte, keine Rolle mehr.

»Unsere Chiefs waren paranoide Führer«, sprach der *Alte Mann* weiter, »ein bemitleidenswerter Haufen Wahnsinniger. Sie verabscheuten alle und misstrautem jedem, sogar sich selbst. Sie schoben die Schuld an ihrem Versagen, unserem kollektiven Unglück und dem Chaos in ihrem Leben wie in unseren auf die Geschichte und den weißen Mann. Sie sahen die Hand des Weißen in allem, was wir taten oder nicht taten. Der *Teufel*, sagten sie, war überall. Sogar unter unseren Betten steckte er. Einmal erklärte einer von den *Big Chiefs* im Parlament jegliche Opposition zu einer uns fremden Verhaltensweise, zu einer Krankheit des weißen Mannes, die wir uns bei Prostituierten und hässlichen kleinen *Kakerlaken* mit verfaulten Zähnen eingefangen hatten, die man jetzt auf ihr rechtes Maß zurückstutzen müsste.«

»Wehe«, sagte das *Mädchen*.

»In eben dem Winter brachen sie den Bettlern die Beine und verbrannten sie, damit ihnen selbst warm wurde.«

Das *Mädchen* blickte entsetzt auf. Der *Junge* hatte sie davor gewarnt, den *Alten Mann* seine Geschichten erzählen zu lassen.

»Der treibt dich in den Wahnsinn«, hatte der *Junge* zu ihr gesagt.

»Weißt du«, sagte der *Alte Mann*, als wollte er sich rechtfertigen, »wir hatten den Wunsch zu leben. Auch wenn wir nicht wie unsere *Big Chiefs* an die Unsterblichkeit glaubten.«

»In Gesetzlosigkeit«, widersprach das *Mädchen*.

»Egal wie.«

»Das werde ich nie begreifen.«

Sie war am Leben geblieben, obwohl sie eigentlich sterben sollte, überlebte, wie ihre Nachbarn mit der Machete auf sie einhackten. Sie ließen sie liegen, weil sie sie für tot hielten, und gingen fort. Da hatte sie sich, schwer verletzt wie sie war, aufgesetzt, war losgekrochen, hatte sich hochgekämpft und davongeschleppt, hin zu den Nonnen, wo sie erneut umgebracht werden sollte und wieder am Leben blieb. Noch einmal hatte sie sich erhoben und fortgeschleppt, hin zum Krankenhaus, wo Immaculata sie mit Traurigkeit getötet hatte. Trotz allem lebte sie noch immer.

»Großvater«, wiederholte sie. »Ich werde das niemals begreifen.«

Der *Alte Mann* kicherte in sich hinein. Es war ein jeder Freude entleertes Kichern. Dann sagte er: »Wenn wir uns selbst begriffen hätten, wären wir heute nicht hier. Ich hab dir ja gesagt, dass wir in einem Zeitalter der Mystifizierungen lebten.«

»Ja, das hast du schon mehr als tausendmal gesagt«, gab das *Mädchen* zu.

»Es war zugleich das Zeitalter der Falschheit«, fuhr der *Alte Mann* fort, »des Schließens von Teufelspakten zum Zwecke der eigenen Unsterblichkeit. Unsere *Big Chiefs* waren wahre Meister in der Kunst der Täuschung. Die Bedeutung war unwichtig, was zählte, war das Argument. Die Logik war ein Stolperstein, den man um jeden Preis überspringen musste. Wenn sie sich zu Ratssitzungen trafen, um die Zukunft unserer großen Nation ins Visier zu nehmen, dann argumentierten sie auf so verschlagene Weise, dass sie zum Schluss selbst nicht mehr verstanden, was sie da ausgeheckt hatten. Einmal stand der *Big Chief* für die Wasserversorgung, den wir respektierten, weil er so viele Bücher gelesen hatte, im Parlament auf und schwor, dass die Leute am Oberlauf des Flusses deshalb kein Wasser hatten, weil die gierigen *Kakerlaken* am Unterlauf zu viel davon tranken. In der anschließenden Hetze gegen die nach Luft schnappenden *Kakerlaken* am

Unterlauf, die verunglimpft, gegeißelt und gehängt wurden, erinnerte sich keiner mehr daran, von wem die Behauptung ursprünglich stammte.«

»Ihr wart wahre Sturzbäche der Absurdität«, meinte das *Mädchen.*

»Wahre Ströme der Verdorbenheit. Eine Flut des Unheils, die unsere Uferdämme brach und unsere Nachkommen ersäufte. Und während wir unseren Schmerz im Wein ertränkten, verführten die Touristen uns mit Geld.«

Wehe, dachte das *Mädchen,* und welche Pein zu leben.

»Einmal«, sprach der *Alte Mann* weiter, »hatten die *Big Chiefs* von unserem Gnadengeschrei genug. Wir jammerten zu viel, sagten sie. Wie impotente alte Männer, sagten sie. Sie senkten die Altersgrenze für Eheschließungen und schlugen vor, Inzest zu legalisieren.«

»Verbrecher«, stieß das *Mädchen* hervor. Fast erstickte sie an ihrer Wut. »Ihr habt alles, was euch geschehen ist, verdient.«

»Und mehr.«

»Aber die Kinder. Warum mussten auch die Kinder so leiden?«

»Das weiß nur Gott allein.«

Sie hatten alle gewartet, dass Gott ihnen eine Antwort darauf gäbe. Auch sie hatte diese Frage schon unzählige Male gestellt, sogar damals, als sie unter einer Kirchenbank kauerte, während draußen blutrünstige Milizen ihre Macheten wetzten und Priester mit ihnen darüber debattierten, sie einzulassen, damit sie die *Kakerlaken,* die sich dort verkrochen hatten, vergewaltigen und töten könnten. Damals wie heute hatte sie ewig lange gewartet, aber keine Antwort bekommen. Jetzt entfernte sie die Stacheln vom *Teufelssalat,* den sie gepflückt hatte, während der *Alte Mann* schwadronierte, und fragte sich, was Gott wohl durch den Sinn gegangen

sein mochte, als er ihn wachsen ließ. Der *Alte Mann* hingegen harrte auf ein Wunder. Der *Teufelssalat* war so zäh und
stachlig und schmeckte so bitter, dass sogar hungrige Ziegen
ihn verschmähten. Die verzweifelten Mütter aber hatten das
Ungeheuer gezähmt und in eine Delikatesse verwandelt.

»Großvater«, wandte sie sich wieder an den *Alten Mann*.
»Hast du dich je, in all deinen Prüfungen, an Gott gewandt?
Hast du Gott erfahren? Was hatte er zum Völkermord zu sa-
gen? Wo war er, als es geschah?«

Der *Alte Mann* dachte lange nach. Er versuchte, sich Gott
vorzustellen, der sprachlos aus seinem Himmel auf die Geschehnisse herabsah. »Damals haben wir nicht viel an Gott
gedacht«, sagte er. »Wir mussten uns ja um wichtigere Dinge
kümmern. Wir mussten um die Macht schachern, Geld an-
häufen, den Teufel bezahlen. Anschließend mussten wir unsere Brüder ausbeuten und unsere Nachbarn umbringen. Wir
hatten einfach keine Zeit für Gott. Noch für irgendjemand
sonst, der uns nicht bedrohte oder unsere Allmacht in Frage
stellte. Gott, das war etwas für die Armen und Verdammten
dieser Erde, für jene, die keine Hoffnung mehr hatten, und
für die, die kurz vor dem Tod standen. Und natürlich für Mis-
sionare und solche Leute, die nichts Besseres zu tun hatten.
Gott, das war nichts für uns. Damals jedenfalls nicht.

Damals gab es nur zwei Sorten von Menschen. Die eine
war *du*, die andere war *ich*. *Ich* kam an erster Stelle und *du* erst
danach. Alles andere zählte nicht, Gott schon gar nicht.

Erst als alles aus den Fugen geriet, als der Teufel und das
Böse in uns auch uns verschlingen wollten, erst da fiel uns
Gott wieder ein. Wir wandten uns an unsere Götter aus alt-
vergangenen Tagen, an die Götter unserer Vorfahren, die wir
ausgelacht und verhöhnt hatten, und mussten feststellen, dass
sie an Kälte und Vernachlässigung zugrunde gegangen waren, am Missbrauch, dessen wir uns schuldig gemacht, und

an der Schande, die wir auf uns und sie geladen hatten. In unserer Verzweiflung beschworen wir neue Götter herauf. Wir beschworen die Götter der Fruchtbarkeit und die Götter der Nützlichkeit, die Götter der Habsucht und die Götter der Bosheit. Und schließlich wandten wir uns an die Götter der Weißen, die Götter, die sie an den geschäftigen Kreuzungen gepredigt hatten. Und in den Kirchen, die nie jemand außerhalb der Zeiten größter Verzweiflung betrat. Und wir beteten sie an wie nie zuvor. Beteten zu ihnen, als wären sie unsere ureigenen Götter.

Wir beteten für die Chiefs, die wiederum für die *Big Chiefs* beteten, die für die noch größeren Chiefs beteten. Wir beteten für die Gewerkschaften, die für die Gemeinden beteten, und die beteten für die Einheit. Wir beteten für die Alten, die für ihre Kinder beteten, die für den Wandel beteten. Und wir beteten, dass der Regen einsetzte und unser Leid fortspülte.

War das Leben dann ein wenig erträglicher geworden, machten wir sofort wieder Jagd aufeinander und überließen Gott seinem Schicksal in der Gewalt eifernder Fanatiker und ausgehungerter Eiferer.«

»Amen«, sagte das *Mädchen* nur.

Der *Alte Mann* brach in lautes Gelächter aus. Es ließ den Staub, der wie ehrwürdiger Frost an einem uralten Baum in seinem Bart hing, aufstieben. »Es heißt, dass nur Gott allein alles weiß«, sagte er mit einem belustigten Lächeln auf dem Gesicht. »Aber selbst Gott muss von dem, was wir einander angetan haben, aufs Äußerste erschreckt worden sein. Ein Mann stand einfach auf und zerhackte die Kinder seines Bruders, warf den Hunden und den herabsegelnden weißen Geiern den Samen seines Bruders zum Fraß vor, auf dass sie ihn verschlangen. Es muss Gott entsetzt haben, dass unsere Väter, die *Big Chiefs*, keine Lehren zogen aus ihrem ehebrecherischen Verkehr mit dem Teufel, dem Zerstörer, der die

Herden vertrauensvoller Untertanen abschlachtete und zugrunde richtete.«

»Und die weißen Chiefs?«, fragte das *Mädchen*. »Fürchteten sie denn nicht Gott?«

»Sie redeten uns ein, dass Gott tot war. Aber wessen Gott nun tot war und was ihn hinweggerafft hatte, dass offenbarten sie uns nicht. Sie hatten auch ihren Humor, die weißen Chiefs.«

Er brach ab. Ihn quälte die Erinnerung an das letzte weiße Gesicht, das seine Augen erblickt hatten. Der Weiße war ein Riese von einem Mann gewesen, größer als viele Götter sogar, hatte goldenes Haar und grüne Augen gehabt, die wie Sterne leuchteten, und war durch den abgedunkelten Flur der Psychiatrischen Klinik geschritten, sein schreckliches Maschinengewehr drohend den neugierigen schwarzen Gesichter entgegengestreckt, die zu beiden Seiten des Flures aus den Türen lugten. An jenem Morgen waren die weißen Soldaten in der Klinik eingetroffen, um die letzten Europäer einzusammeln. Sie sollten aus dem sterbenden Land evakuiert werden – eine Gruppe weißer Nonnen und ein weißer Arzt, die sich der Evakuierung widersetzt hatten, weil sie glaubten, ihre Anwesenheit könnte den Vormarsch des Bösen aufhalten. Zur selben Zeit belagerten die Mörder das Tor, wetzten die Macheten und warteten ab, dass die Weißen abzogen, damit sie ihre Brüder abschlachten konnten. Als die letzte Nonne den Lkw bestieg, zogen sich die Soldaten schnell zurück. Sie schossen in die Luft, um den Schwarm angsterfüllter Patienten zu verscheuchen, die plötzlich begriffen hatten, dass die Aktion nicht ihnen galt, und herbeirannten, um sich auf die abfahrenden Lastwagen zu retten. Das war das letzte Gesicht eines Weißen gewesen, das der *Alte Mann* aus der Nähe gesehen hatte: Ein Schutzengel der anderen, der dabei zuschaute, wie der Teufel unter die fuhr, die von ihren Göttern verlassen worden waren. Immer noch war der *Alte Mann* überzeugt, dass seine Patienten nicht hätten sterben müssen, wenn die Soldaten und die Nonnen geblieben wären und den Teufel in seine Schranken gewiesen hätten.

»Großvater«, sagte das *Mädchen* mit matter Stimme. »Wenn das die Friedensbringer waren, dann erzähl mir etwas über die Kriegstreiber.«

Der *Alte Mann* dachte bei sich: »Mutter, dieses Mädchen ist wahrlich ein Junge.« Und dann berichtete er ihr. Von den Kriegen, in denen er gekämpft hatte. Von denen, die er gewonnen, und von den vielen, die er verloren hatte. Er erzählte ihr von den gerechten Kriegen und von den ungerechten. Er war ein ehrlicher Mensch und log nicht. Er erzählte ihr von den vielen Idealen, nach denen er gelebt, für die er gekämpft und die er unterstützt hatte. An manche hatte er fest geglaubt. An andere kein bisschen. Trotzdem war er für sie eingetreten, weil er es seinen Landsleuten recht machen wollte. Er erzählte ihr, dass Tausende Unschuldige für manche dieser Ideale ihr Leben gelassen hatten. Und dass tausend andere aus ihrer Asche Nutzen gezogen hatten.

»Doch von allen Kriegen, in denen ich gekämpft habe«, sagte er zu dem *Mädchen*, »war nur einer es wert, gewonnen zu werden.«

Er redete bis zum Sonnenuntergang, bis das alte Huhn hereintrippelte und sich neben seinem Bett einen Schlafplatz suchte, bis der Lärm spielender Kinder erstarb und das *Mädchen* daran erinnerte, dass sie selbst drei hatte und sich um sie kümmern musste. Sie zündete ein kleines Feuer an, neben dem der *Alte Mann* sitzen konnte, und als es so stark loderte, dass es die Nacht über brennen wurde, erhob sie sich, um zu gehen.

»Nun hast du aber den *Jungen* gar nicht gesehen«, sagte er.

130

»Morgen vielleicht. Bleib gesund.«

»Was soll ich dem *Jungen* ausrichten?«

»Grüß ihn von mir. Grüß ihn von mir.«

Er hörte, wie sich ihre flinken Schritte entfernten, und spürte eine schwere Traurigkeit im Herzen. Daraus, wie sich die Luft anfühlte und hinter ihm das Huhn mit den Flügeln raschelte, konnte er ableiten, dass der Tag vorüber war und die Einsamkeit der Nacht vor ihm lag. Blind tastete er neben sich auf dem Boden herum, fand das Feuerholz, das sie dort gestapelt hatte, und warf ein Scheit in die Flammen.

Abends in der *Grube*, das war eine schreckliche Zeit – die Zeit, zu der die Kinder feststellten, dass im Topf nur Wasser kochte. Er stand nur auf dem Feuer, weil man hoffte, wie durch ein Wunder würde etwas in ihn hineinfallen, das man Abendessen nennen konnte. Es war zudem die Zeit, zu der den Müttern ein weiteres Mal ihr elendes Leben bewusst wurde. Dann erhob sich in der *Grube* ein Wehklagen und Stöhnen, wie man es noch nie zuvor auf der Welt gehört hatte, ein trostloses Weinen und Zähneknirschen, das nur der Hölle entstammen konnte.

Die Väter hielten sich die Ohren zu und wünschten sich, an ihrer Verzweiflung zu sterben.

SIEBTES BUCH

Obed, ein Geschäftsmann aus der Stadt, kaufte zwei
Wagenladungen Macheten.
Obed lud die Macheten in Assiels Werkstatt ab.
Assiel hatte eine Schmiede.
Assiel schärfte diese Macheten, denn er besaß Maschinen
zum Schärfen von Metall.

Dr. Baraka: *Der Überlebende*

Die Männer

I

Die *Grube* schlief, als der *Junge* nach Hause kam. Er stapfte unbeschwert durch die Gassen wie jemand, der auf Schwierigkeiten aus ist. Der *Alte Mann* hörte ihn schon aus großer Entfernung, und ein wenig ergriff ihn die Angst. Als die Schritte vor der Tür Halt machten, erhob er fragend die Stimme: »Bist du es?«

Das Feuer war erloschen, und abgesehen von ein paar glühenden Holzstücken in der Feuerstelle, war der Raum völlig dunkel.

»Ja«, antwortete der *Junge*, trat ein, nahm etwas Feuerholz vom Stapel neben dem *Alten Mann* und brach es über dem Knie. Er hockte sich neben die Feuerstelle und blies so kräftig in die Asche, dass die Funken wie Gewehrschüsse aufblitzten und in alle Richtungen stoben. Das Feuer flackerte auf und beleuchtete ein dunkles, aschfahles Gesicht, so wild, dass es dem *Alten Mann* Furcht eingeflößt hätte, hätte er es sehen können. Er stieg über die ausgedörrten Beine des *Alten Mannes*, ging zu seiner Schlafstelle hinüber und suchte lärmend nach irgendetwas. Während er in seinen Sachen kramte, schnaufte er vor sich hin und schüttelte wild den Kopf.

»Wut ist kein gutes Ruhekissen für einen Mann«, sagte der *Alte Mann*.

»Hab ich auch nicht«, knurrte der *Junge* und kam, die Waffe in der Hand, zur Feuerstelle zurück. »Wer war denn hier?«, fragte er.

»Nur das *Mädchen*.«

»Und was wollte sie?«

»Hat sie mir nicht gesagt.«

Der *Junge* setzte sich an das Feuer und warf Holz nach.

Der *Alte Mann* spürte die Veränderung in ihm und fragte: »Was hast du da?«

»Nichts, das dich etwas angehen würde«, erhielt er als Antwort. »Schlaf nur weiter.«

»Bist du immer noch wütend?«

Der *Junge* schnaubte, steckte die Waffe in die Tasche und stand auf.

»Wohin willst du?«

»Wut ist kein gutes Ruhekissen für einen Mann«, fuhr der *Junge* ihn an. »Das hast du selbst gerade gesagt.« Ihm fiel auf, wie elend der *Alte Mann* aussah, als er mit einem Jutesack zugedeckt dalag wie ein Bettler. Er trat zu ihm hin und klopfte ihm aufmunternd auf den Rücken. »*Alter Mann*«, sagte er, »du bist alles, was ich auf dieser Welt habe.« Er zog seine Decke herüber und deckte ihn damit zu.

»Und ich mag es, wenn du mich wütend machst«, fuhr er fort. »Du und die Wut, ihr seid das Einzige, das zwischen mir und dem Wahnsinn steht. Ich mag es, wenn du mich richtig wütend machst. Ich mag es, wenn du mich rasend wütend machst.« Nur die Wut hielt ihn noch aufrecht, ein Hunger tief im Innern, der an seinem Herzen fraß und seinen Geist am Leben hielt. »An dem Tag, an dem mir meine Wut abhanden kommt«, sagte er zu dem *Alten Mann*, »an dem Tag, an dem ich mich in diesen Todeszustand füge, an dem Tag werde ich eines Todes sterben, schlimmer als der eines toten Hundes.«

Der *Alte Mann* hatte das schon gehört, viele Male schon. Vielleicht schon zu oft und von Männern, die später den Schwanz einzogen und davonliefen. Von Männern, die, wie er selbst, geschworen hatten, die Verfassung der Republik und die Lehren von Freiheit, Demokratie und Heiligkeit des menschlichen Lebens zu schützen und zu bewahren. Von Politikern und Heilern, die, sobald es darum ging, sich selbst zu retten, ihre Brüder und Kollegen im Stich gelassen hatten, ihre Freunde und Verwandten, und sich dem tödlichen Ringtanz des Bösen angeschlossen hatten.

»Ist deine jetzige Wut«, fragte er den *Jungen*, »nicht anders als die Wut sonst?«

»Ganz anders.«

»Warum?«

»Ich habe heute mit ein paar Leuten geredet«, gestand der *Junge*. »Ich habe mit ihnen über dieses und jenes gesprochen, auch über die Zustände hier. Ich habe so viel geredet, dass mir schließlich der Atem fehlte. Da habe ich erkannt, dass die Männer überhaupt keine Männer waren, sondern ein Rudel hungriger Hyänen.«

»Und das hat dich so in Wut versetzt?«

»In rasende Wut.«

Manche Wut war verständlich, dachte der *Alte Mann*, aber nicht jede Wut war hinzunehmen. Wut, die so verzehrend war, dass sie die Vernunft außer Kraft setzte, war gefährlich. Eine solche Wut machte die Wütenden blind, verwandelte sie in Bestien, nicht anders als der Grund für die Wut, mochte er in Armut, Hunger oder einem überwältigenden Gefühl von Ungerechtigkeit liegen.

»Würdest du einen Menschen niederschlagen«, fragte der *Alte Mann*, »weil er Hunger hat?«

»Ich schlage jeden nieder, der sich wie eine Hyäne benimmt«, erwiderte der *Junge*, »jeden, der so viel Angst vor dem Sterben hat, dass er sich unter dem Bett versteckt, wenn vor dem Haus die Bestien seine Frau und seine Kinder zerfleischen.«

»Jetzt hast du begriffen«, sagte der *Alte Mann* und spürte, wie die Angst ein wenig von ihm wich. »Endlich hast du uns begriffen.«

»Hab ich nicht. Dich und Konsorten werde ich niemals begreifen.«

»Erzähl mir davon.«

Der *Junge* zögerte, setzte sich wieder hin und warf noch einen Stock in das Feuer.

Nachdem er den *Alten Mann* allein und seinen Dämonen überlassen hatte, war er endlos umhergewandert, um seine Wut zu vergessen. Er war durch enge Gassen gestolpert, in denen sich Müll türmte und Abflüsse überliefen. Manchmal war es so eng gewesen, dass er sich nur seitwärts durch die Gassen drängen konnte. Dann stieg er zum Rand der *Grube* hinauf, um frische Luft zu schnappen. Dort blieb er stehen, hinter sich die *Grube* und vor sich die Straße in die *Stadt*. In der Ferne sah er die Straßensperre mit den bewaffneten Wachtposten und den Militärfahrzeugen und dahinter das Relief der *Stadt* mit ihren ins Licht der Sonne getauchten Wolkenkratzern. Er beobachtete, wie ein paar verzweifelte Leute auf die Straßensperre zugingen, von den Soldaten jedoch mit Fußtritten und Schlägen zurückgejagt wurden. Er blieb eine ganze Weile dort stehen und haderte mit sich, ob er zu den Männern hinuntergehen sollte, die, wie er wusste, auf ihn warteten, oder erst beim Haus des *Mädchens* vorbeigehen und ihr das Kleingeld geben sollte, das er sich für sie abgespart hatte. Er sah Menschen, die leer und hohl aus der *Stadt* zurückkamen, als ob Vampire sie dort ausgesaugt hätten, und die nun stöhnend, unter unheilbarem Schmerz leidend, in ihre Quartiere zurückkehrten. Lange stand er dort, starrte hinunter auf den Rauch und den Dunst, die aus der *Grube* aufstiegen, und hinauf zu den Krähen. Und ihm wurde wieder deutlich, wie sehr die Wut berechtigt war.

Der einzige Grund für die *Grube* lag in der ungeheuren Unmenschlichkeit, die Menschen gegenüber anderen Menschen bewiesen. Sie war vor langer Zeit ausgehoben worden. Damals, als die *Stadt* noch ein bloßes Versprechen gewesen war, eine Ahnung, die einen Namen hatte, jedoch noch keine Form. Als sie ein Loch aushoben, das Gestein für die Errichtung der Wolkenkratzer und stattlichen Gebäude liefern sollte, hatten die Bauleute so tief und großflächig gegraben, dass ein riesiges Grab entstand, welches letztlich eine ganze Nation verschlingen sollte. Die *Grube* war groß und tief, ein unfruchtbares, qualmendes Wüstengebiet, das nach Entbehrung roch und nach Tod. Die Wände, die steil aufragten und drohend über den behelfsmäßigen Unterkünften hingen, brachen in der Regenzeit ab und stürzten in den Krater hinein, zermalmten Häuser und ihre Bewohner. Eine Wand aber – die, die er hinaufgestiegen war – fiel sacht zur *Grube* hin ab. Das lag an den Millionen Tonnen Müll, die man in die *Grube* gekippt hatte, als sie noch als Hauptmüllplatz der *Stadt* diente.

Der Talboden bestand aus fruchtbarer, schwarzer Erde. Sie hatte sich aus der Asche unzähliger Feuer gebildet, die dort Tag und Nacht gebrannt hatten, um den Abfall der *Stadt* zu verzehren. Wenn es regnete, verwandelte sich die Erde in schwarzen Schlamm und entblößte gefährliche Überraschungen – alte, verrostete Messer zum Beispiel, die einen nackten, unvorsichtigen Fuß in zwei Teile spalten konnten, oder schartige alte Flaschen, die auf dem Kinderspielplatz an der Oberfläche auftauchten und Wunden schlugen, die niemals heilten. Der Regen legte auch Skelette frei, menschliche Schädel und Knochen. Und andere Dinge, die jeden, der sie erblickte, eindrücklich daran erinnerten, dass er in der Hölle lebte.

Von seinem Standort aus gesehen, musste man die *Grube*

für die Hölle halten. Sie roch, klang und fühlte sich wie die Hölle an: Ein riesiges, verräuchertes Loch, das weder Anfang noch Ende hatte, aus dem alle möglichen brandigen Gerüche, Geräusche und Empfindungen emporstiegen. Ein unermesslich großer Kessel des Todes. Ein Fremder konnte sich unmöglich vorstellen, dass da unten Häuser waren, in denen Menschen wohnten. Und dass dort Pfade waren, gerade einmal breit genug, dass zwei Ratten aneinander vorbeilaufen konnten, ohne um den Vortritt kämpfen zu müssen. Der Ort lag vollständig unter dem rauchigen Dunst begraben, der wie eine Wolke über einem Mosaik aus Grau, Schwarz und Braun hing, den Mauern und Dächern der Hütten. Unten in dem Loch aber lebten tatsächlich Menschen. Viele Menschen. Da waren Plätze, an denen die Kinder spielten, Stätten, an denen die Toten bestattet wurden, und Orte, um all das zu erledigen, wofür man offenen Raum benötigte.

Zwischen der Stelle, an der der *Junge* stand, und der *Stadt* befand sich die erste Straßensperre. Sie war Teil des Sicherheitsrings, der die *Grube* umschloss, sie abriegelte und den Verkehr zwischen *Stadt* und *Grube* kontrollierte. Der erste Kontrollpunkt befand sich in Sichtweite an der einzigen Straße, die aus der *Grube* herausführte. Es war eben die Straße, über die früher die Lastwagen gefahren waren, um den Müll abzuladen. Der Kontrollposten war – wie alle anderen Straßensperren und Kontrollposten, die unerwünschte Elemente von der *Stadt* fernhalten sollen – mit schwer bewaffneten Polizisten bemannt, Männern mit bösartigen und grimmigen Gesichtern, entschlossenen Männern mit ausgezehrten Gesichtern und wild flackernden Augen, die unverwandt aus ihren Bunkern heraus auf die lange, staubige Straße starrten, die aus der Hölle auf sie zuführte.

Jeder, der sich dem Kontrollposten näherte, musste mit seinem Personalausweis beweisen, dass er berechtigt war, zur

Arbeit in die *Stadt* zu gehen, dass er weder *Kakerlak* noch Umstürzler war. Wer sich nicht ausweisen konnte, durfte den Kontrollposten nicht passieren.

Der *Junge* aber – und andere, die so waren wie er – kannte zahlreiche Wege, unbemerkt in die *Stadt* zu gelangen. Waghalsige Männer trotzten der Brutalität und hielten die *Grube* am Leben, indem sie sie mit Nachrichten versorgten, mit Gerüchten bevorstehender Aufstände und sogar mit ein bisschen Hoffnung. Zu einer solchen Gruppe vermeintlich mutiger Männer, die über Mittel und Möglichkeiten verfügten, machte sich der *Junge* jetzt auf den Weg.

II

Sie hatten sich in einem großen Haus versammelt, das neben einem verfallenden, nicht mehr benutzten Schulgebäude stand. Sie alle waren harte und unbarmherzige Männer, die fürchterliche Zeiten erlebt und nie vergessen hatten. Sie alle waren *Ehemalige,* und es einte sie, dass sie etwas gewesen waren, das sie nun nicht mehr sein konnten. Es waren ehemalige Arbeiter, ehemalige Rechtsanwälte, ehemalige Ärzte, Fahrer, Einbrecher, Mechaniker, Straßenräuber, Studenten, Schmuggler – Männer aus allen Bereichen des früheren Lebens –, die aus den verschiedensten Gründen, unter anderem wegen ihrer ethnischen Zugehörigkeit und politischen Überzeugungen, in die *Grube* verbannt worden waren. Oder auch nur, weil sie sich auf der falschen Seite der Barrikade befunden hatten, als die Schlachtrufe ertönten und die Gatter sich schlossen. Doch das spielte jetzt keine Rolle mehr.

Manche waren an der Erarbeitung eben jener Gesetze beteiligt gewesen, nach denen sie nun als Untermenschen eingestuft wurden. Andere hatten die Wehranlagen und Barrikaden errichtet, die sie jetzt von der *Stadt* fernhielten. Wieder andere hatten mit Gewalt die Evakuierung durchgesetzt und ihresgleichen verbannt, bevor sie selbst aus der *Stadt* getrieben wurden. Es waren empörte, halsstarrige Männer, wütende Männer, die noch ein gewaltiges Hühnchen zu rupfen hatten, Männer, die alles tun würden, um wieder in die menschliche Gesellschaft aufgenommen zu werden. Und sie waren vereint in ihrer Furcht und ihrer Verabscheuung eines Systems, das sie öffentlich ausgestoßen und gedemütigt hatte.

Der *Junge* machte sich aber keine Illusionen darüber, was sie in Wahrheit antrieb: Sie hatten nur ein einziges Ziel: der Hölle zu entkommen, und dafür würden sie sogar einen weiteren Pakt mit dem Teufel schließen. Sie redeten lang und breit darüber, was sie tun könnten, was sie tun sollten und was zu tun erforderlich war. Obwohl sie dieselbe Sprache sprachen, waren ihre Versammlungen immer eine wahre Kakofonie unterschiedlichster Ideen, Ideologien, Zielen und Egos. Diesmal weilte ein neues Gesicht unter ihnen: ein Mann mit bandagiertem Kopf und schmerzvollem Gesichtsausdruck.

Als der *Junge* den Versammlungsort betrat, hörten sie auf zu reden und fielen wie ein Rudel Schakale über ihn her, das ein neues Opfer gefunden hat.

»Du kommst zu spät«, sagte einer.

»Wo bist du gewesen?«, fragte ein anderer.

»Wie konntest du es wagen, uns warten zu lassen?«

»Du kommst jedes Mal zu spät«, stellte ein Dritter fest. »Wo bist du gewesen?«

Der *Junge* spürte die kalte Verzweiflung, die im Raum hing, und sagte: »Ich bin am Haus vorbeigegangen.«

»An diesem Haus?«, rief der *Rechtsanwalt* überrascht. »Du bist hier vorbeigegangen?«

»Ich war wütend. Ich hab nicht auf den Weg geachtet.«

»Hast dir wohl wieder angehört, was der alte Narr zu erzählen hatte?«, fragte der *Schmuggler*.

Eine maßlose Wut stieg in dem *Jungen* auf. Er beherrschte sich aber, blieb in der Tür stehen und musterte die versammelten Männer. Sie hockten auf dem Fußboden, saßen auf Holzkisten, auf umgestürzten Kübeln, auf zwei nicht gemachten Betten und auf allem Sonstigen, das sich zum Sitzen eignete. Sie lehnten an den verrußten Wänden und drückten sie mit ihrem Gewicht nach außen. Sie waren zornig, aber auch des Wartens müde. Sie hatten es satt, auf den *Jungen* zu warten, hatten es satt, zu warten, bis etwas geschähe, das ihr unerträglich lang dauerndes Leben in dieser Vorhölle beendete. Und sie hatten es, wie der *Schmuggler* gern sagte, satt, im Arsch des

142

Teufels zu hausen. Doch weil sie den Teufel nicht ansprechen konnten, gaben sie einander und dem *Jungen* die Schuld.

»Der *Alte Mann* ist kein Narr«, sagte der *Junge*.

»Kein Narr? Was macht er dann hier in der *Grube*?«

»Dasselbe wie ihr.«

»Er gehörte zum inneren Zirkel, als es geschah«, warf der *Schmuggler* ein. »Er war mittendrin, und was hat er getan? Ist wie ein Idiot zurückgetreten, hat sich aus dem Staub gemacht, während der Rest sich auf den Hügeln Schlösser und Paläste gebaut hat. Er hätte ein Vermögen machen können, hätte, wie es sich gehört, als Bürger in der *Stadt* leben können, doch was hat der alte Narr getan? Ist Dichter geworden, selbsternannter Held der Volksmassen und dann auch noch Ausrufer in der *Grube*, Sänger grässlicher Trauerlieder, der seinen Atem an jeden verschwendet, der ihm zuhören will.«

Er hatte hasserfüllte Dinge über der *Alten Mann* zu sagen, und er sagte sie mit großem Groll, mit Wut und Verzweiflung. Der *Junge* blieb ruhig und ließ ihn ausreden. Ihm war bewusst, dass der andere recht hatte. Auch der *Alte Mann* hatte zu den Chiefs gehört, hatte über Geld, Macht und Status verfügt. Er war dabei gewesen, als sie die Verfassung heimlich so geändert hatten, dass sie für immer und ewig regieren konnten. Und er war dabei gewesen, als man den Völkermord geplant hatte, als in den Dörfern und Gemeinden die Todesmilizen aufgestellt worden waren. Jeder wusste, dass die Verschwörer den *Alten Mann* gebeten hatten, der Übergangsregierung beizutreten, die später die Ermordung Hunderttausender Menschen befehlen und beaufsichtigen sollte. Zudem ging das Gerücht, dass man ihm das vakante Präsidentenamt angeboten hatte, er es jedoch ausgeschlagen und damit sein Schicksal besiegelt hatte. Er hätte die Verschwörer verraten und für alle Ewigkeit verdammt sein können. Aus irgendwelchen Gründen hatte er das nicht getan, obwohl er behauptete, er habe unzählige Berichte an *Human Rights Watch* und andere Menschenrechtsorganisationen und an mitfühlende Völker geschrieben, in denen er vor einem unmittelbar bevorstehenden Blutvergießen warnte. Allerdings konnte er das nicht belegen, denn sein früheres Leben war mit seinem Haus dem Erdboden gleichgemacht worden. Jetzt verabscheuten ihn die Leute. Oder sie sangen ein Loblied auf ihn. Je nachdem, wie es ihrer Erinnerung und ihrem Gutdünken gefiel; er konnte nichts dagegen tun. Ein paar waren so barmherzig, die anderen daran zu erinnern, dass er auch den Mund halten und mit den anderen Chiefs, den Dieben und den Wölfen aus dem Ausland, die schließlich das ganze Land verschlangen, fett und reich hätte werden können. Stattdessen hatte er den Mund aufgemacht und war zum Paria geworden, zu jemandem, dem die Verbannung bestimmt gewesen war. Und das, lange bevor die *Grube* überhaupt geplant wurde.

»Und du willst mir weismachen, dass er kein Narr ist«, fuhr der frühere Ökonom den *Jungen* an.

Er war kahlköpfig, und seine Augen versprühten wie Eiter den Hass einer ansteckend kranken Seele. Seine Empörung war, wie alle Anwesenden wussten, von seinem Groll darüber begründet, dass man ihn aus dem System ausgeschlossen hatte, das seinen Anhängern zu einem die menschliche Vorstellungskraft übersteigenden Reichtum verholfen hatte. Und das nur, weil er anders war.

Er hatte eine leitende Stellung als Ökonom im Finanzministerium innegehabt, die Staatskasse verwaltet und die ganze Korruption überhaupt erst ermöglicht. Er war es, der sich einige der teuflischsten Pläne ausgedacht hatte, den Staatssäckel vollständig auszuplündern. Er war es, der den schlimmsten Diebstahl von Staatsgeldern, den die Geschichte je erlebt hatte, ausgeheckt und ins Werk gesetzt hatte. Zu einer Zeit, da die Wirtschaft im Lande in Trümmern lag, die

Staatsbank in die Knie gegangen war und die Bevölkerung in Armut dahinvegetierte, hatten er und die *Big Chiefs* sowie ihre Freunde und Verwandten sich mit internationalen Dieben zu einer Operation zusammengetan, bei der die Staatskasse nicht existierenden Exporthändlern Millionen Dollar an Exportentschädigungen für nicht existierendes Gold aus einem Land zahlte, in dem es überhaupt keine abbauwürdigen Goldvorkommen gab. Alle waren damit durchgekommen. Nur er nicht. Er war schon zum Opferlamm auserkoren, lange bevor man ihn auf den Posten berief, und wurde von den Chiefs sofort fallen gelassen, als die Weltbank nach den Gründen für diese Operation fragte. Es traf ihn besonders hart, dass er, anstatt öffentlich geehrt zu werden wie andere Meisterdiebe vor ihm, nun lauthals geächtet und zusammen mit jenen, die in die Armut zu treiben er geholfen hatte, als gewöhnlicher Verbrecher in die *Grube* geschickt wurde. Und alles nur, weil er anders war.

Er, der niemals ethnische, rassistische oder sexistische Gefühle gehegt hatte, der mit jedem Dieb ohne Ansehen seiner Herkunft gemeinsame Sache gemacht hatte, war nun eins der ersten Opfer der ethnischen Paranoia geworden. Der Gedanke, dass er mit Leuten gegessen, getrunken und gefeiert hatte, die er als seine Freunde betrachtete, die sich jedoch zusammengetan hatten, ihn, seine Familie und seine Freunde umzubringen, machte ihn wahnsinnig. Im irrigen Glauben, dass eine zivilisierte, gebildete und demokratisch gewählte Führung nicht gegen ihre Wähler vorgehen und einem Massenmord Vorschub leisten würde, hatte sich der ehemalige Ökonom mit ein paar der schlimmsten Massenmörder eingelassen und es nicht im Mindesten gemerkt. Ihm hatte immer nur er selbst am Herzen gelegen, nie jemand anderes. Auch in der *Grube* hatte sich daran nichts geändert. Er tolerierte sie, solange sie für sich blieben und ihn nicht mit ihrer schäbigen

Brut und ihren Hunden belästigten. Keiner mochte ihn, und er mochte keinen. Sie tolerierten ihn, weil er nicht ganz mittellos war und die Schmugglerbanden befehligte, die die *Grube* ernährten und kleideten.

»Da!« Der ehemalige Ökonom und jetzige Schmuggler spie dem *Jungen* vor die Füße. »Ich spucke auf deinen *Alten Mann*.«

Der *Junge* achtete nicht weiter auf die Provokation und antwortete: »Du warst ebenfalls dort. Zur gleichen Zeit, als der *Alte Mann* bei ihnen mitgemacht hat. Was hast du für dich oder andere unternommen?«

Der *Schmuggler* sprang auf. »Noch ein Wort und ich werde dich ...«

»Umbringen?«, fragte der *Junge*. »Ist das alles, was du kannst, jeden umbringen, der sich dir in den Weg stellt?«

Der ehemalige Student trat zwischen sie und sagte: »Wir haben uns um andere Kämpfe zu kümmern.«

Der *Student* und der *Schmuggler* blickten einander an. Der *Schmuggler* war für seine Gewalttätigkeit bekannt und für seine Geschicklichkeit im Handhaben der Machete, die er um die Hüfte geschnallt trug. Er war größer als der *Student*, doch war der *Student* seinerseits für seinen Mut bekannt. Während seiner Studententage hatte er an der Spitze sämtlicher gewalttätigen Konfrontationen zwischen protestierenden Studenten und Polizei gestanden, und seine Ermordung war schon lange vor dem Völkermord geplant gewesen. Über sein Gesicht zog sich eine lange Narbe. Die hatte ihm ein *Krieger* beigebracht, als der *Student* die Widerstandsbewegung in den Bergen angeführt hatte. Man erzählte sich zahlreiche Geschichten, wie tapfer und wendig er war, wie er seinem Mörder die Machete entrungen und ihn damit enthauptet hatte, wie er Dutzende weiterer Mörder mit eben dieser Machete gefällt hatte, während ihm das Blut in Strömen am Körper herunterlief. Anschließend, so hieß es, hatte er dem Oberst, der ausgeschickt worden war, den Milizen zu helfen, das Gewehr entrissen und die Mörderbande damit auseinandergejagt. Er hätte wohl den ganzen Haufen erledigt, wäre er nicht zusammengebrochen und fast am Blutverlust gestorben.

»Mit dir habe ich nichts zu klären«, sagte der *Schmuggler* zu ihm. »Auch wenn man dort, wo ich herkomme, kleinen Jungs nicht erlaubt, Männern zu widersprechen.«

»Dann sieh dir mal an, was dort, wo du herkommst, passiert ist«, gab der *Student* zurück.

Der ehemalige Lehrer und der ehemalige Bauer standen auf und stellten sich zwischen sie.

»Meine Herren«, sagte der *Lehrer*, »benehmen wir uns doch bitte wie zivilisierte Menschen.«

Das machte auch den anderen Mut. Mit einem Mal mischten sich alle ein.

»Frieden«, sagte der ehemalige Mechaniker. »Wir müssen sehen, dass es vorwärtsgeht, also halten wir Frieden.«

»Frieden«, sagten alle Ehemaligen.

»Frieden.«

»Es bringt nichts, wenn wir auf uns einschlagen«, meinte der Mann mit dem verbundenen Kopf.

»Überhaupt nichts«, stimmten die Ehemaligen zu.

»Wir haben genügend Feinde, die das für uns tun«, ergänzte der Mann.

»Genug Feinde«, stimmten sie ihm zu.

Der *Schmuggler* und der *Student* starrten einander wütend an. Lediglich der alte *Lehrer*, der wie ein Fels zwischen ihnen aufragte, hielt sie davon ab, einander in Stücke zu reißen. Der *Lehrer*, der sich, wie alle wussten, in den Bergen den Macheten der Milizen entgegengestellt und überlebt hatte – wenn auch mit so vielen Narben am Leib, dass man sie unmöglich noch zählen konnte –, sah besorgt auf die Machete des

Schmugglers. Der letzte, tiefste und grausamste Machetenhieb, der ihn während der neunzig Tage des Wahnsinns ereilt hatte, in der ganzen Zeit, in der er sich von Sonnenaufgang bis Sonnenuntergang immer wieder blutrünstigen Mördern gegenübergesehen hatte, war ihm von einem Studenten beigebracht worden. Von seinem Schüler, einem außergewöhnlichen Schüler, den er durch Algebra gebracht und im Kampf gegen seine Dyslexie geholfen hatte, der ihm wie ein Sohn ans Herz gewachsen war. Ein normaler, intelligenter Schüler, der bitterlich geweint hatte, als er mit einer stumpfen Machete nach seinem *Lehrer* schlug, während die Milizen, der Schulleiter und Lehrerkollegen ihn dazu anfeuerten. Jetzt, da er sich einem *Studenten* und einem *Schmuggler* gegenübersah, fühlte der *Lehrer* nur noch Mitleid mit all jenen, die, aus Angst, selbst umgebracht zu werden, am Völkermord teilgenommen hatten.

Glücklicherweise setzte sich der *Schmuggler* wieder auf das Bett, und der *Student* kehrte zu der Stelle zurück, wo er an der Wand gelehnt hatte.

»Komm rein«, sagte der *Lehrer* zum *Jungen*.

Der *Junge* trat ein und setzte sich in der Nähe des *Studenten* auf den Boden.

»Meine Herren«, sagte der *Lehrer*, »da wir jetzt alle versammelt sind, können wir beginnen.«

Und sie fingen mit ihrer Versammlung an.

III

Sie sprachen über dieses und jenes. Eine Zeitlang redeten sie über alles und nichts. Dann rief der *Student* sie zur Ordnung, sagte, dass sie Zeit verschwendeten, und bat den *Rechtsanwalt*, die Versammlung zu eröffnen. Der *Rechtsanwalt*, selbst ernannter Sekretär der Gruppe, verlas das Protokoll ihrer letzten Sitzung, ein langes, verschachteltes Schriftstück, an dem er die ganze Nacht gesessen hatte, um die Albträume zu vertreiben. Es nahm Bezug auf ihre früheren Diskussionen.

Seit er in der *Grube* gelandet war und festgestellt hatte, dass es die Hölle tatsächlich gab, auch den Teufel, dass der mitten unter den Menschen lebte und dass der Tod jeden ohne Ansehen der Person heimsuchte, hatte er beschlossen, sein Leben sollte etwas wert sein. Also sah er in jedem, in allem und in jeder Situation nur das Positive und übertrieb so lange, bis alles andere unbedeutend schien. Zwar erhielt er in der *Grube* nicht allzu viele Gelegenheiten, seine Kunst zu üben – sah man einmal von der Schlichtung des einen oder anderen Nachbarschaftsstreits ab –, doch nutzte er die wenigen sich bietenden Gelegenheiten bis aufs Äußerste und machte sich jeden zum Feind, weil er auch das noch verteidigte, das nun wirklich nicht zu verteidigen war. Jetzt, da es den Anschein hatte, als wollte er ewig in seiner hochtrabenden Art weiterreden, unterbrach ihn der ehemalige Bauer gereizt: »Wir wissen genau, wofür wir das letzte Mal gestimmt haben, also schauen wir lieber, ob wir heute auch noch dafür stimmen.«

Der *Rechtsanwalt* hielt erschrocken inne. Es machte ihn unglücklich, dass alle zustimmend nickten. »Meine Herren«, setzte er an, »die Frage, die sich vor uns auftut, ist ganz einfach. Stellen wir uns der Aufgabe oder nicht.«

»Wir stellen uns ihr«, antworteten sie.

»Meine Herren! In diesem Fall würde ich vorschlagen, dass wir ...«

»Hör auf mit dem Gesülze und komm auf den Punkt«, fuhr der *Student* ihn an, den man von der Universität verwiesen hatte, weil er immer anderer Meinung war. »Schließlich sind wir Verschwörer und Ränkeschmiede. Also vergiss deine schönen Worte. Machen wir lieber mit der Verschwörung weiter.« Er sagte das weder im Zorn noch verstimmt, vielmehr mit einem beunruhigenden Ernst, der den *Rechtsanwalt* ins Stottern brachte. Keiner von ihnen gehörte in die *Grube*, der *Rechtsanwalt* aber am allerwenigsten. Er hatte einst zu den Großen im Dienst der *Big Chiefs* gehört, hatte die Gesetze gebogen und mitunter auch gebrochen, um ihnen gefällig zu sein. Er hatte ihnen so gut gedient, dass sie ihn zum Obersten Richter, zum Generalstaatsanwalt und zum Wahlleiter ernannt hatten. Alles in einer Person. Es war eine dreifache Krone, die er getragen hatte, eine beachtliche Machtstellung, die Wohlstand mit sich brachte. Und alles, was damit Hand in Hand ging. Er hatte sich in seinem Glück und Wohlergehen mit der Leichtfertigkeit und im Dünkel eines vollgefressenen *Big Chief* gewälzt, mit der Unbekümmertheit eines Mannes, der dazu gehörte, der wusste, dass er jetzt dazugehörte und nicht einmal Gott selbst ihm das wieder wegnehmen konnte. Er hatte sich in die Brust geworfen und mit nie da gewesener Selbstüberhebung gekräht:

Ich bin ein ganzer Kerl, reich und mächtig,
Von großen Männern umringt, stark und mächtig.
Männer, so groß wie ich, die alles haben.
Wir fürchten niemanden, sei er kurz oder lang,
Und gewiss nicht den Pöbel, der mag in der Hölle
schmoren.

Das war damals, in den alten Zeiten, in den Zeiten vor der *Grube*. Lange bevor die Trennlinie zwischen *Gut* und *Böse*, zwischen *uns* und *ihnen*, zwischen Leben und Tod klinisch neu gezogen, mit Macheten auf wilde und brutale Weise neu gezeichnet wurde. Der *Rechtsanwalt* war, der Definition nach, ein *Langer* und hatte, seinem Amte gemäß, in einem großen Haus in den Hügeln gewohnt. Er hatte die größten Autos gefahren und mit den höchsten *Big Chiefs* gespeist und gezecht, hatte sich seinen Weg gebahnt, indem er ihren Exzessen mit humorvoller Unterwürfigkeit, Lobhudelei und Lügen sowie, wenn nötig, der einen oder anderen Beugung des Gesetzes schmeichelte. Er hatte das Gesetz so weit gebeugt, dass man es schon als Bruch bezeichnen musste, wenn es darum ging, ihre schmutzigen kleinen Schweinereien zu vertuschen, und sie gegen die Anschuldigungen der Vetternwirtschaft, der Korruption, der moralischen Degeneration und rassistischen Bigotterie verteidigt. Während des Prozesses war es ihm gelungen, sich selbst und die ganze Welt davon zu überzeugen, dass die Zeiten der ethnischen Barbarei vorüber waren, dass nie wieder ein Regime versuchen würde, eine ganze Bevölkerung auszulöschen. Er hatte einer Bande handverlesener, machtbesoffener, politisch korrekter Verfassungsrichter vorgestanden, die die Verfassung verstümmelt und zurechtgestutzt hatten, damit die Despoten bis in alle Ewigkeit an der Macht bleiben konnten, und damit Millionen Landsleute dazu verdammt, in historischer Bedeutungslosigkeit zu versinken. Auch er hatte im Hof der verfaulenden Rosen und des vermodernden Lavendels gefeiert, hatte mit den skrupellosen Mächtigen gemeinsame Sache gemacht und in Geld und Einfluss gebadet. Wie viele Intellektuelle seiner Sorte hatte er sogar angefangen zu glauben, alle Menschen wären wirklich gleich und glücklich, im Land gebe es keine offene oder verdeckte ethnische Konfrontation und jeder, wirklich jeder, könnte friedlich davon träumen, dass das Land so regiert wurde, wie es sich gehörte.

Dann war er nach Hause gegangen und hatte seine unredlichen Gesetze vergessen, die Gesetze unseres politischen Dschungels, in denen festgehalten war, dass der Zweck die Mittel heiligte und dass das einzige wirklich abscheuliche Verbrechen vor dem Angesicht der Welt darin bestand, arm zu sein. Anschließend hatte er seine eigene politische Partei aus dem Hut gezogen, um einem *Mammut-Big-Chief* seinen Parlamentssitz streitig zu machen. Im Verlauf des Wahlkampfs berauschte er sich am eigenen Dünkel und erklärte das Präsidentenamt für vakant, weil der alte Mann, der es damals innehatte, ein korrupter Analphabet war, von Recht und Gesetz keine Ahnung hatte und seinen Wert als Mensch nach Ziegen bemaß. Darauf versiegten plötzlich seine Geldquellen. Die Staatsbanken forderten nämlich mit sofortiger Wirkung ihre zinslosen Kredite zurück. Mit den stornierten Krediten wurden ihm auch die Dienstwagen und Häuser weggenommen und an dankbarere Staatsdiener übergeben, und auf einmal sah er sich nackt und verletzbar. Anschließend verlor er noch seine Arbeit an seinen Assistenten, eine Null, die nicht einmal die Hälfte seiner Bildung oder seines Körperumfangs aufzuweisen hatte, und seine Frau an den alten Analphabeten, der seinen Wert nach Ziegen bemaß. Zu guter Letzt schickten sie ihn dann noch in die *Hölle*, wo er den Rest seines Lebens mit den Armen verbringen sollte, die er so sehr verachtet hatte und die für ihn und seinesgleichen nur Mitleid übrig hatten.

»Meine Herren«, sagte er hochmütig zu den Verschwörern, »wir alle wissen doch, warum wir uns heute hier versammelt haben.«

Jeder der Anwesenden wusste, warum er hergekommen war. Der *Rechtsanwalt* hoffte, dass die unmöglichen Pläne und lächerlichen Intrigen, die sie regelmäßig aussheckten, eines

Tages von Erfolg gekrönt sein würden, dass sie die kritische Masse erreichten und eine ausreichend große Bewegung auslösten, die das Regime, das ihn abgewiesen hatte, stürzte und eine Rückkehr zu einer Art menschlicher Regierung ermöglichte. Er war hergekommen, weil er wiederhaben wollte, was er durch seine Versehen verloren hatte. Und er sehnte sich danach, in die *Stadt* zurückzukehren, seine Privatkanzlei wieder zu eröffnen und wieder zu essen.

»Gott schütze jeden, der nicht weiß, warum er hier ist«, meinte der *Student* ungeduldig. »Hast du die Papiere bekommen?« Er sah den *Schmuggler* an. Der *Schmuggler*, der noch immer unter dem Eindruck der Auseinandersetzung stand, zeigte nur stumm unter das Bett.

»Hol sie raus«, befahl der *Student*.

Der Mann stand auf und zog zwei Kartons unter dem Bett hervor.

»Hast du die Jungs?«, fragte er den *Jungen*.

»Eintausend, vielleicht auch zwei«, antwortete der.

Ein plötzliches Schweigen ging durch den Raum. Die Männer, die gerade die Kartons auspackten, hielten inne und drehten sich zum *Jungen* um. Ihre Mienen zeigten eine Mischung aus Zweifel und Schrecken.

»Zweitausend Jungs?«, fragte der *Rechtsanwalt* ungläubig.

Er hatte ein geheimes Regierungsdokument gelesen, das die Bevölkerung der *Grube* auf zweitausend zumeist kriminelle Männer bezifferte, und neigte dazu, offizieller Propaganda Glauben zu schenken. »Unmöglich«, sagte er.

Der *Student* drehte sich zum *Jungen* um. Der gab zu, dass er die Jungs nicht gezählt hatte. Er hatte aber mit Jungs gesprochen, die mit anderen Jungs gesprochen hatten, und die hatten ihm versichert, dass die Jungs die Nase von Armut, Arbeitslosigkeit und der Ungerechtigkeit im Land voll hatten und eine Veränderung wollten.

»Und wissen sie auch um die Gefahr, der sie sich aussetzen?«, fragte ihn der *Student*.

»Ja.«

»Hast du ihnen gesagt, dass man auf sie schießen wird?«

»Ja.«

»Hast du ihnen gesagt, dass sie verletzt oder vielleicht getötet werden könnten?«, fragte der *Arzt*.

»Ja.«

Den Jungs war klar, wo sie standen – zwischen der Hölle und einem endlos während en Tod. Sie waren die Erben einer Tradition aus Gewalt und Völkermord. Nahezu jedem waren von einem Regime, das nicht einmal ein Schlachthaus führen konnte, tiefe körperliche und seelische Wunden zugefügt worden.

Schweigen herrschte. Sie dachten an die Jungs, die sich freiwillig dazu gemeldet hatten, sich, nur mit Ideen und Worten bewaffnet, der Brutalität entgegenzustellen.

Der ehemalige Mechaniker sprach als Nächster. »Zeigt mal die Plakate«, sagte er.

Die Kartons wurden geöffnet und ihr Inhalt geprüft. Der *Student* nahm ein Plakat heraus und breitete es aus, damit alle es sehen konnten. »Auch arme Menschen sind Menschen«, las er vor. »Wir verlangen Gerechtigkeit – JETZT!«

Die Plakate sollten an alle Telefon- und Strommasten geklebt werden, an jede Tür und jedes Schaufenster, an jede leere Wand, jedes Auto und jedes Haus. Zusammen mit den Plakaten sollten grellbunte Flugblätter in der *Stadt* verteilt werden. Wie ein Dornenteppich, auf dem die Stadtbewohner laufen sollten. Ihre Botschaft war ebenso einfach wie präzise. Die Menschen in der *Grube* wollten nicht länger ein menschenunwürdiges Leben in der städtischen Müllgrube führen. Sie forderten Anerkennung und Wiedereingliederung in die Gesellschaft. Sie verlangten Gerechtigkeit, Gleichbe-

154

rechtigung und Freiheit. Sollten ihnen diese Rechte nicht gewährt werden, würden sie die Mauern niederreißen, die sie ausschlossen, und in die *Stadt* marschieren.

Die Männer lauschten dem *Studenten*, der die Aussagen auf jedem einzelnen Flugblatt vorlas und auf das Genaueste erläuterte.

»Hört her, ihr Bösewichte«, las er laut vor. »Hört her und hört gut zu, Einwohner von Sodom.«

»Sodom?«, fragte der ehemalige Ökonom.

»Ruhe«, rief der ehemalige Bauer.

»Wir sind nicht auf eure Kronen oder Throne aus«, las der *Student* vor. »Wir wollen euren Wohlstand nicht und auch nicht eure Frauen. Wir wollen in unserem Land nur menschenwürdig leben, in Freiheit leben, wie es Menschen zusteht. Warum fürchtet ihr uns so sehr, dass ihr Gefängnismauern errichtet, um uns auszuschließen? Wir hassen euch nicht. Ihr hasst uns. Drum hört und hört gut zu – wir haben keine Angst mehr vor euch. Wir wissen, zu welchen Übeltaten ihr fähig seid, doch diesmal habt ihr keinen Erfolg damit.«

Sie starrten den *Studenten* fassungslos an.

»Wer hat das geschrieben?«, fragte der *Arbeiter* und schüttelte ehrfürchtig den Kopf.

Sie wandten sich zu dem *Jungen*, in dessen Verantwortung es gelegen hatte, die Plakate und Flugblätter zu gestalten.

»Was habt ihr dagegen einzuwenden?«, fragte er sie.

»Wo ist das Feuer?«, fragte der *Arbeiter*.

»Genau. Es muss Feuer haben«, pflichtete der *Schmuggler* ihm bei. »Wir müssen klipp und klar sagen, was ihnen blüht, wenn unsere Forderungen nicht erfüllt werden.«

»Und das heißt, dass wir plündern, brandschatzen und uns alles wieder nehmen, das uns gehört«, ergänzte der *Rechtsanwalt*.

»Das sollte ihnen klar gesagt werden«, meinte der *Arbeiter*.

»Und auch, dass wir ihre Brüder aus der Hölle sind, ihre wütenden Verwandten, die sie und die Ihren abschlachten werden, wenn sie nicht ihre Reichtümer unter dem Bett hervorholen und mit uns teilen. Sie sollen wissen, dass wir die Albträume sind, die sie geschaffen haben. Dass wir niederbrennen und zerstören, was ihnen am Herzen liegt, egal ob Gegenstand oder Mensch, damit sie eine Vorstellung davon bekommen, was es heißt, nichts zu haben. Dass wir nicht vergessen haben, wer sie sind und was sie uns angetan haben. Dass wir sofortige Wiedergutmachung verlangen. Das muss auf den Flugblättern stehen.«

Der *Junge* hörte ihm zu. Sein Mund stand vor Schreck weit offen, und die Erkenntnis, dass der *Arbeiter* alles so meinte, wie er es sagte, machte ihm Angst. »Das ist nicht das, worauf wir uns verständigt hatten«, erwiderte er.

»Aber genau so wird es kommen«, sagte der *Arbeiter*. »Genau so haben sie es mit uns gemacht, und das zahlen wir ihnen heim. Zuschlagen und einsacken. Zerschlagen und einsacken.«

Im Raum herrschte Schweigen.

IV

In einem seiner vielen früheren Leben hatte sich der *Arbeiter* einen Namen als Reservepolizist und Freizeitbankräuber gemacht. Während der Lebensmittelkrawalle führte er Banden von Plünderern und Raffern an, die das Kommando auf den Straßen übernahmen und sie in Anarchistenparadiese verwandelten. Tagsüber erschoss er Verbrecher, dann ging er nach Hause, zog seine Zivilkleidung an, schlang sich ein buntes Halstuch um den Kopf und schloss sich der Orgie des Plünderns und Verwüstens an, die seine Bande veranstaltete. Anschließend kehrte er nach Hause zurück, streifte die Uniform über, ging wieder auf die Straße und erschoss ein paar Plünderer. Als er endlich von seinen Sünden eingeholt wurde, saß er seine Strafe in einem Steinbruch ab, wo man ihm beizubringen versuchte, sich sein Essen durch Arbeit zu verdienen. Er arbeitete als Steinschläger.

»Es soll nicht zu Gewalt und Diebstahl kommen«, sagte der *Student* und sah ihn warnend an. »Es wird weder geplündert noch gebrandschatzt. Und es wird nicht vergewaltigt oder geprügelt. Niemals wieder.«

Über dem Raum lag eine unbehagliche Atmosphäre. Der *Arbeiter* war augenscheinlich nicht der Einzige, der sich von dieser *Angelegenheit* erwartet hatte, er könnte dabei einen *Schnitt* machen. Einige waren ganz offen für eine kleine Plünderei, für ein bisschen kontrollierten Raub, um zurückzubekommen, was ihnen gehörte, und sich für das Risiko zu belohnen, das sie eingingen.

»Ich verstehe das alles nicht«, sagte der *Schmuggler* und sprach aus, was mehrere dachten.

»Sollen wir das Protokoll unserer letzten Sitzung noch einmal verlesen?«, fragte der *Student*.

»Nein«, kam die einhellige Antwort.

»Wir wissen alle, worauf wir uns geeinigt haben«, sagte der *Bauer*.

Sie nickten.

»Wie viele davon haben wir?«, fragte der *Student* den *Schmuggler*.

»So viele, wie wir beschlossen hatten«, antwortete der *Schmuggler*.

»Was hatten wir eigentlich beschlossen?«, fragte einer.

Der *Rechtsanwalt*, der das Protokoll in der Hand hielt, schaute nach und sagte: »Fünftausend, um genau zu sein.«

Der *Schmuggler* zuckte die Schultern.

»Unmöglich, so viel Papier zu zählen«, sagte er. »Wir haben so viele gedruckt, wie wir konnten.«

»Und wo sind die?«, fragte der *Student*.

»Am vereinbarten Ort«, antwortete der *Schmuggler*, »sogar eine kleine Zugabe ist dabei.«

»Was für eine Zugabe?«, fragte der *Junge*.

»Nur etwas für den Fall, dass die Polizei Spaß an ihrer Arbeit bekommt«, meinte der *Schmuggler* ausweichend.

»Gewehre?«, fragte ein ehemaliger Soldat.

»Wir hatten uns verständigt, keine Waffen zu verwenden«, warnte der *Student*.

Der *Schmuggler* lächelte nur.

»Ihr schafft sie bis morgen früh dort weg«, ordnete der *Student* an. »Wir dürfen der Polizei keinen Vorwand geben, das Feuer zu eröffnen.«

»Die schießen sowieso«, meinte ein ehemaliger Taschendieb. »Das tun sie ja immer.«

»Keine Waffen«, wiederholte der *Student*.

Der *Schmuggler* zuckte die Achseln. »Du schaufelst dein Grab, nicht meins«, meinte er lakonisch.

Daran entzündete sich eine hitzige Diskussion über den

Waffengebrauch. Einige sprachen sich dafür aus, die Jungs zu bewaffnen und gegen die Polizei ins Feld zu schicken, andere dafür, die *Stadt* im Handstreich zu nehmen. Die meisten waren jedoch dagegen, den Chiefs irgendeinen Vorwand zu liefern, die *Grube* in Grund und Asche zu bomben, wie sie das schon so oft angedroht hatten. Zu guter Letzt siegte die Vernunft, da der ehemalige Soldat, der von Waffen mehr verstand als jeder andere Anwesende, ihnen klarmachte, dass sie die Polizei genauso wenig völlig auslöschen könnten wie die Polizei sie. Sie kamen überein, dass es das Beste wäre, die Waffen aus den Lagerhäusern wegzubringen, bis sie wirklich gebraucht würden.

Dann wandte sich der *Student* an den *Jungen*: »Wissen die Jungs auch ganz genau, was sie zu tun haben?«

»Ja.«

Im Morgengrauen würden die Jungs ihren Marsch auf der Straße, die zur *Stadt* führte, beginnen. Allein aufgrund ihrer zahlenmäßigen Überlegenheit würden sie alle Straßensperren überrennen, entwaffnen und zerstören. Waren sie erst einmal in der *Stadt*, würden sie zu den Lagerhäusern am Fluss vorrücken, wo die Plakate lagerten. Anschließend würden sie weitergehen, geordnet und friedlich, sich über die ganze *Stadt* verteilen und überall die Plakate anbringen. Danach würden sie sich am City Square, der zwischen dem Rathaus, dem Parlament, dem Gericht und der Kathedrale lag, wieder zusammenfinden. Dort würden Oppositionspolitiker und andere, die ihnen Wichtiges mitzuteilen hatten, zu ihnen sprechen. Zuletzt würden sie dem Polizeichef, der ohne Zweifel auftauchen würde, das Memorandum mit ihren Forderungen übergeben, damit er es an die *Big Chiefs* weiterleitete. Keine Plünderungen und keine Diebstähle, kein Brandschatzen und keine Schlägereien, keine Prügel, gar nichts.

»Vermeidet jede Konfrontation«, sagte der *Student*. »Widersteht allen Versuchungen zur Gewaltanwendung. Liefert ihnen keinen Vorwand, ihre Waffen einzusetzen.«

»Keinen Vorwand?«, lachte der *Arbeiter* auf einmal auf. »Hast du schon einen richtigen Aufruhr erlebt? Die Polizisten brauchen keinen Vorwand, um auf Unruhestifter zu schießen. Sie schießen. Sie schießen, um zu töten. Da werden keine Fragen gestellt. Fliegen erst einmal Kugeln, ist es völlig belanglos, wie wenig Steine du geworfen hast. Du wirst genauso erschossen wie der, der mit einem Gewehr auf die Polizei schießt. Und dann brauchst du keine Befehle mehr, um Plünderungen und Brandschatzungen auszulösen.«

»Es darf kein Plündern und Niederbrennen geben«, wiederholte der *Student* mit Nachdruck.

»Das sagst du andauernd«, ärgerte sich der *Schmuggler*. »Um uns musst du dir dabei keine Sorgen machen.«

»Kein Plündern, kein Niederbrennen«, wiederholte der *Student* noch einmal. »Das gilt für die Jungs und für die Männer. Für alle. Wer hat den Schlüssel zum Lagerhaus?«

Der *Schmuggler* gab ihm den Schlüssel.

»Behalt ihn«, sagte der *Student*. »Du schließt das Lager persönlich auf, bevor die Jungs am Morgen dorthin kommen. Du und du und du, ihr verteilt die Flugblätter und Plakate an die Jungs.«

»Auf mich musst du verzichten«, sagte der *Schmuggler* laut. »Ich lasse mich morgen auf gar keinen Fall in der Nähe der *Stadt* blicken.«

Er sah vom einen zum anderen und wiederholte, als er ihre Betroffenheit merkte: »Morgen auf gar keinen Fall.«

Sie warteten darauf, dass er sich erklärte.

»Wart ihr schon mal in Krawalle verwickelt?«, fragte er sie.

Ein paar nickten. Andere hatten noch nie Krawalle erlebt, die meisten hatten jedoch Schlimmeres durchgemacht, und ihr Mut war über jeden Zweifel erhaben. Aber nur der *Junge* machte sich die Mühe, ihm zu antworten. »Das wird kein Krawall«, sagte er.

»Das behauptest du«, gab der *Schmuggler* zurück. »Doch egal, wie du's nennst: Einen friedlichen Protestmarsch, eine Massendemonstration, ein Zurschaustellen von Stärke oder was auch immer, es bleibt eine illegale Versammlung. Morgen fliegen Kugeln, das kannst du mir glauben. Und wo echte Kugeln fliegen, habe ich nichts zu suchen. Kommt schon, Männer, seid ihr blind oder blöd? Begreift ihr denn nicht, dass sie nur auf eine derartige Provokation warten, um uns alle auszulöschen?«

Sein plötzlicher Sinneswandel machte sie sprachlos. Schweigend sahen sie ihn an.

»In Ordnung«, erklärte er, »da wir dazu entschlossen scheinen, etwas vom Zaun zu brechen, überlassen wir das ruhig der Jugend. Es ist ihre Zukunft, um die wir uns sorgen, oder? Ihre Welt, also auch ihr Kampf. Ich will damit nicht sagen, dass wir nicht gern helfen ... aber ... Kommt schon, Männer, seien wir wenigstens einmal realistisch. Diese *Angelegenheit* ist nicht unsere Sache, oder?«

Sie starrten ihn stumm an. So viele Male schon waren sie unterschiedlicher Auffassung gewesen, waren von Menschen, die sie ausnutzen wollten, gegeneinander ausgespielt worden, dass das, was hier geschah, einen Schock für sie darstellte.

»Bei dieser *Angelegenheit* geht es um uns alle«, ergriff der *Junge* das Wort. »Und entweder machen alle mit oder keiner.«

»Du hältst die Klappe, wenn ich rede«, fuhr der *Schmuggler* ihn an. »Morgen gibt es in der *Stadt* ein ziemliches Gedränge und Gerenne. Glaub es oder lass es bleiben, es werden viele sterben und viele zu Krüppeln werden. Und wofür das alles? Damit die *Big Chiefs* mit uns reden, uns Versprechungen machen und noch mehr Lügen erzählen? Damit man uns, in zehn oder fünfzehn Jahren vielleicht, aus dieser *Grube* lässt? Solange wir uns nicht alles mit Gewalt wieder holen, solange werden sie uns nicht das Geringste zurückgeben. Wir müssen ihnen beweisen, dass wir ihr Leben hundertmal weniger lebenswert machen können, als sie unseres gemacht haben. Wir müssen ihnen trotzen, indem wir uns nehmen, was uns gehört. Und ihr könnt mir glauben, wenn ich euch sage, dass jeder, der den morgigen Tag überlebt, ihn niemals vergessen wird.«

»Vielleicht hast du recht«, sagte der *Mechaniker* leise. »Wir sollten unsere letzten Tage friedlich hinter uns bringen und uns nicht zusammenrotten, um da rauszugehen und uns irgendwelchen Kugeln entgegenzustellen. Sollen die Jungs doch ihre Drachen allein bekämpfen. Sollen sie für die Zukunft kämpfen, denn sie gehört ihnen. Mein Rücken ist mit Pfeilnarben und Machetenschnitten übersät. Ich hätte etwas dagegen, wenn ich den Rest meines Lebens auch noch mit einer Kugel im Kopf zubringen müsste.«

Im Hintergrund erhob sich ein undeutliches Gemurmel, und er beeilte sich, seine Ansicht klarzustellen. »Ich spreche nur für mich allein«, sagte er.

»Und wer ist sonst noch dieser Meinung?«, fragte der *Student*.

Niemand antwortete.

»Die drei hier sind meiner Ansicht«, sagte der *Arbeiter* und zeigte auf drei alte Strauchdiebe, die das Leben so sehr gebeugt und gebeutelt hatte, dass sie nicht mehr für sich selbst sprechen konnten. Dem einen hatte man während der Tage des Völkermords mit einer Machete die Zunge herausgeschnitten, die beiden anderen hatte ihre Stimme im Gefängnis verloren, wo sie Jahre darüber verbracht hatten, die Verhörenden davon zu überzeugen, dass sie nie anders als aus Notwehr gemordet hatten.

162

»Ich kenne sie genau«, sagte der ehemalige Reservepolizist. »Sie denken genau so wie ich.«

Sie nickten und schwiegen. Die vier waren schon eine Mannschaft gewesen, als Banküberfälle zu den Aufgaben der Polizei gehörten, hatten zusammen bei den Lebensmittelkrawallen mitgemischt und gingen auch jetzt in der *Grube* gemeinsam ihren ruchlosen Beschäftigungen nach.

»Noch jemand?«, fragte der *Student*.

Ein mehrfaches Räuspern war zu hören, doch keiner sprach. Die meisten schauten zu Boden, damit sie dem *Studenten* nicht ins Gesicht sehen mussten, und taten so, als wären sie gar nicht anwesend. Es verstrichen einige Augenblicke, bevor der *Rechtsanwalt* sich räusperte und gelehrt sprach: »Meine Herren, meine Herren, ich denke, die Situation verlangt nach einer Abstimmung.«

»Das ist das Vernünftigste, das du heute von dir gegeben hast«, sagte der *Schmuggler* zu ihm. »Abstimmen und fertig. Alle, die gegen mich sind, heben die Hand.«

Niemand machte Anstalten, die Hand zu heben.

»Also, Männer, hoch mit den Händen«, sagte der *Arbeiter*. »Oder habt ihr Angst vor einer eigenen Meinung? Wir leben schließlich in einem demokratischen Land. Hoch mit den Händen, wenn ihr gegen mich und meine Brüder hier seid.«

Nur der *Junge* hob die Hand. Dann schloss sich ihm der *Student* an. Mehr Gegenstimmen erhielt der *Schmuggler* an diesem Tag nicht. Die anderen starrten auf ihre Füße und den festgestampften Boden. Keiner traute sich, gegen den *Schmuggler* und den *Arbeiter* zu stimmen. Nach einem Augenblick unbehaglichen Schweigens räusperte sich wieder der *Rechtsanwalt*. »Meine Herren«, verkündete er, »die Abstimmung ist erfolgt. Die Jungs müssen allein losziehen.«

Der *Schmuggler* warf dem *Jungen* den Schlüssel zu. Der *Junge* fing ihn nicht auf. Er fiel vor seine Füße.

»Ich kann das nicht glauben«, sagte der *Student* mit vor Empörung erstickter Stimme. »Ich kann nicht glauben, dass ihr, die ihr behauptet, Männer zu sein, eure Jungs in den Tod schicken und euch selbst verstecken wollt.«

Nicht einer erwiderte etwas.

»Ihr hattet alle dafür gestimmt, morgen mit uns in die *Stadt* zu ziehen«, erinnerte der *Junge* sie. »Wir waren alle dafür, bis ihr mitbekommen habt, dass Plünderungen nicht erlaubt sind, bis ihr gehört habt, dass vielleicht geschossen wird. Ihr seid alles andere als Männer – ihr seid Feiglinge und gewöhnliche Diebe, prinzipienlose und verabscheuungswürdige Kreaturen, die einer Henne die Eier unterm Hintern wegstehlen würden, ihr seid Männer, die essen würden, während die Kinder hungern. Ihr seid schlimmer als die, die uns in der *Grube* festhalten, schlimmer als die räudige Hyäne, die ihr eigenes Gedärm frisst.«

Nicht einmal der *Schmuggler* sagte ein Wort.

Der *Junge* hob den Schlüssel auf und wog ihn in der Hand. Er stand auf, stellte sich breitbeinig hin und starrte die Männer wütend an. Selbst der *Schmuggler* hielt seinem Blick nicht stand. Dann richtete der *Junge* sich zu voller Größe auf – er war dennoch noch nicht so groß wie ein ausgewachsener Mann – und spuckte ihnen vor die Füße, genau in die Mitte des Raums. Anschließend ging er hinaus.

Nachdem er hinausgegangen war, war es totenstill im Raum. Nun erhob sich der *Student* und folgte dem *Jungen* nach draußen. Langsam entfernten sie sich von dem Haus, blieben neben dem alten Schulgebäude stehen, atmeten in tiefen, wütenden Atemzügen die stinkende Abendluft ein und schmeckten in ihr alle Gründe für ihre Wut.

»Also«, sagte der *Student* zum *Jungen*. »Dann sind wir eben zu zweit.«

»Du vergisst die Jungs.«

Der *Student* sah ihn eindringlich an. »Bist du sicher, dass so viele kommen?«

»Was spielt das jetzt noch für eine Rolle?«

Der *Student* zuckte mit den Schultern, lachte nervös und klopfte ihm auf die Schulter. »Du hast recht«, gab er zu. »Die Zahl spielt keine Rolle.«

»Wir können nicht mehr zurück.«

»Genau.«

»Wenn Männer sich nicht wie Männer verhalten …«

»… dann müssen Jungen zu Männern werden.«

Während sie dort standen, öffnete sich mit einem Mal die Tür der Hütte, und der Mann mit dem Verband um den Kopf trat heraus. Schwach sah er aus, als litte er Schmerzen. Der *Junge* sah sich von dem Drang überwältigt, ihm hinterherzugehen und sich zu entschuldigen, doch der Mann nickte ihnen zu, lächelte grimmig und verschwand.

»Die Gewehre machen mir Kummer«, sagte der *Student*.

»Sie finden sie nicht«, versicherte ihm der *Junge*. »Ich kümmere mich persönlich darum.«

»Gut.«

»Wo treffen wir uns?«

»Auf dem City Square. Du findest mich dort bei den Ältesten. Geh jetzt. Ich habe heute Nacht noch viel zu erledigen.«

»Bleib gesund«, verabschiedete sich der *Junge*.

Er war auf halbem Wege nach Hause zu dem *Alten Mann*, als ihm wieder einfiel, was der *Schmuggler* über ihn gesagt hatte. Manche Menschen hatten es nicht verdient zu leben, fand er und eilte nach Hause, stapfte wie ein junger Elefant durch die *Grube* und erzählte dem *Alten Mann*, was er erlebt hatte.

»Hüte dich vor dem, der nur zuhört und nichts sagt«, warnte der ihn. »Wenn er dann spricht, kann es sein, dass dir nicht gefällt, was er sagt.«

Auf Zehenspitzen ging der *Junge* zu der Stelle, an dem er *sie* versteckt hatte.

»Die anderen, mit denen du dich morgen treffen wirst, haben die auch Waffen?«

Als hätte der *Alte Mann* ihn ertappt, drehte sich der *Junge* um.

»Warum fragst du?«

»Weil nichts Gutes dabei herauskommt, wenn man Meinungsverschiedenheiten mit Waffengewalt regelt«, sagte der *Alte Mann*. Man konnte ihm nichts vormachen.

»Ich habe versucht, ihnen das klarzumachen«, sagte der *Junge*. »Ich dachte, sie hätten verstanden.«

Der *Alte Mann*, den plötzlich Traurigkeit überkam, wiegte sich auf seinem Platz hin und her und stimmte ein Lied an.

ACHTES BUCH

Auch wir tranken,
Wie Verrückte mit Todeswunsch, so tranken wir.
Danach kotzten wir über die Tische,
Und Dämonen schaukelten an den Giebeln
Und pissten uns auf die bloßen Köpfe,
Krüppel handelten mit seltenen Perlen,
Und Kinder vergingen auf den Müllhalden
Beim Warten auf die Abfallwagen.

Dr. Baraka: *Die Hölle der Armen*

Baanaaneen

I

Dem *Alten Mann* fiel wieder ein – als ob irgendjemand das jemals vergessen könnte –, dass die *Grube* einst eine Müllkippe gewesen war. Und damit die einzige Hoffnung für die Armen. Jetzt aber kam der Müll der *Stadt* nicht mehr hierher, denn die *Grube* war voll menschlichen Abfalls. Wehe!

Er wiegte sich sacht auf seinem Platz, bestrebt, mit einer alten Litanei aus vergangenen Zeiten, einer toten Erinnerung, die sich weigerte, tot zu bleiben, die Ordnung in seinem Herzen wiederherzustellen. Immer wieder hielt er inne, als wartete er auf eine Antwort, doch es kam keine.

»Wenn wir mal nüchtern geworden waren, redeten wir«, sang er vor sich hin. »Denn in leerem Geschwätz waren wir Meister. Ab und an stand einer mal auf und verkündete: ›Wenn ich hier regierte, würde ich allen Alkohol aus diesem Land verbannen. Ich habe erkannt, dass der Alkohol unser Verderben ist, der sichere Untergang unserer Bevölkerung, unserer Traditionen und unserer Kultur; der Tod eines jeden von uns.‹ Dann trank er weiter und vergaß, was er gesagt hatte. Damals waren wir wahre Meister in dummem Geschwätz. Unsere Speicher quollen über davon. Manchmal krakeelten die Kinder auf Anweisung der *Big Chiefs*: ›Was für die meisten das Beste ist, ist nicht immer gut für alle.‹

Wir brachten es den Kindern nicht bei, bevor sie erwachsen waren und das Loblied auf die *Big Chiefs* beherrschten, doch dann lernten sie, es anders herum zu singen:

Der Big Chief hat nicht immer recht,
Doch der Big Chief hat die Macht,
Der Big Chief braucht nicht recht zu haben,
Denn seine Macht gibt ihm das Recht,
Wir danken dem Himmel für unsere Big Chiefs,
Chiefs, die Chiefs sind selbst im Schlaf.
Sag an, wer kann je so sehr Chief sein
Wie ein vom Himmel ernannter Big Chief?

Unsere *Big Chiefs* liebten ihr Preislied über alles. Sie verfügten, dass es morgens, mittags und als Abendgebet gesungen werden sollte, vor jedem Ereignis und vor jedem Mahl. Ich habe dir erzählt, dass wir guten Willens waren. Unsere Felder erstickten daran. Und am Unkraut. Doch ansonsten wuchs darauf nichts. Wir plapperten alles nach, was unsere *Big Chiefs* sagten, obwohl sie Berge von Unsinn vor uns auftürmten.«

Der *Alte Mann* redete ohne innezuhalten. Er hatte Angst, der *Junge* könnte aufstehen und gehen, wenn er aufhörte zu reden. Und in seinem Bemühen, den *Jungen* aufzumuntern und die Last der Traurigkeit von ihm zu nehmen, die ihn niederdrückte, mischte er absichtlich etwas sinnloses Zeug unter das, was er sang. Anderes sang er sinnloserweise mit voller Absicht. Er redete wie ein Sturzbach. Er schweifte ab, hierhin und dahin. Wie ein wütender, alter Fluss, der alle Hindernisse überwunden hatte und sich nun im freien, wilden Lauf neue Seitenarme erschloss, die alles unter sich begruben, was sich ihnen in den Weg stellte. Er redete, wie er noch niemals vorher geredet hatte … und wie er niemals wieder reden würde.

»Einmal hatten wir nichts zu essen«, verkündete er in seinem Singsang. »Unser ganzer Mais, der Reis und auch der Zucker waren ins Ausland verkauft worden, damit unsere

169

Big Chiefs sich ihre Gehälter auszahlen konnten. Wir hatten nicht die geringste Kleinigkeit mehr zu essen.

›Macht euch keine Sorgen‹, sagten unsere Chiefs. ›Wir sorgen schon für euch.‹

Sie versprachen uns Bananen. Die könnten wir essen und auch die Dächer unserer hungrigen Herzen mit ihnen decken. Sie schworen, uns unter Bananen zu begraben, um uns zu zeigen, wie gut sie für uns sorgten. Niemals wieder sollte es uns an Bananen mangeln, nicht, solange wir lebten, ihnen vertrauten und dienten, sie liebten und taten, was sie uns befahlen, und unsere Würde auf dem Altar des Fortschritts niederlegten. Wo immer sie gerade vorüberkamen, fragten sie: ›Woran fehlt es bei euch?‹

›An Bananen‹, sagten wir.

›Was wollt ihr?‹

›Bananen‹, schrien wir.

›Was?‹

›Bananen!‹

›Noch einmal!‹

›Bananen!‹

Welchem Ort sie auch einen Besuch abstatteten, sie reckten den Zeigefinger in die Luft und riefen: ›*Baanaaneen*?‹

Und die Hungerleider antworteten: *Baanaaneen*!‹

›*Baanaaneen*?‹, riefen sie ein weiteres Mal.

Und die matten Menschen blökten: ›*Baanaaneen*!‹

Daraufhin warfen ihnen die *Big Chiefs* ein paar Münzen zu. Die Reste aus den überfließenden *Bananenbankkonten*.

Eines Tages dann stimmten die Chiefs dafür, dass die Banane auf unserer Flagge zu sehen sein sollte. Sie schmuggelten einen Bananenvers in unsere Abendgebete und befahlen, dass er auch vor dem Nachmittagstee gesprochen werden sollte. So wurden wir zur Bananenrepublik.

Kein einziger Ausländer schenkte uns Glauben, wenn wir

ihm erzählten, dass unsere *Banane* wirklich nur Banane bedeutete. Doch auch das haben wir schnell in den Griff bekommen, indem wir unsere Währung in *Banane* umbenannten. Jetzt kostete die Hirse *Bananen* und der Reis, wenn man welchen auftreiben konnte, ebenfalls. Und auch die Milch, die sie nicht in Butter verwandelten. Jeder lebte und starb für *Bananen*, nur dass es nicht genügend *Bananen* gab.

Das ganze Bananentheater verursachte einige Verwirrung bei den Leuten. Vor allem bei denen, die tatsächlich Bananen anbauten.

›Was, um alles in der Welt, ist hier los?‹, verlangten sie von unseren *Big Chiefs* zu wissen. ›Was bildet ihr euch eigentlich ein, uns so durcheinanderzubringen? Was meint ihr denn, wie wir jetzt unsere Produkte nennen sollen? Geld etwa? Wieso nehmt ihr euch das Recht heraus, euch in die natürliche Ordnung der Dinge einzumischen?‹

Um sie zu beschwichtigen, machten unsere Chiefs den Vorschlag, die echten Bananen in *Einheit* umzubenennen. Doch wurde dieser Vorschlag nie umgesetzt; unsere schöpferische Energie war verbraucht.«

»Ihr«, fuhr der *Junge* wütend dazwischen, »ihr wart überhaupt keine Menschen, sondern übelste Erscheinungen, Bestien, die ihre eigenen Mütter verspeisen würden, nur damit sie ihren weißen Freunden sagen konnten: ›Seht, hier gibt es keine armen, ungebildeten Leute. Wir sind alle ganz zivilisiert.‹«

»Stimmt, das haben wir getan«, räumte der *Alte Mann* ein. »Genau das haben wir getan. Wir bauten endlos lange Prachtstraßen. Ein paar bepflanzten wir an den Seiten mit Blumen. An den Übrigen stellten wir rechts und links Bettler auf. An Festtagen fegten wir die Bettler von der Straße und kippten sie auf Müllhalden, verbannten sie für die Zeit des Festes aus der *Stadt*. Dann boten wir unsere besten Tänzerin-

171

nen auf, allesamt außerordentlich hübsche Mädchen, damit sie zur Begleitung unserer Trommler für unsere geschätzten Gäste und Bewunderer, unsere ausländischen Freunde und Verbündeten tanzten. Wir prahlten: ›Seht euch unsere Städte an. Unsere Straßen sind die saubersten, unsere Felder die reichsten auf der ganzen Welt. Wir haben das beste Bier und unsere Bevölkerung ist am zufriedensten. Ganz anders bei unseren Nachbarn, hier bei uns ist *hakuna matata*.‹«

»Ihr«, sagte der *Junge* zornig, »ihr hättet euch doch die Nasen abgeschnitten, um euren ausländischen Bewunderern zu gefallen.«

»Das haben uns unsere Nachbarn auch vorgeworfen«, antwortete der *Alte Mann*, »unsere Nachbarn, mit denen wir einst alles teilten. Die schlammigen Wasser unserer Flüsse und die Hungerzeiten unserer Jahre. Sie, die unsere Albernheit nie nachvollziehen konnten, warfen uns das bei jeder sich bietenden Gelegenheit vor. Sie verspotteten uns in ihren Liedern: ›Mann frisst Kind, aber Kind frisst keinen. Mann frisst Frau, aber Frau frisst keinen. Mann frisst Hund, oh, Hund frisst Mann-Gesellschaft.‹

Sie hatten ihren Spaß daran, uns das über unsere Bohnenhecken zuzurufen. Sie, mit denen wir einst alles teilten, die schwere Last unserer Arbeit und die Ungewissheit unserer Geburt. Es machte sie noch immer zornig, dass wir, ihre Waffenbrüder, des Geldes, der Macht und der Korruption wegen unserer Natur abgeschworen hatten, unseren Kassavawurzeln untreu geworden waren, dass wir uns der Habgier und Begierden von Körper und Seele wegen untreu geworden waren, uns zu Verfechtern fremder Interessen aufgeschwungen hatten und Kriege führten, die wir nicht einmal ansatzweise verstanden.«

Der *Junge* erhob sich. Rastlos ging er zur Tür und wieder zum Feuer. Dann rückte er seinen Hocker von der Feuerstelle

172

weg, lehnte ihn an die Wand, strich sich über den Körper und stöhnte vor tief sitzendem Schmerz.

»Tut dir etwas weh?«, fragte der *Alte Mann*.

»Immer.«

»Und bist du immer noch wütend?«

»Immer noch wütend?«

»Wut ist gut«, sagte der *Alte Mann*. »Die Wut macht den Mann. Ein Mann, der keine Wut spürt, kann auch nicht um das kämpfen, was ihm gehört. Ein Mann, der nicht um das kämpfen kann, was ihm gehört, ist kein Mann. Wenn du uns heute so ansiehst, wirst du es nicht glauben, aber einst waren auch wir Männer, stolze und aufrechte Männer, Männer, die für die Gerechtigkeit und ihr Eigentum kämpften.«

»So, wie wir es auch tun sollten.«

»Wir sind für unsere Sache gestorben«, erklärte der *Alte Mann*.

»Wir werden auch sterben«, sagte der *Junge*.

Der *Alte Mann* schwieg.

II

Er hatte vom Tod viel mehr gesehen als der *Junge*. Er hatte gute Männer sterben sehen und böse Männer. Er hatte erlebt, dass Heilige zu Dämonen gemacht und Dämonen heilig gesprochen wurden. Es hatte auch Zeiten gegeben, in denen er sich den Tod gewünscht hatte, in denen er sich inständig gewünscht hatte, tot umzufallen, bevor sie mit ihren Keulen und Macheten auf ihn losgingen. Nachdem er aber so viele Versuche, ihn umzubringen, überlebt hatte, fand er den Tod nicht mehr sonderlich begehrenswert.

»Stirb nicht«, sagte er zu dem *Jungen*, »was immer du tust, was immer deiner Seele Schmerz bereitet, stirb nicht dafür, bitte. Im Tod liegt kein Gewinn.«

»Wir werden uns Mühe geben, nicht zu sterben«, sagte der *Junge*.

Danach schwiegen sie.

Der *Junge* dachte an die Waffen, die im Lagerhaus versteckt waren. Ihn schauderte.

Schmerzlich hallte das Schweigen in den Ohren des *Alten Mannes*. »Wir kämpften wie ein Mann«, sagte er, um dem Schweigen Einhalt zu gebieten. »Wir standen für die Freiheit ein und kämpften für die Gleichheit, kämpften bis zum bitteren Ende, gemeinsam in Einigkeit und Brüderlichkeit. Stämme, Klans und derlei Unsinn bedeuteten uns nichts, bis der Zug der Freiheit kam. Doch dann erlaubten wir – ganz im Einklang mit unserem Wesen – dem besiegten Feind, die Passagierliste zusammenzustellen.«

»Das«, sagte der *Junge* zornig, »werden wir niemals tun.«

»Wir haben auch nicht geglaubt, dass wir das könnten«, seufzte der *Alte Mann*. »Doch der Sieg kann die Sieger vergiften und sie ihres gesunden Menschenverstands berauben.

Viele mutige Männer konnten den Zug der Freiheit gar nicht besteigen; die Freiheitskämpfer wurden in den kalten Fluss der Namenlosigkeit geworfen, damit die Krokodile der Verzweiflung sie verschlangen. Das stellte der besiegte Feind sicher. Die Rache hat viele Gesichter.«

»Ihr«, sagte der *Junge*, und sein Herz war schwer, »ihr wart ein hoffnungsloser Haufen.«

»Aber wir hofften, das habe ich dir schon gesagt«, entgegnete der *Alte Mann* ruhig. »Wir blickten einem Tier, welches das Maul aufgerissen hatte, um uns zu verschlingen, in den Rachen und hofften, dass es uns nicht verschlänge. Wir sprangen in Flüsse, in denen es vor Krokodilen nur so wimmelte, und hofften, dass wir nicht von ihnen zerrissen würden. Viele starben in der Hoffnung darauf, dass sie eines Tages einen ehrlichen Chief erleben würden.«

»Wieder die Chiefs«, stöhnte der *Junge*. »Ihr habt sie groß gemacht. Ihr habt sie zu Chiefs gemacht. Aber das Wichtigste habt ihr vergessen: Ihr habt vergessen, sie zu Menschen zu erziehen.«

»Ein Kind erzieht seinen Vater nicht«, erinnerte ihn der *Alte Mann*. »Tausend Tode sind wir vor Scham und Schande gestorben, aber unsere Chiefs waren unsere Väter, und wir vertrauten ihnen. Wenn die weißen Chiefs sie zu einem Gelage luden, brachten sie uns die Knochen unserer fetten Bullen mit, die die weißen Chiefs für sie geschlachtet hatten.«

»Ihr«, sagte der *Junge* wieder und erstickte fast an seiner Wut, »ihr wart die Gazelle, die sich zum Leoparden legt.«

»Wir sehnten uns so danach, Vertrauen zu haben«, erklärte ihm der *Alte Mann*. »Unser Bedürfnis nach Vertrauen wurde nur noch von unserer Entschlossenheit übertroffen, alles zu glauben, was die *Big Chiefs* uns erzählten:

Der weiße Chef ist rücksichtsvoll, der Chief kommt nie zu spät,
Der weiße Chief wird niemals stehlen, der Chief wird auch nie töten,
Der weiße Chief wird niemals furzen, der Chief ist ein Werk der Kunst,
Der weiße Chief ist immer sicher, der Chief ist sein Gewicht in Zucker wert,
Der weiße Chief hat alle Macht, der Chief hat immer recht,
Der weiße Chief wird niemals lügen, der Chief wird niemals sterben,
Der weiße Chief strahlt wie ein Stern, ist der einzige Mann des Rechts.

Unsere Unfähigkeit zu denken wurde nur noch von unserer Fähigkeit zu vergessen übertroffen – zu vergessen, was Schmerzen und Kummer hieß, was Tod und Zerstörung war, welche die weißen Chiefs über uns brachten, als wir für unsere Befreiung kämpften, all die Lektionen, die sie uns erteilten: Dass der, der mit Maul und Kiefer der Hyäne erntet, nur für sich selbst ernten kann.«

Der *Junge* stand auf und setzte sich wieder. Er stand noch einmal auf, ging zur Tür hinüber, kehrte um, setzte sich erneut. Er spuckte ins Feuer und bemühte sich verzweifelt, seine Wut einzudämmen.

»Ihr wart nicht krank«, fauchte er den *Alten Mann* an, »ihr wart die Krankheit selbst, die Bösartigkeit, die uns bis auf den heutigen Tag auffrisst.«

»Ich mache dich zu wütend«, sagte der *Alte Mann* beunruhigt.

»Nicht wütend genug«, antwortete der *Junge* und rang mit der Wut, die ihn in rot glühenden Wellen durchflutete.

Ich sollte zu reden aufhören, dachte der *Alte Mann*.

»Red weiter«, sagte der *Junge*, »red einfach nur weiter, dann machst du mich so richtig wütend. Wenn ich morgen da rausgehe, will ich so voller Wut stecken, dass mir alle aus dem Weg gehen.«

»Zu viel Wut ist auch nicht gut«, sorgte sich der *Alte Mann*. »Sie kann dich dazu verführen, deinen Feind zu verachten. Und das ist in jedem Krieg ein großer Fehler.«

Es könnte ihn verleiten, sich in Sicherheit zu wiegen, könnte ihn vergessen lassen, dass es in der *Stadt* Menschen gab, die ebenso wütend wie er waren. Und zwar aus denselben Gründen. In der *Stadt* gab es Jungen, wie er einer war, die auch die Narreteien ihrer Väter bestaunten. Jungen, die – obwohl durch ihre Geburt privilegiert – von der Korruption und der Niedertracht, die die Nation spalteten und so viel Unglück zur Folge hatten, ebenso angewidert waren.

»Zu viel Wut ist nicht gut«, wiederholte der *Alte Mann*. «Du darfst deren Kinder nicht vergessen, wie sie unsere vergessen haben. Du musst immer auch an sie denken.«

»Wir denken an sie. »Morgen treffen wir sie.«

»Und sie treffen euch«, warnte ihn der *Alte Mann*. »Sie treten euch mit allem, was sie haben, entgegen. Und sie haben mehr als ihr.«

»Das ist nicht zu ändern«, meinte der *Junge*. »Aber wir denken an sie.«

Wie sollte er auch Phénéas je vergessen?

»Wir werden sie nicht misshandeln«, sagte er leise. »Wir stellen ihnen nur ein paar Fragen. Wir wollen wissen, wieso sie zu essen haben und wir hungern müssen. Warum ihre Kinder leben, unsere aber sterben. Wir fragen sie, wieso sie in Palästen wohnen, wir aber in der *Grube* hausen. Doch vor allem stellen wir ihnen die Frage, wie eine Nation von Kriegern und Freiheitskämpfern zu einem Haufen Bettler und Diebe verkommen konnte.«

»Wirklich gute Fragen«, sagte der *Alte Mann*, »aber wem wollt ihr sie stellen?«

»Wer immer auftaucht.«

»Und wie wollt ihr sie stellen?«

»So, dass sie sie verstehen.«

Dem *Alten Mann* wurde bang.

»Waffen sprechen nur die Sprache des Todes«, sagte er. »Ihr bekommt keine vernünftigen Antworten, wenn ihr Waffen einsetzt.«

»Wir nehmen keine Waffen mit«, sagte der *Junge*. »Nur unsere Fragen.«

»Was wollt ihr machen, wenn sie Angst vor euch haben und eure Fragen mit Waffengewalt beantworten?«

»Wir sind darauf vorbereitet«, antwortete er, auch wenn er nicht wusste, wie sie mit Plakaten und Flugblättern die Kugeln aufhalten sollten.

Wieder schwieg der *Alte Mann* und dachte, wie mutig der *Junge* doch war. »Man sagt, dass die Wahrheit einen fliegenden Pfeil aufhalten kann«, flüsterte er. »Vielleicht kann sie auch eine fliegende Kugel aufhalten.«

Er hatte sein ganzes Leben lang auf die Wahrheit gehalten. Einmal hatte er eine streitlustige, intelligente Opposition dazu überredet, von ihrem militärischen Gebaren zu lassen – was ihnen sehr leidtat – und den Dialog mit einem Regime zu suchen, von dem sie wussten, dass es plante, sie auszulöschen und die ganze Nation in den tiefsten Abgrund zu werfen. Er hatte ehrlichen Herzens daran geglaubt, dass Wahrheit und Vernunft über Misstrauen und Selbstschutz triumphieren würden. Er hatte geglaubt, dass hochgebildete Männer des Gesetzes, Männer, die in einigen der bedeutendsten Bildungseinrichtungen Europas und Amerikas in Wahrheit und Gerechtigkeit unterrichtet worden waren, niemals eine so primitive Waffe wie eine Machete über Wahrheit und

Gerechtigkeit stellen würden. Dann hatte er mit ansehen müssen, wie sehr er unrecht gehabt hatte, hatte die krasse Wahrheit über die Politik zur Kenntnis nehmen müssen – dass die Straße zur Macht von toten Seelen und bösartigen Herzen gesäumt wurde, dass der Unterschied zwischen den Politikern wie bei den Bananen nur in ihrem Körpergewicht bestand. Am meisten weh getan hatte ihm jedoch die Einsicht, dass die Mehrzahl dieser intellektuellen Riesen mittlerweile tot war, erschlagen von moralischen und intellektuellen Zwergen, denen es auf eben dieser Straße zur Macht prächtig ging. Die Ungerechtigkeit war herzzerreißend.

Trotzdem war er davon überzeugt, dass ein Streit, der mit Waffen ausgetragen wurde, zu nichts Gutem führte.

»Gutes kommt auch nicht dabei heraus, hier in diesem Höllenloch zu sitzen und wie alte Witwen zu jammern«, sagte der *Junge*. »Auch das haben wir mit einkalkuliert.«

Dem *Alten Mann* wurde unheimlich. Wenn ich als Mann getan hätte, was der *Junge* jetzt tut, dachte er, dann müsste ich jetzt nicht in diesem Loch sitzen und mich nicht sorgen wie ein Mann.

»Ziemlich viele Weisheiten«, sagte der *Junge*, »nur ein bisschen zu spät. Also machen wir uns darüber jetzt keine Gedanken.«

Der *Alte Mann* machte sich dennoch seine Gedanken.

III

Der *Junge* stand auf und stapfte nach draußen. Er blieb neben dem alten Baum im Hof stehen und atmete schwer. Eine ganze Weile blieb er dort stehen und lauschte in die Nacht hinaus, roch das Grün des Tabakbaums und die raubtierhafte Angst, die alles in der *Grube* durchdrang. Er dachte an die Jungs, seine Jungs und deren Jungs, und betete, dass es nicht nur ein Treffen der Jungs würde.

Er dachte an Phénéas, den Sohn des Bürgermeisters, der da draußen im Dschungel war, in den sich die Mörder geflüchtet hatten, als das Blatt sich wendete, der da draußen steckte, wo Regen und Krankheiten herrschten, auf seinen Krücken humpelte und wegen eines Verbrechens davonlief, das er nicht begangen hatte. Der Bürgermeister hatte seine Sünden am Strang gebüßt. Von Phénéas aber, dem Mörder mit Herzen, hatte man nie wieder etwas gehört. Vielleicht war er jetzt, in diesem Augenblick, in einem kalten und elenden Flüchtlingslager eingesperrt, in eine Hölle auf Erden verdammt, weil er das Missgeschick hatte, dass sein Vater ein Massenmörder war. Man erzählte sich, dass der Bürgermeister seine Opfer gefesselt und dann die Machete seinen Söhnen übergeben hatte, damit sie an dem blutrünstigen Fest teilhaben und aus dem Kelch der unbegrenzten Macht trinken konnten.

Der Teufel hatte alles bedacht.

Um ihr grässliches Verbrechen zu verbergen und zu verhindern, dass sie persönlich dafür zur Verantwortung gezogen wurden, hatten die führenden Köpfe eine ganze Nation in den Völkermord getrieben. In dem Glauben, dass alles im kollektiven Bewusstsein der Bevölkerung begraben werden konnte, hatten sie alle zu Mördern gemacht und die Vorstellung

180

von Kindheit und Unschuld für immer und ewig verändert. Phénéas war nur eins von hunderttausenden Kindern, die den Preis für ihre Geburt mit Mord bezahlen mussten. Wer sich weigerte zu töten, wurde auf der Stelle von den Milizen umgebracht oder so lange gefoltert, bis er zum Morden bereit war. Man erzählte sich Geschichten von Kindern, die sich an die Beine ihrer Mörder klammerten, bettelten, dass man sie verschonte, und versprachen, nie wieder anders zu sein.

»Ich werde heute Nacht noch wahnsinnig«, dachte der *Junge*. Die Erinnerung an Phénéas ließ ihn nicht los. Dann schaute er auf und entdeckte, dass wieder Vollmond war.

»Willst du spazieren gehen?«, fragte der *Alte Mann*.

»Nein«, antwortete er und kehrte in die Hütte zurück. »Heute Nacht werde ich bei dir am Feuer sitzen und deinen nutzlosen Worten lauschen. Morgen mache ich dann einen Spaziergang im Mondenschein.«

Der *Alte Mann*, der die Feuersbrunst im Herzen des *Jungen* riechen und den ätzenden Todesrauch in der Luft schmecken konnte, spürte, wie ihm ein kalter Schauder den Rücken heraufkroch. Zum letzten Mal hatte er solch eine Erregung in der Nacht gespürt, bevor das Flugzeug abgestürzt war. Er war mit ein paar Freunden auf ein Glas ausgegangen, als ein alter Freund, Oberst in der Präsidentengarde, mit einem Glas Whisky in der Hand vorbeischlenderte und ihm mitteilte, das der Augenblick der Abrechnung nahe und die Zeit des sich selbst genügenden Idealismus vorbei sei. Keine gelehrten Reden mehr zur Verteidigung dessen, das nicht zu verteidigen war. Die Zeit war reif, dass jeder sich erhob, um gewogen zu werden. Endlich waren die Frontlinien gezogen. Es war an der Zeit, die lästigen *Kakerlaken* ein für alle Mal zu vernichten. Es war Zeit zu sagen, auf wessen Seite man stand, und die Folgen zu tragen, die es mit sich brachte, war man *keiner von uns*.

Solchen verbalen Dünnpfiff hatte der *Alte Mann* schon oft gehört. Zumeist im Lavendel-Rosen-Hof, wo derlei Sprüche – nach zu viel Bier und gegrilltem Ziegenfleisch – an der Tagesordnung waren. An jenem schicksalhaften Abend im Palasthotel aber hatte er den Oberst nur entgeistert angesehen und sich dazu gezwungen zu glauben, dass der Oberst betrunken und die plötzliche Verdickung des Bluts in seinen Adern auf den Alkohol zurückzuführen war, den er getrunken hatte.

Aber er hatte sich geirrt, sehr geirrt.

»Red mit mir«, forderte der *Junge* ihn auf. »Sitz da nicht einfach rum, *Alter Mann*, red mit mir.«

»Was soll ich dir erzählen? Was gibt es noch zu sagen?«

»Erzähl mir von der Jugend«, bat der *Junge*.

Der *Alte Mann* schwieg einen Augenblick, dachte an Phénéas, einen anderen Phénéas. Der war kein Krüppel und auch kein Nachfahre eines geborenen Massenmörders, aber zu einem ähnlichen Schicksal verdammt, weil er im falschen Augenblick lebte. Er dachte an die zahllosen unglücklichen jungen Seelen, an Mörder und ihre Opfer, die alle dasselbe groteske Verbrechen erlitten hatten, das ein paar aus der Liga des Teufels an der ganzen Nation begingen.

»Die Jugend hatte nie eine Chance«, sagte er.

»Mehr bitte, mein kleiner Vater«, bat der *Junge* wieder. »Erzähl mir mehr.«

»Die Jugend war dazu verdammt, Hundefutter zu werden«, setzte der *Alte Mann* an. »War dazu verdammt, von den eigenen Vätern, von den Dämonen der Politik geopfert zu werden. Und das lange bevor ihre Mütter den bedauerlichen Irrtum begingen, sich in ihre herzlosen Väter zu verlieben.«

Einmal gestatteten die *Big Chiefs* einem jungen Mann, vor ihnen zu erscheinen und ihnen zu offenbaren, weshalb er so wütend war. Der junge Mann war weder eingeschüchtert noch spürte er Angst und Schrecken, und deshalb sagte er den *Big Chiefs* klar und deutlich, was er von ihnen und ihrer Führung hielt. Er sagte ihnen, dass das Land ganz krank war und es satthatte, aus jedem Radio ihre Namen zu hören, ihre Gesichter auf jedem Bild zu erblicken oder ihre dummen Auslassungen in jeder Zeitung lesen zu müssen. Er sagte ihnen, dass die jungen Leute es satthätten, von senilen alten Männern regiert zu werden, die von nichts eine Ahnung hatten und nicht über das hinausdenken konnten, was ihr Magen gerade verlangte. Die Jugend war es müde, auf ihren Tod warten zu müssen, damit sich das Land Politiker suchen konnte, die wussten, wohin sie das Land führten. Die jungen Leute waren es müde, dass sich die *Big Chiefs* immer wieder auf ethnische Loyalitäten zurückzogen, wenn ihre Führungsqualitäten angezweifelt wurden. Die jungen Leute wollten die *Big Chiefs* weg haben, sofort und ohne Bedingungen, damit sie Politiker wählen konnten, die auch an ein Morgen dachten.

Die Chiefs waren äußerst überrascht, bestürzt und verwirrt.

»Wir sind demokratisch gewählt worden«, erinnerten sie den jungen Mann. »Wir haben das Regierungsmandat, wir sind ja nicht mit Zauberei an die Macht gekommen. Wir üben uns in Politik und nicht in schwarzer Magie.«

»Eure Politik ist nur hohle Rhetorik«, sagte der junge Mann. »eine Weide für Narren und Gauner.«

Die Chiefs waren äußerst überrascht.

»Weißt du, mit wem du gerade redest?«, fragten sie ihn.

»Ich weiß, wer ihr einmal wart«, antwortete der junge Mann, der weder sie noch ihre Politik länger fürchtete. »Ihr wart die Diener des Volkes, die Hirten, die wir bestellten, um unser schönes Land zu hüten. Ihr aber habt euch zu Herrschern und Göttern aufgeschwungen, die nur ihrer Lust verantwortlich sind. Während draußen die Menschen sterben, während sie auf eure Verlautbarungen warten, die ihnen erklären, warum Leben so völlig umsonst ist, sitzt ihr im Warmen, fantasiert, schwadroniert, lamentiert und streitet euch, wer denn nun König sein darf. Wen interessiert, welche Kuh den größten Fladen kackt? Wen interessiert, wessen Bulle über die Herde wacht? Wann wollt ihr endlich aufhören zu quatschen und handeln? Euer Gerede ist doch nur Getue. Tut endlich was.«

Sie hängten ihn bei Sonnenuntergang. Nicht ohne vorher ein Gebet zu sprechen. Bevor sie ihn aufknüpften, sagten sie zu ihm: »Sohn, ein guter Weiser stirbt jung. Amen.«

Und dann redeten sie unbekümmert weiter über Führung und Führungsansprüche, während wir wie Schafe, die keinen Besitzer hatten, durch die Gegend irrten. Erst wenn sie der Führerschaft überdrüssig waren, spielten die Chiefs Politik. Sie erklärten der Armut den Krieg und redeten von einer neuen Entschlossenheit bei der Durchsetzung der Menschenrechte. Unseren Geburtsrechten gegenüber blieben sie aber völlig gleichgültig.

Sie wandten sich an ihre Gegenstücke, die weißen *Big Chiefs*, die Meister der Diplomatie. Die weißen Chiefs lächelten, lehnten es jedoch ab, mit unseren Chiefs Kinderspiele zu veranstalten. Sie hatten Besseres zu tun, sagten sie, sie führten nämlich größere Nationen. Und für den Fall, dass wir es vergaßen, wir schuldeten unsere Existenz ihrer Großzügigkeit, ihren Krediten und ihrem Geld. Wir hatten unser Leben bis in alle Ewigkeit verpfändet, und sollten wir unseren Verbindlichkeiten nicht nachkommen, dann hätten sie ausreichend Möglichkeiten, uns in noch kleinere Stücke zu zerschlagen und von der Landkarte zu tilgen. Sie hätten genügend Napalm und Salz, um uns zu Asche zu verbrennen und unsere Felder in Wüsten zu verwandeln. Mit einem Wort, sie teilten unseren Chiefs mit, dass sie über zahllose künftige Generationen hinweg über uns bestimmen würden.

Unsere *Big Chiefs*, unsere Väter, bekamen es mit der Angst zu tun. Sie warfen sich den weißen Chiefs zu Füßen und jammerten mit angsterfülltem Herzen: »Ihr unsere großen Herren, was sollen wir tun?«

»Das, was ihr am besten könnt«, ließen die weißen Chiefs über ihre Banken verlautbaren, »folgsam sein.«

»So sei es«, jaulten unsere Chiefs, unsere eine und einzige Stimme. »Euer Wille geschehe, oh ihr mächtigsten Chiefs, Euer Wille geschehe uns.«

»Wir aber«, schloss der *Alte Mann*, »wir, die wir nie zu solchen Gesprächen geladen waren, wir, wir starben vor Schande.«

»Wie ihr es verdient hattet«, sagte der *Junge* und schüttelte den Kopf.

»Niemand verdient zu sterben«, erwiderte der *Alte Mann*.

»Jetzt bringst du mich durcheinander«, gab der *Junge* zu. »Ich werde dich wohl nie verstehen.«

»Ich bin die Quelle und das Problem meiner Zeit«, erklärte ihm der *Alte Mann*. »Ich bin der Vater und der Sohn aller Verzweiflung.«

»Auch das ist unmöglich.«

Der *Alte Mann* lachte müde auf. »Du wirst es nicht glauben«, sagte er, und seine Stimme klang etwas glücklicher. »Es gab Zeiten, da machte selbst das einen Sinn, was ich von mir gab.«

Der *Junge* stand abrupt auf und lief hinaus. Mitten im Hof blieb er stehen, sah zu den fernen Sternen hinauf und sehnte sich nach etwas, das die Finsternis in seinem Herzen erhellen konnte, nach einer Offenbarung, selbst wenn sie allem nur eine Spur von Sinn verliehe. Noch nie hatte er sich so weit unten gefühlt, nicht einmal, als er seine Mutter in einem flachen Grab beerdigte, das er mit bloßen Händen ausgehoben hatte, während die Hunde ihm zusahen und warteten.

Nachdem er ein Weile zum Himmel emporgeschaut hatte und sich eingestand, dass da nur Sterne zu entdecken waren, kehrte er in die Hütte zurück und warf ein weiteres Scheit ins Feuer. Das Feuer knisterte, flammte hoch und erleuchtete den gesamten Raum.

»Hast du dich je für irgendetwas von dem Ganzen geschämt?«, fragte er den *Alten Mann*. »Hast du je Reue empfunden?«

Der *Alte Mann* brach in schallendes Gelächter aus.

»Und ihr konntet euch noch im Spiegel ansehen?«

»Wenn wir uns schämten, tranken wir einen«, sagte der *Alte Mann*. »Wenn wir wütend waren, tranken wir auch einen. Wenn wir Angst hatten, ebenfalls. Wenn wir traurig waren, tranken wir, und wenn wir glücklich waren, auch. Wir tranken immer, vor allem dann, wenn wir eigentlich Besseres zu tun hatten. Das Geld, das wir damals vertranken, hätte ausgereicht, unsere Leben hundertmal und mehr von Grund auf neu zu gestalten. Doch stattdessen schufen wir nur Generationen von Ausgestoßenen, mittellos Degenerierten und Prostituierten der abstoßendsten Art.

Und während wir tranken und hurten, verspeiste der Teufel uns ganz und gar, tat sich an unseren Frauen und Kindern gütlich, an unseren Speichern und Banken, trank sich an unserem Blut und unserem Schweiß satt und plünderte ohne Scham oder Reue unsere Herzen und Seelen. Er sang. Besoffen von unserem Blut, sang er: ›Von allen Völkern auf der Welt seid ihr das beste. Ihr seid die großzügigsten Narren von allen Idioten auf dieser Welt.‹

Und wir sangen den Refrain, trunken von unserem Honigbier sangen wir den Refrain: ›Noch eins mehr, trink mehr, zapf mehr, noch eins mehr.‹

Er sang. Trunken vom Blut unserer Unschuldigen sang er: ›Ihr seid das dümmste Volk von allen Völkern dieser Welt.

Ihr seid die angenehmsten Idioten von allen Maden dieser Welt.‹

Und trunken von unserem Honigbier sangen wir den Refrain: ›Noch eins mehr, trink mehr, zapf mehr, noch eins mehr.‹

Als wir schließlich erwachten, mit Macheten in unseren Köpfen und dem Blut Unschuldiger an unseren Händen, war unser Gast verschwunden. Und gleichfalls unsere einfache, angenehme Welt. Auch unsere Frauen und Kinder waren verschwunden. Macheten hatten das Leben aus ihnen herausgehackt, und Flüsse von Blut hatten sie fortgespült.

Die Mengen, die wir damals tranken, waren groß genug, all unsere Wüsten zu bewässern, unsere Hoffnungen und Träume zu befördern und uns allen bessere Herzen zu schaffen. Stattdessen schufen wir eine Kultur der Abhängigkeit, Generationen gesellschaftlicher und wirtschaftlicher Blutsauger und Tagträumer ohne jede Hoffnung auf Befriedigung ihrer Träume. Unser war das Zeitalter der toten Lebenden.«

»Aber es war eure Welt«, rief der *Junge* ihm ins Gedächtnis. »Die Welt, die ihr selbst geschaffen hattet. Ihr habt sie bewusst so geschaffen und euch dafür entschieden, in ihr zu leben. Ihr hättet schaffen können, was immer ihr euch wünschtet, ein Paradies für euch, eure Kinder und eure Kindeskinder. Ihr hättet große Reiche errichten und mit Stil und würdevoller Majestät herrschen können. Stattdessen habt ihr die *Grube* erschaffen und sie mit den Früchten eurer Impotenz gefüllt, dem Produkt eures Versagens und eurer Schande. Ihr hättet die Erlöser für euer Volk werden können, aber ihr wolltet lieber Diebe in euren eigenen Häusern werden und alles zerstören.«

Der *Alte Mann* nickte bedächtig zu jedem Punkt, den der *Junge* vorbrachte. »Richte nicht zu streng über uns«, sagte er, als Letzterer zu Ende gekommen war. »Der Teufel ist ein gerissener Bösewicht. Und wo wir unsere Hirne trugen, das hatte ich dir ja schon erzählt. Wir brauchten ja gar nicht zu denken, dafür hatten wir doch Experten, die das für uns erledigten.«

»Hat euch niemals jemand gesagt, dass ihr auf absurde Weise eitel wart?«

»Nicht mit so vielen Worten. Mit Ausnahme des Manns aus dem Süden, von dem ich dir erzählt habe.«

Der *Junge* nickte. Er erinnerte sich.

IV

Eines Tages war ein Mann aus dem Süden aufgetaucht, der eine Botschaft brachte, die die Chiefs nicht hören wollten. Als er sah, dass sie der Vernunft den Rücken gekehrt und sich der Demagogie ergeben hatten, verlor er den Verstand und fing an, in Rätseln zu sprechen. Sein Mund war ein Stock voll wütender Bienen, eine flammende Axt ohne Heft. Er wetterte gegen die *Big Chiefs*, weil sie so impotente, alte Krieger waren. Er drängte sie, ihre ständigen Gelage zu lassen und die Bevölkerung vor den Wölfen im Ausland zu retten. Er bestand darauf, dass sie Schadenersatz leisteten, ihre Gier zügelten und sich über die Zukunft Gedanken machten. Er forderte sie auf, mit dem Selbstbetrug Schluss zu machen: Sie waren weder Götter noch unsterblich. Deshalb sollten sie sich endlich den Erwartungen ihrer Landsleute stellen. Er schlug vor, dass sie menschliche Gesetze verabschieden und ihre Dschungelgesetze hinter sich lassen sollten: Wirtschaftssaboteure sollten sie bestrafen – diese Blutegel, die die Nation aussaugten und marterten und ein ganzes Volk enteigneten. Er sagte, sie sollten mit der Korruption Schluss machen und alle korrupten Beamten entlassen – *Big Chiefs* und *Small Chiefs* gleichermaßen –, die Ausbeutung beenden und die Verarmung der Bevölkerung ebenso. Der Mann aus dem Süden spuckte Feuer, als er den Chiefs aufzählte, was bei ihnen nicht stimmte.

Die *Big Chiefs* waren sprachlos. Sie hatten doch keinen Streit mit ihm, fühlten sich im Gegenteil sehr geehrt, einen so würdevollen Bruder bei sich zu empfangen. Sie waren glücklich, dass sie mit ihm an einem Tisch saßen, mit ihm speisten und spazieren gingen, dass sie dabei gesehen wurden, wie sie mit ihm gemeinsam spazieren gingen, denn er hatte lange, lange Zeit in einem Gefängnis der Weißen gesessen, hatte für die Freiheit gekämpft, und keiner hatte darauf gehofft, ihm jemals von Angesicht zu Angesicht gegenüberzustehen. Natürlich verstanden sie, dass er neu im Chiefs-Geschäft war und keine Ahnung von den Schwierigkeiten hatte, den Opfern und der Kraft, die es kostete, zänkische Untertanen zu überreden, dass sie Frieden halten, in die Fußstapfen ihrer Chiefs treten und damit aufhören sollten, einander die Schädel einzuschlagen. Sie versuchten ihm zu erklären, dass ihre Anhänger traditionelle Krieger waren, die man befrieden musste, bevor man ihnen beibringen konnte, den Frieden auch zu wollen und sich ein Leben in Einheit zu wünschen.

»Ein politischer Führer zu sein ist kein Karnevalstanz«, sagte er ihnen. »Fragt ihr die Bevölkerung eigentlich, in welche Richtung sie gehen möchte? Schaut ihr jemals zurück, um zu sehen, ob sie noch hinter euch steht? Ein politischer Führer zu sein beinhaltet mehr als nur ein Regierungsamt und ein großes Auto, ist mehr als öffentliche Kundgebungen und Dekrete. Ein politischer Führer ohne Richtung ist ein Bulle, der auf Chaos und Bürgerkrieg zustürmt.«

»Lieber Kollege und Bruder«, fragten sie den Mann aus dem Süden, »was sollen wir deiner Meinung nach tun?«

»Denkt an die Bevölkerung«, antwortete er ihnen. »Ihre Bedürfnisse sind wichtiger als eure, stellt ihre Hoffnungen und Wünsche über die euren.«

»Das wissen wir doch alles«, war ihr Kommentar. »Wir sind schon wesentlich länger Chiefs als du. Was aber sollen wir jetzt tun? Sag es uns, und wir bemühen uns, es umzusetzen, dann brauchst du uns nicht mehr ins Gewissen zu reden.«

»Hört auf, eure Brüder zu manipulieren«, riet er ihnen. »Hört auf, sie wie Rinder von einer Katastrophe in die nächste zu treiben, sie wie Tiere zu kaufen und zu verkaufen. Nehmt ihre Klagen und Kümmernisse ernst, ihre Vorlieben und

190

Abneigungen ebenso wie ihre Bedürfnisse und Weisheit. Denkt an die Zukunft, an die Zeit, da ihr zu alt oder nicht mehr in der Lage seid, zu regieren, an die Zeit, da ihr tot seid und vergessen und andere Chiefs euer Werk da fortsetzen, wo ihr aufhört. Befreit euch von euren ausländischen Experten, die euch Droge und Herren zugleich geworden sind, und tragt ihre Arbeit euren Kindern auf, die Hungers sterben und auf Almosen warten. Erhebt euch jetzt aus eurem langen Schlummer, aus euren Träumen von Größe und Unsterblichkeit. Gebt zu, dass ihr keine Ahnung habt, was ihr eigentlich tut, und überlasst denen die Regierung, die dazu befähigt sind.«

Der Rat der *Big Chiefs* geriet ganz durcheinander, als sie zu begreifen suchten, was er ihnen gesagt hatte. Hatte er sie gerade gebeten, nicht mehr zu essen? Bat er sie, selbständig denken zu lernen? Oder die Macht abzugeben? Was war denn mit dem los? War er zum Störenfried geworden, den die Opposition ausgeschickt hatte, die Saat der Zwietracht auszubringen? War er so heimtückisch, dass er sie aufforderte, die großartigen Erbauer ihrer großartigen Wirtschaft zu entlassen, die Hüter ihres Friedens und ihrer Einheit und die Industriebosse? Die Bankiers und die Förderer der Kultur? Die wahren Grundpfeiler von Frieden und Stabilität? War dieser Mensch völlig verrückt geworden?

Die Chiefs dachten lange nach. Sie hatten die Bewährungsproben der Führerschaft hinter sich gebracht, während er es sich im Gefängnis gut gehen ließ, sagten sie. Sie wussten mehr über das Regieren als er. Er hatte keinen Bezug mehr zur Wirklichkeit der zeitgenössischen Politik und war vielleicht auch ein klein wenig durcheinander, weil er so lange allein im Gefängnis gesessen hatte. Schließlich wiesen sie seine Vorschläge zurück, erklärten ihm, er besäße überhaupt keine Führungsqualitäten, und schoben ihn ab.

»Kleiner Vater«, meinte der *Junge* dazu. »Ich weiß, was du denkst. Man kann sich darüber gar nicht genug aufregen.« Er rollte sich eine Zigarre und zündete sie an. Dabei fiel ihm etwas ein, und er fragte den *Alten Mann*: »Was ist mit dem alten Baum? Hat heute jemand Tabak gekauft?«

Der *Alte Mann* zögerte. »Ein Mann ist vorbeigekommen, dann noch ein Mädchen und ein Junge. Keiner von ihnen hatte Geld.«

Der *Junge* schluckte die bitteren Worte hinunter, die ihm auf der Zunge lagen. »Wie viel schulden sie dir jetzt?«, fragte er stattdessen.

»Nichts. Der alte Baum wird zahlen.«

Auch das hatte der *Junge* schon viel zu oft gehört. »Dann will ich hoffen, dass der alte Baum bald eine Arbeitsstelle findet«, meinte er. »Ich wüsste sonst nicht, wie er ihre ganzen Schulden abzahlen will.«

»Wenn wir ihnen nicht freiwillig etwas abgeben, stehlen sie es«, erwiderte der *Alte Mann*. »Da ist es besser, wir ersparen ihnen die Erniedrigung.«

Der *Junge* nickte matt. Auch er hatte einmal an den Sozialismus geglaubt, an das einer für alle und alle für einen, an zahlenmäßige Stärke und all die anderen Parolen, die einem unterdrückten Volk Illusionen der Hoffnung schenkten. Er glaubte ein paar alte Sachen und wollte noch immer an sie glauben, doch inzwischen wurde etwas Gültigeres benötigt, ein tieferer Sinn des Lebens als der Kampf um Nahrung und Obdach. Etwas, das ihn aus dem Dasein als Straßenräuber und gewöhnliches Raubtier befreite.

»Sag mir«, sagte er zum *Alten Mann*, »hast du jemals eine solche Unglücksflut erlebt?«

»Auch wir hatten damals unsere Unglückszeiten«, antwortete der *Alte Mann*. »Am meisten aber machte uns der Mangel zu schaffen. Er begann in der Trockenzeit und setzte sich in der Zeit fort, zu der wir ernteten und feierten. Und hätte da doch nicht mehr existieren dürfen. Wir erlebten fürchterliche Magenkrämpfe und Krämpfe in der Seele auch, denn der Hunger, den wir spürten, war ebenso ein Hunger des Herzens und des Geistes wie ein physischer Hunger.

Die Menschen hungerten.

Es gab keinen Reis, keine Milch, keine Hirse und auch keinen Mais. Wir glaubten nicht aneinander, nicht an Güte, nicht an Gott. An niemanden konnten wir uns um Rat wenden, niemand konnte uns die Wahrheit über uns selbst sagen. Es gab niemanden, der gut und ehrlich war, niemanden, der nicht so war wie unsere *Big Chiefs*, die uns weismachten, dass wir volle Mägen hatten, wenn sie leer waren. Wir jammerten umsonst.

Wir klagten, bis das Klagen per Gesetz verboten wurde. Da wandten wir uns wieder dem zu, was wir am besten beherrschten. Wir krochen zu Kreuze, bettelten und sammelten Brosamen unter den Tischen der Großen und Mächtigen, während die *Big Chiefs* uns versicherten, es gäbe keine Hungersnot, und uns erklärten, das Einzige, das wir brauchten, wäre eine positive Einstellung.

›Es gibt keine Engpässe‹, sagten sie. ›Glaubt, dass es euch an nichts mangelt, und euer Leben ist ausgefüllt.‹

Keine Engpässe, redeten wir uns ein.

Ich habe dir ja gesagt, dass wir durchaus Sinn fürs Absurde und zudem guten Willen besaßen. Wir rissen Witze, sogar dann noch, wenn wir vor Hunger fast umkamen.

›Seid gegrüßt‹, redeten wir einander auf der Straße an. ›Wie sieht es mit deinem *engpassfreien* Tag aus?‹

›Seid gegrüßt‹, riefen völlig Fremde. ›Was für ein schöner *engpassfreier* Tag das doch ist.‹

›Psst‹, beruhigten wir die schreienden Kinder. ›Sonst holt dich der *Engpassmann*.‹

Engpassfrei wurde zum Codewort. Unsere Chiefs reckten den Zeigefinger in die Luft und erklärten: ›*Engpassfrei*.‹

›*Engpassfrei*!‹, brüllten wir zurück.

›*Engpassfrei*‹, krakeelten sie, wenn sie das Geld eintrieben, um ein neues Krankenhaus bauen zu lassen.

›*Engpassfrei*!‹, antworteten die kleinen Leute.

Die kleinen Leute waren so begeistert von dem Wort, dass die Chiefs misstrauisch wurden und glaubten, sie machten sich auf ihre Kosten lustig. Also deklarierten sie *Engpass* zum schmutzigen Wort. Alle Bücher, in denen mehr als einmal von *Engpass* die Rede war, wurden öffentlich verbrannt. Die Chiefs verboten es, das Wort in der Öffentlichkeit oder im privaten Bereich zu verwenden, in Gedanken und in Träumen.

Um das Loch zu füllen, das dadurch in unsere Sprache gerissen worden war, und um die Leute wieder zum Lächeln zu bringen, bestimmten sie, dass *Engpass* durch *Yam* ersetzt wurde, auch wenn es keinen gab, den wir essen konnten.«

»Und wie reagierten die Sprachwissenschaftler?«, fragte der *Junge*, »die Hüter unserer Sprache und Kultur?«

»Sie schliefen«, antwortete der *Alte Mann*. »Unsere Experten verschliefen unser ganzes Sprachendilemma. Sie hatten alles, was sie sich wünschen konnten, und mehr, sie hatten nichts zu beklagen. Sie kauften ihre Vorräte bei den Hamsterern, die sämtliche Lebensmittel in den staatlichen Speichern aufkauften. An die Güter kamen sie über Mittelsmänner heran, Verwandte der *Big Chiefs*, die mit ihnen unter einer Decke steckten.

Wir hungerten. Aber wir hielten aus. Als unsere Kinder Hungers starben, beklagten wir uns bei unseren Chiefs. ›Söhne unserer Väter, wir sterben‹, weinten wir. ›Söhne unserer Mütter, wir sterben. Während ihr unseren Reis verkauft, um andere Völker zu speisen, sterben wir, eure Brüder, des Hungers. Habt ihr kein Herz mehr in der Brust? Habt ihr überhaupt kein Gefühl?‹

›Andere zahlen mehr‹, antworteten sie. ›Daran ist nichts zu deuteln: Andere zahlen mehr.‹

Wir folgten unseren Babys zu ihren Maulwurfslöchern. Gemeinsam kauten wir auf abgestorbenen Wurzeln und beteten dafür, dass die Regenfälle unsere Not linderten.

Das alles aber trug sich vor den Lebensmittelkrawallen zu, bevor die Dämme der Not brachen und uns hierher spülten.«

Na ja, dachte der *Junge*, heute habe ich einen Menschen niedergeschlagen, weil ich eine Schüssel voll Essen haben wollte. Morgen werde ich einen anderen niederstrecken, weil ich mehr haben will. Wer kann schon sagen, wo das alles enden wird?

»Ich habe aber gehört, dass es auch Zeiten des Überflusses gegeben hat«, wandte er sich wieder an den *Alten Mann*. »Dass man bei einem einzigen Mann Millionen rauben konnte. Dass die Banken leichte Beute waren und die Polizisten sie überfielen, um sich die Zeit zu vertreiben. Dass die Reichen nicht bewaffnet waren und man keinen Ausweis brauchte, um durch die Straßen zu laufen. Dass die Regierung über Geld verfügte und man Millionen aus dem Staatssäckel stehlen konnte, ohne erwischt zu werden.«

»Das ist traurigerweise wahr«, sagte der *Alte Mann*.

»Warum habt ihr das getan?«, fragte der *Junge* verwirrt. »Und was habt ihr mit dem ganzen Geld angefangen?«

»Dies und das. Wir kauften und verkauften, kauften und verkauften. Wir kauften im Osten, kauften im Westen. Wir kauften auch Kriegsgerät, tausendfachen Tod, um unsere Brüder und Nachbarn heimzusuchen. Und während unsere Armeen zu kämpfen und ihre Nachbarn aufzufressen lernten, hatte unsere Bevölkerung nichts zu essen.«

»Ihr«, der *Junge* schüttelte, fast schon geschlagen, den Kopf, »ihr wart schon Typen.«

»Solche wie uns hatte die Welt noch nicht gesehen«, gab der *Alte Mann* mit einem schiefen Lächeln zu.

»Noch wird ihr das je wieder geschehen«, versicherte ihm der *Junge*. »Dafür werden wir sorgen. Narren mit Fackeln und heimtückische Wesen wie ihr erhalten nie wieder die Genehmigung, sich dem Thron der Macht zu nähern. Eure Idiotie war kriminell.«

»Aber das Monopol auf Idiotie hatten wir beileibe nicht«, erklärte ihm der *Alte Mann*. »Einmal betrank sich ein alter Experte, einer von denen, die es besser wissen mussten, und vergaß, wer er war und wo er sich befand. Es war der hoch geschätzte Herausgeber einer Tageszeitung, das Sprachrohr der *Big Chiefs*. Seine Aufgabe bestand darin, ihr Lob zu singen, Schmeicheleien auszuteilen und dicker aufzutragen als der Schlamm im April, wenn die Flüsse über die Ufer treten.

›Der durchschnittliche Chief ist urzeitlich‹, schrieb er, ›ein Vulkan ohne Verstand, destruktiv und ignorant. Seine Selbstsucht ist angeboren, seine Unsicherheit seine größte Schwäche. Er versteht nur die Gewalt und kann nicht erlöst werden. Halleluja!‹

Wir banden ihn an Händen und Füßen und warfen ihn in den Frachtraum eines Flugzeuges, das nach Europa unterwegs war.«

In der *Grube* fand irgendwo eine Beschneidungszeremonie statt. Lieder und Tänze schwebten durch die Nachtluft zur Hütte des *Alten Mannes* und bereiteten dem *Jungen* noch größere Sorgen. Sie sangen die alten Lieder und tanzten die alten Tänze, die Lieder und Tänze, die einst den Menschen die Kraft gegeben hatten, ihren alten Feinden entgegenzutreten. Es waren dieselben Lieder und Tänze, die die Freiheitskämpfer gesungen und getanzt hatten, wenn sie marschierten und sich ihren Weg durch den dichten Wald bahnten, tagelang und ohne Rast noch Nahrung, ohne Wasser, den Durst zu löschen.

»Wie können sie nur singen?«, fragte sich der *Junge* nachdenklich. »Wie können sie in einer Nacht wie dieser singen?«

Der *Alte Mann*, der seine Worte vernahm, grunzte. »Das ist der Vollmond«, sagte er. »Das ist die Zeit, in der du deine Zweifel und dunklen Ängste beiseitelegst und wieder aufrecht gehst. Es ist die Zeit, sich mutig all dem zu stellen, dem man nicht ins Antlitz zu sehen wagt. Warum gehst du nicht auch ein bisschen spazieren? Es tut dir sicher gut.«

»Das habt ihr also an Vollmondabenden angestellt? Ihr seid spazieren gegangen, während eure Welt vor die Hunde ging?«

Der *Alte Mann* lachte: »Wir haben mehr getan, als nur spazieren zu gehen. Wir haben gelacht, wir haben geliebt und den Frauen den Hof gemacht.«

»Unheil«, dachte der *Junge*, »nichts als Unheil.«

Der *Alte Mann* überlegte, was er tun könnte, um den *Jungen* glücklich zu machen.

NEUNTES BUCH

Sie erzählten uns, dass sie ihre Rugbyvereine besser führten
als die Big Chiefs unser Land. Das machte uns sehr zornig.
Wissen Sie, es war schmerzlich wahr, dass da, wo wir ei-
gentlich unser Hirn haben sollten, unser Stolz saß. Kritik
war willkommen, aber nicht hinnehmbar. War sie ehrlich,
dann war sie verantwortungslos. War sie bitter, dann war sie
staatsgefährdend. Und war sie leidenschaftlich, dann bezeich-
neten wir sie als neidisch. Wie verwöhnte Götter schwammen
unsere Big Chiefs auf einer Welle des Selbstbetrugs und der
Schmeichelei.

Dr. Baraka: *Netzwerk Null*

Die Jungs

I

Er hatte viele Vollmonde erlebt. Einige waren wunderschön gewesen, andere voller Schrecken. Doch als er sich alle vor Augen führen wollte, vermischten sich die Erinnerungen zu einem einzigen eitrigen und gefrierenden, blutigen Brei.

»Wir haben unseren Brüdern die Ziegen gestohlen«, erzählte er, um den *Jungen* aufzuheitern, »und ihnen die Frauen weggenommen.«

Der *Junge* hörte ihm zu, aber sein Herz blieb schwer.

»Wir schmuggelten Kaffee«, redete er weiter, obwohl der *Junge* ihm sowieso nicht glaubte. Was immer auch geschehen war: Kriminell hätte der *Alte Mann* nie im Leben sein können.

»Wir schleppten dies und das über die Grenzen und profitierten in abscheulicher Weise davon, wie wir unsere Landsleute in die Armut trieben. Dann machten wir Jagd auf unsere eigenen Leute und töteten sie, anstatt Jagd auf ausländische Viehdiebe zu machen. Schreckliche Dinge haben wir einander angetan, anstatt umeinander zu werben und in Liebe aufeinander zuzugehen.«

»Sogar dazu wart ihr fähig?«, verhöhnte der *Junge* ihn.

»Ich bin mir nicht mehr so sicher. Vor langer Zeit mögen unsere Chiefs weise alte Männer gewesen sein, aber irgendwann waren sie nur noch alt; alte Kalebassen, die nichts als Habgier enthielten. Sie wussten genau, was gut für sie selbst war – das ganze Land und alles Angenehme und aller Wohlstand dieser Erde. Für sich allein verkauften sie unsere Würde und unsere Selbstachtung. Sie verhökerten unsere landwirtschaftliche Produktion gegen Autos und Hochhäuser. Für unsere Freiheit bekamen sie Waffen, Armeen und Lektionen, wie man unterdrückt, ausbeutet und auslöscht – wie man auf immer und ewig an der Macht bleibt.

Man erzählte sich, dass unsere Väter, die Sprecher unserer Leute und Hüter unserer Speicher, die Repräsentanten unseres Volks und Steuermänner unseres Schicksals, einmal, als ihnen die weißen Chiefs einen Vertrag vorlegten, fragten: ›Was soll ich machen? Wo muss ich unterschreiben, oh mächtiger Chief?‹

Als wir zwischen den Zeilen lasen, entdeckten wir, dass unsere gütigen *Big Chiefs*, die einzigen Väter, die wir je hatten, im Austausch für unser Menschsein und neunhundertneunundneunzig Jahre unseres Lebens eine Bierpflanze erhalten hatten.

Natürlich waren wir erbost und ließen sie es wissen. War das gerecht, so fragten wir sie, unsere Kindeskinder mit Schulden zu beladen, die die Reichen noch reicher und die Armen noch ärmer machten?

›Haut ab, ihr engstirnigen Faulenzer‹, antworteten sie uns. ›Ihr seid nichts weiter als Agitatoren und Unruhestifter und neidisch auf unsere Macht. Was habt ihr denn für eine Ahnung, wie knifflig sich die internationalen Beziehungen gestalten? Wovon habt ihr überhaupt eine Ahnung? Abgesehen vom Wehklagen natürlich. Was wisst ihr schon von der Wirtschaft? Und was versteht ihr von Politik?‹

›Von eurer Politik und euren internationalen Geschäften verstehen wir nichts‹, gaben wir bereitwillig zu. ›Das ist für uns eine Nummer zu groß. Aber wir wissen immerhin, dass ein Mann, der Söhne hat, sein Land nicht an Fremde verkauft, weil seine Söhne es von ihm einfordern werden. Wir wissen immerhin, dass ein Mann seine Kinder nicht gegen Nahrung eintauscht und dass ein Mann, der sich satt isst, während seine Kinder hungern, kein Mann ist, sondern eine Hyäne. Wir wissen zumindest, dass ein Mann den alten Kalebassenbaum nicht fällt und nicht die Gräber seiner Vorfahren verkauft, damit dort geschürft werden kann. Wir wissen immerhin, dass ein Mann die Mutter seiner Kinder nicht in die Sklaverei verkauft. Wir wissen zumindest, dass ein Mann seinen Sohn nicht für ein Maultier verhökert und dass ein Mann, der mit einer Kuh auf den Markt geht und mit einer Ziege zurückkommt, ein Narr ist. Das wissen wir, und wir halten es für wichtig.‹

Unsere Väter waren sehr geduldige Väter. Sie lächelten traurig und sagten: ›Was sollen wir eurer Meinung nach tun, um euch zu beweisen, dass wir unserer Stellung würdig sind?‹

›Gebt zu, dass ihr unwürdig seid‹, ereiferten wir uns. ›Gebt zu, dass ihr als führende Politiker unfähig seid, und erlaubt uns, fähige Politiker zu finden. Gebt zu, dass ihr kurzsichtig denkt und kaum lesen und schreiben könnt und nicht dazu in der Lage seid, mit den gerissenen weißen Chiefs ein Geschäft abzuschließen.‹

›Was meint ihr damit, dass wir unfähig sind?‹, fragten sie nach. ›Unsere Väter waren größere Chiefs als eure Väter, und sie sind doch niemals zur Schule gegangen wie wir. Schulbildung ist nicht das Ein und Alles, wisst ihr.‹

›Dann beweist es‹, sagten wir und frohlockten vor Schadenfreude.

›Wir regieren euch‹, sagten sie mit wohlwollendem Lächeln. ›Das ist Beweis genug: Wir regieren euch.‹

Wir lachten noch lauter.

›Narren können nicht regieren, auch wenn sie gebildet sind‹, sagten wir. »‹Das wisst ihr genauso gut wie wir.‹

Da wurden sie zornig. ›Vielleicht sind wir ja Narren. Aber

immerhin folgt ihr uns. Wer sind denn da die Narren?‹

›Wir folgen euch nicht. Wir kündigen die Gefolgschaft auf.‹

›Ihr‹, bellten sie uns an und drohten an ihrer Wut zu ersticken, ›ihr seid jung und überheblich. Ihr werdet schon noch lernen.‹

Wir lachten uns halbtot. Sie stöhnten traurig – geduldige alte Männer, die sie waren, und kündigten uns eine Lektion an. Sie riefen das Überfallkommando herbei und befahlen ihm, uns Respekt beizubringen.«

»Und?«, fragte der *Junge.*

»Respekt ist nicht leicht zu lernen, wenn man sich einer Gewehrmündung gegenübersieht«, erklärte der *Alte Mann.* »Aber das wussten sie nicht, wir wussten es auch nicht, und die Polizei hatte schon gar keine Ahnung davon. Sie gaben sich ernstlich Mühe, brachten uns aber nur bei, dass wir die Flucht ergreifen mussten, wenn wir unsere *Big Chiefs* auslachen wollten, dass wir in die Berge flüchten mussten und Antworten nicht erst abwarten durften, wenn wir ihre Autorität in Frage stellten.

In eben jenem Jahr wählten sie einen weißen Chief in den Rat der Chiefs. Um der Welt vor Augen zu führen, dass wir die Bedeutung des Begriffs Demokratie verstanden hatten. Dafür bekamen wir Lob aus nah und fern. Die weißen Chiefs, denen alles recht zu machen wir uns so sehr bemühten, sagten zu uns: ›Eure Tat beweist, dass ihr zivilisiert und reif geworden seid. Ihr seid wahrhaftig das aufgeklärteste Volk in einer dunklen, finsteren Welt. Ein Stückchen Gott im Herzen der Hölle. Ihr habt eure Augen auf die Zukunft gerichtet. Ihr seid ohne Zweifel ohnegleichen.‹

Ich habe dir ja erzählt, dass wir Lob und Schmeicheleien mochten. Wir schlugen unsere Trommeln und tanzten auf den Straßen. Wir stampften mit den Füßen und stolzierten umher, die Fäuste in die Luft gereckt wie Kinder bei den ersten Regenfällen.

Die Jugend aber war außer sich vor Wut. Schreiend stellte sie sich unseren *Big Chiefs* entgegen. ›Heute habt ihr Schande auf eure Vorväter geladen‹, riefen sie. ›Ihr habt die Wunde wieder aufgerissen, die sie getötet hat.‹

Die *Big Chiefs* waren ein bisschen durcheinander. ›Warum benehmt ihr euch wie selbstsüchtige kleine Jungs?‹, fragten sie die Jugend. ›Ist er etwa kein kräftiger Mann, so wie ihr? Ist er nicht ein ganzer Mann?‹

›Habt ihr ihn seit Sonnenaufgang mal angesehen?‹, fragte die Jugend ungläubig. ›Er hat eine weiße Haut!‹

Die Chiefs lachten. ›Darüber macht euch bloß keine Gedanken‹, sagten sie freundlich. ›Er ist gut und kräftig. Mit ihm ist alles in Ordnung. Er ist so blass, weil seine Mutter blass ist. Und sein Vater ebenfalls. Innerlich aber ist er ganz und gar schwarz, so schwarz wie ihr und wir. Eigentlich ist er sogar schwarzer, patriotischer als manche von euch. Also hört jetzt auf zu klagen wie eure Mütter und geht und lernt. Wir müssen ein Land regieren.‹

Die Jugend war entgeistert. Sie konnten nicht einfach so lernen. Nicht, solange diese Probleme sie quälten. Sie gingen zu dem neuen Chief. ›Glaubst du, dass das fair ist?‹, fragten sie ihn. ›Glaubst du, es ist in Ordnung, dass du zur Rechten des Vaters sitzt, während wir draußen im Staub Platz nehmen müssen? Glaubst du wirklich, es ist gerecht, dass du, wenn auch der Vater dich zum Festessen eingeladen hat, isst, während wir an Vernachlässigung zugrunde gehen? Worin liegt da die Gerechtigkeit? Wie viele von uns sitzen denn in dem Land, in dem du geboren wurdest, im Rat der Väter?‹

Der neue *Big Chief* war zugleich ein gerissener *Big Chief*. Er wartete ab, bis die Jugend ausgeredet und sich alle Galle von der Seele geredet hatte. Dann sagte er verständnisvoll:

›Die Zeit, da die Hautfarbe eines Menschen das Maß für seinen Wert darstellt, ist ein für alle Mal vorüber. Wir sind zivilisierte Leute. Hier, in dieser großartigen Nation, sind wir alle farbenblind. Nur die Rückständigen reden noch von Hautfarbe.‹

Als sie sich von seinen Worten erholt hatten, antworteten sie ihm: ›Du sprichst schon wie ein voll gefressener Chief, daran besteht überhaupt kein Zweifel.‹

›Und ihr‹, lachte er, ›ihr seid jung und dumm. Ihr werdet es schon noch lernen.‹

Unsere Nachbarn aber, die Menschen, mit denen wir einstmals alles geteilt hatten – die schlammigen Wasser unserer Quellen und die Hungerzeiten unserer Jahre –, sie, die unsere Doppeldeutigkeiten nie verstanden, sie weinten vor Entsetzen.

›Ihr habt einen leprösen Präzedenzfall geschaffen, ihr Fresser von Wildschweinen und Wurzeln der giftigen Aloe‹, schrien sie uns von jenseits unserer Grenzen zu. ›Ihr habt einen gefährlichen Präzedenzfall geschaffen, ihr Fresser des gehörnten Chamäleons und Geburtshelfer der Anarchie. Es ist nicht nur, dass in eurem Land Wolfsgesetze herrschen, jetzt überbrüllt das Schaf auch noch den Leoparden. Eure Kinder werden immer schwächer und sterben oder erliegen pränatalen Verletzungen – ihr aber schnitzt mit schartigen Messern, denselben, die euch einst eure Mannbarkeit verkrüppelten, Kerben in ihre Herzen. Ihr sät nur Unheil und Gottlosigkeit, Samen des Hungers und des Zorns, die Saat eurer eigenen Zerstörung. Ihr sät nichts als Unehrlichkeit und Schande, überhäuft euch und eure Kinder mit Schande und auch uns als eure Nachbarn und Verwandten.‹

Sie waren wütend, unsere Blutsverwandten. Und hatten jedes Recht darauf. ›Ihr sollt in euren Elfenbeintürmen verfaulen‹, verfluchten sie uns. ›Möge das Unheil, nach dem ihr so sehr strebt, zum Lohn hundertfach auf euch herabfahren.

Mögen eure Übeltaten auf euch zurückfallen, möge das Unglück euer ständiger Begleiter sein. Ihr, unsere geliebten Geschwister, die säen, wenn der Regen schon lange vorbei ist, und ernten, wo sie nicht gesät haben.‹

›In euren Dörfern finden die Hunde nichts zu fressen‹, krakeelten wir zurück. ›Ihr pflanzt nie und erntet nie, ihr habt nicht mal Ziegen, mit denen ihr angeben könnt. Eure Schafpferche sind leer, ein Stampfboden für Armut und Schmutz. Füttert erst mal eure Hunde, wie wir die unsrigen füttern, bevor ihr uns ankläfft und was von Schande schwatzt.‹

Das brachte ihnen erst einmal etwas Abkühlung. Sie hörten auf mit ihrem schadenfrohen Gegacker und überließen uns unseren Sinnlosigkeiten.«

Der *Junge* schüttelte den Kopf und dachte: Das waren keine Sinnlosigkeiten, das war Geisteskrankheit im Endstadium.

Der Tanz bei der Beschneidungszeremonie war zu Ende. Ein Tuch aus Schweigen legte sich wie die Stille, die auf einem alten Friedhof oder an einer Wohnstatt herrscht, in der die Freude mit der Geburt stirbt, über die *Grube*. Die Tür der Hütte stand offen, der Hof vor der Tür war in strahlendes, weißes Mondlicht getaucht. In früheren Zeiten, erinnerte sich der *Alte Mann*, wären jetzt die jungen Leute unterwegs gewesen, hätten Schabernack angestellt und Schwierigkeiten heraufbeschworen.

»Damals hieß es, die Jugend sei das Salz der Erde«, fuhr er fort. »Doch wollte die Jugend uns nicht in Frieden sterben lassen. Sie peinigten uns mit Fragen, wollten von uns die Bedeutung all der Dinge wissen, die wir selbst nicht verstanden, stellten Fragen, auf die wir keine Antwort wussten.

›Vater‹, erkundigten sie sich um Beispiel, ›stimmt, was man sich so erzählt, dass die Unwissenden belogen und die Armen bestohlen wurden?‹

Die Väter nickten. Es war ihnen ein wenig unwohl zumute, aber sie sagten ruhig: ›Ja, Sohn, das stimmt.‹

Dann fragten die Söhne ihre Väter: ›Und stimmt es, was man so im Scherz zu hören bekommt, dass sie die Mütter für Dollars verkauften, ihre eigenen Kinder ausbeuteten und den Hungrigen das Brot aus dem Munde stahlen?‹

Die Väter nickten. Sie waren ein bisschen verblüfft, aber sie antworteten: ›Ja, Sohn, auch das ist wahr.‹

Da fragten die Söhne: ›Vater, kann es denn wirklich wahr sein, was erzählt wird, dass die Reichen im Blut der Armen badeten, dass sie schwangere Frauen abschlachteten und sich an ihren Föten gütlich taten?‹

Die Väter nickten. Ein wenig widerstrebend zwar, worauf sie versuchten, das Thema zu wechseln. Doch als sie erkannten, wie ihre Söhne nach Wahrheit und Wissen gierten, antworteten sie: ›Ja, Sohn, auch das ist wahr. Doch warum stellst du solch unsinnigen Fragen?‹

›Vater‹, antworteten die Söhne darauf voller Kummer, ›wo bist du gewesen, als sie all das taten?‹

Die Väter blickten verlegen zu Boden, ließen ob dieses Vorwurfs schamerfüllt den Kopf hängen und starben fast vor schlechtem Gewissen. Nur die ehrlich Reumütigen versuchten sich an einer Antwort. ›Sohn‹, murmelten sie, ›ich war dabei, das kann ich nicht leugnen. Aber ich schwöre dir beim Haupt deiner toten Mutter und bei Gott, dass ich bei der Sache mit den Embryonen nicht mitgemacht habe. Niemals würde ich mich an so einer Barbarei beteiligen, die Mütter missbraucht und ihr eigenes Fleisch und Blut verzehrt. Sieh mich nicht so an, Sohn, ich schwöre dir, dass ich das nicht getan habe. Du weißt, dass ich so etwas Widerwärtiges nicht tun würde, oder? Sogar deine Stiefmutter tritt für mich ein, wenn du sie fragst. Tust du doch, Mutter, oder?‹

Die Söhne kehrten sich zu der Stelle um, an der ihre

Mütter normalerweise zu finden waren, und sahen sich einem Schwarm alter, schwindsüchtiger Huren gegenüber, die sich in ein kaltes, totengleiches Schweigen hüllten.

›Also, Sohn‹, sagten die Väter gereizt, ›sei mir gegenüber gerecht und frag mich, wo ich gewesen bin, als wir für die Freiheit kämpften.‹

›Im Knast der Weißen‹, antworteten ihnen die Söhne, ›wo du im Namen der Freiheit Folter und Demütigung erlitten hast.‹

›Stimmt genau, Sohn‹, bestätigten die Väter triumphierend. ›Genau das bin ich nämlich gewesen: ein Freiheitskämpfer und ein Mann, der für seine Landsleute in den Tod gegangen wäre.‹

›Du sorgst dafür, dass wir das niemals vergessen‹, sagten die Söhne.

›Stimmt genau, Sohn‹, meinten die Väter. ›Weil es nämlich die einzige wirklich wichtige Frage ist, die ein Sohn seinem Vater stellen kann: Welche Opfer er für Freiheit und Gerechtigkeit gebracht hat. Die anderen Fragen, mit denen du da kommst, die sind nicht wichtig. Wenn du den Boden aufgräbst, um ein Fundament zu legen, dann kannst du dir nicht den Kopf darüber zerbrechen, was mit dem einzelnen Unkraut und Samenkorn, dem einzelnen Wurm und anderen Lebewesen und Dingen, die im Dreck herumkriechen, geschieht.‹«

»Und doch«, sagte der *Junge* zum *Alten Mann*, »sind das eben die Wesen, die deine Fundamente aufreißen und in deine Mauern eindringen, durch deine vergitterten Fenster hereinkriechen und dich im tiefsten Schlaf mit Unheil überziehen.«

»Richtig«, stimmte der *Alte Mann* ihm zu. »Damals hat das niemand erkannt, aber es ist selbstmörderisch, so ein riesiges Bauwerk wie die Freiheit auf so einem verfaulten Fundament aus Habsucht und Gier zu errichten.«

208

Der *Junge* stand unvermittelt auf. Er war sichtlich erregt. Er ging nach draußen und lehnte sich an den alten Baum, atmete die beißende Luft der *Grube* und bemühte sich, den Aufruhr zu bezähmen, der in seinem Herzen tobte.

»Kleiner Vater«, rief er laut, »ich gehe ein wenig spazieren.«

Der *Alte Mann* schwieg. Er machte sich Sorgen. Er hatte sich noch nie so große Sorgen um den *Jungen* gemacht wie jetzt. Aber er wusste, dass es sinnlos war, sich Sorgen zu machen, denn der *Junge* würde ohnehin tun, was er zu tun hatte, um ein Mann zu sein. »Pass auf, wohin du trittst«, sagte er mit schwerem Seufzen. »Das Mondlicht ist trügerisch.«

»Ich pass schon auf«, antwortete der *Junge*.

»Vollmond«, dachte der *Alte Mann*, als die Schritte des *Jungen* langsam verhallten. »Wie schnell man doch vergisst!«

Damals, in den alten Zeiten, bedeutete Vollmond auch, dass die Schwierigkeiten an deine Tür klopften – gekleidet in die Uniform der Brutalität und überzeugt davon, dass sie jeden überraschten:

Und also kamen sie herbei,
Ein bewaffneter Polizist, ein Bewaffneter vom Zivilschutz,
Eine Armee aus Steuereintreibern und mondgesichtigen
Revisoren,
Deren Aufgabe war, die Truhen der Regierung zu füllen.
Und also kamen sie,
Einen Tag, bevor der Hunger nach uns griff.

Wir sahen sie über die Hügel kommen,
Und nackt versteckten wir uns schnell in unseren Löchern,
Weil wir wussten, dort fänden sie uns niemals,
Sie aber fanden uns immer, trieben uns raus wie die
Kaninchen

Und stellten uns mit bösem Wort in Reih und Glied,
Forderten unseren Beitrag zu Ehren der Entwicklung.

Und also kamen sie,
Einen Tag, bevor der Hunger nach uns griff.
Wir glaubten, dass wir nichts mehr zu fürchten hätten,
Weil sie schon jede Ziege, jeden Ochsen geholt,
Arme Irre, wir weinten keine Träne.
Doch waren sie älter und weiser.

Abführmittel verabreichten sie den Kindern
Und sammelten, während wir entgeistert
Zusahen, jeden Ring und jeden Cent auf,
Den die Mütter den Kleinen gefüttert.

Der *Alte Mann* hatte viele Lieder darüber geschrieben.
Er hatte sie gesungen und nach ihnen getanzt, hatte sie von
den Dächern gebrüllt, doch niemals hatte ihm jemand Aufmerksamkeit geschenkt. Von der Polizei abgesehen, die ihn
schließlich festnahm und ihm jeden einzelnen Knochen im
Leibe brechen wollte. Jetzt sprachen die alten Knochen ihm
von ihrer Müdigkeit.

»Ja, ja«, sagte er ihnen, »ich weiß, dass ich mich hinlegen
sollte. Aber das geht nicht, solange ich nicht gründlich über
all die Dinge nachgedacht habe, über die ich gründlich nachdenken muss. Erst dann kann ich mich hinlegen, ausruhen
und sehen, was die Zukunft bringt.«

Zunächst aber musste er das Feuer am Brennen halten.
Hell und deutlich musste es brennen, damit der *Junge* nicht
stolperte und hinfiel, wenn er von seiner Wanderung zurück-
kam.

ZEHNTES BUCH

Einmal wurde ein junger Mann dem Richter vorgeführt,
weil er zu viele Fragen stellte: Er wollte wissen, warum um
alles in der Welt das Land den Reichen gehörte, wohingegen
die Armen darauf schuften mussten; er wollte erfahren, wa-
rum die Armen immer arm blieben, warum ihre Stimmen im
Muhen der Kühe der Reichen untergingen; er bat darum, ge-
sagt zu bekommen, warum auf Gottes Erde die Reichen im-
mer reicher und die Armen immer ärmer wurden; er forderte,
dass man ihm erklärte, wieso die Reichen Frauen und Kin-
der der Armen vergewaltigen konnten, ohne dafür je einen
Gerichtssaal von innen zu sehen. Weil er unbedingt wissen
wollte, warum in unserem Land das Wort Gleichheit ein so
schmutziges Wort war. Sie setzten den jungen Mann auf die
Anklagebank und fragten ihn, was er zu seiner Verteidigung
vorzubringen hätte. Wir dachten, dass er eine Chance hätte,
wir armen Irren, die wir an ihre Gerechtigkeit glaubten.
Der junge Mann redete, bis die Ziegen der Reichen nach
Hause kamen und der Staub, den sie aufwirbelten, uns mit
Kummer erstickte.
Er redete, bis die Kühe der Reichen gemolken waren und man
die Milch den Schweinen der Reichen in die Tränke gegossen
hatte.

*Er redete, bis der Richter einschlief und von seinen Ziegen
und Rindern träumte, wie sie mit schwerem Euter nach
Hause kamen, und wie ein Schwein schnarchte.*

*Der junge Mann redete, bis wir vor Staunen atemlos und
entgeistert dastanden und glaubten, er würde niemals zu
reden aufhören.*

*Er redete, bis der Richter erwachte, meinte, er wäre der
Klagen des jungen Mannes jetzt überdrüssig, und
befahl, dass man ihn fesselte und knebelte. Dann verkündete
der Richter, ein weiser Mann des Gesetzes und Hüter unserer
Gerechtigkeit, eine Stimme der Stimmlosen und Beschützer
der Unschuldigen, der nicht ein einziges Wort dessen, was der
junge Mann gesagt hatte, gehört hatte, sein Urteil.*

*Kurz war seine Zusammenfassung. Sie brachte es auf den
Punkt.*

*»Sohn«, sagte er, »alle müssen sterben, alle, ohne Ansehen
der Person.«*

*Und während wir noch darüber nachdachten, was er
damit meinte, verurteilte er den jungen Mann zum Tod
durch den Strang. So sah es um unsere Gerechtigkeit aus, um
unser Erbe, um unser Leben. Neben den mit Rinderfell
bespannten Trommeln und dem Wildhonigbier und den
Kassavawurzeln. Das war unsere Gerechtigkeit.*

Dr. Baraka: *Die Hölle des armen Mannes*

Die Grube

I

Nachdem der *Junge* den *Alten Mann* verlassen hatte, wanderte er von einem Ende des Tals bis zum anderen – es war ein riesiger, düsterer Friedhof, auf dem die Toten lebten und die Lebenden starben und der Gestank der Furcht alles durchdrang. Auf seiner Wanderung traf er eine ganze Reihe beladener Geister, die des Nachts dort umherstreiften: Väter, die vor den Schreien ihrer verängstigten Kinder geflüchtet waren, rastlose Seelen auf der Suche nach Vernunft – allesamt geplagte Wesen, die still wie nächtliche Wolken an ihm vorüberzogen. Und in der trüben Finsternis der Gassen lauerten unheilvolle, drohende Schatten: jene Wesen, welche die Verzweiflung in menschliche Raubtiere verwandelt hatte.

Hunde bellten ihn aus dem Schatten an. Und sie bellten sich gegenseitig an. Nachts war der Angstgeruch in der *Grube* am stärksten.

Das nun ist mein Vermächtnis, dachte er, mein Erbe, mein Besitz, mein Schicksal. Ich muss es mir hernehmen und völlig neu gestalten, oder es wird mich auf immer und ewig unterjochen. Er lief und lief und suchte nach der Bedeutung all dessen, bis er schließlich vor der klapperigen Tür eines noch klapperigen Hauses stehen blieb und anklopfte.

»Wer ist da?«, fragte eine Stimme im Innern.

»Ich bin's.«

Es war zu hören, wie sich jemand in einem Bett bewegte. Einen kurzen Augenblick später öffnete sich die Tür, und das *Mädchen* stand in ihrem Nachthemd, vom Mondlicht beschienen, in der Tür. Sie roch nach Schlaf und Mutterschaft.

»Ich habe kein Licht«, sagte sie.

Sie hatte noch nie Licht gehabt. Ein Licht war etwas, das so wenigen zur Verfügung stand, dass sich niemand mehr darüber Gedanken machte.

»Gib mir deine Hand«, sagte sie.

Sie führte ihn durch den dunklen Raum und hieß ihn, sich auf das Bett zu setzen. Er hörte Atemgeräusche hinter sich und spürte die Kinder, die hinter ihm auf dem Bett schliefen.

»Wie geht es ihnen?«, fragte er.

»Gut.«

Sie gaben ihm Kraft.

Sie hatte sie mit dem *Teufelssalat* großgezogen. Der Salat war so zäh, stachelig und bitter, dass nur die Armen es fertigbrachten, ihn zu essen und weiterzuleben.

Sie wollte die Tür schließen.

»Lass«, wehrte er ab.

In seinem Herzen und seiner Seele tobten so viele Dinge, die es nicht vertrugen, eingesperrt zu sein.

»Hier, nimm«, sagte er und gab ihr das Kleingeld, das er für sie gespart hatte. »Ich wollte es dir schon früher bringen, aber …«

»Hat dir der *Alte Mann* erzählt, dass ich da war?«

»Wann?«

»Ich war bis zum Einbruch der Dunkelheit bei ihm.«

»Das hat er mir nicht erzählt.«

»Morgen kaufe ich ihnen ein bisschen Mehl«, sagte sie und nahm das Geld.

Die Kinder hatten schon so lange nichts anderes zu essen bekommen, dass ihre Zungen grün anzulaufen begannen. Sie verbarg das Geld in einem Spalt in der Wand. Dann setzte sie sich wieder hin.

214

Sie saßen so dicht nebeneinander, dass er ihre Wärme spüren konnte. Auch das gab ihm Kraft. Lange blieben sie so sitzen. Die Luft war schwer von den Gefühlen, die sie füreinander hegten, und von den Dingen, die sie einander sagen wollten, die aber besser ungesagt blieben. Er spürte ihre Ängste und berührte sie sacht. Sie konnte den Schmerz nicht länger ertragen, langte zu ihm hin, zog ihn an sich, drückte ihn an ihre Brust und hielt ihn fest. So hielt sie ihn lange, hüllte ihn in ihre Wärme und ihre Zärtlichkeit und ihre Liebe. Erschöpft lag er an ihrer Brust und hörte ihr Herz schlagen, immer schneller, bis es raste und heulte vor Schmerz und Qual. Er hatte das Gefühl, er müsste weinen.

Hinter ihm auf dem Bett pupste ein Kind.

Mit einem Mal ließ sie ihn los, zog sich von ihm zurück und schlang, weil sie ihr Zittern unterdrücken wollte, die Arme fest um den Körper. Er spürte, wie sie zitterte, spürte ihre Not und ließ sie in Ruhe, weil er wusste, dass er nichts dagegen tun konnte. So saßen sie – beieinander und doch jeder allein –, bis sich die Wolke aus Seelenqual verzogen hatte.

»Alles in Ordnung?«, fragte er sie.

Sie stand abrupt auf, tastete auf dem Bett hinter ihm nach etwas und breitete auf dem Fußboden ein Laken aus. Dann fasste sie seine Hand, zog ihn auf das Laken, und im Mondlicht, das durch die Tür hereinfiel und ihrer beider Narben beleuchtete, bedeckte sie die seinen mit den ihren. Lange, ganz lange hielt sie ihn fest.

»Morgen früh gehe ich in die Berge«, sagte der *Junge*, als sie wieder auf dem Bett saßen.

»In die Berge?«, fragte sie erschrocken, »in welche Berge?«

»In die *Stadt*. Der *Alte Mann* bringt mich ganz durcheinander.«

»Gehst du allein?«

»Mit den Jungs. Die Männer wollen nicht mitkommen.«

»Darf ich dich begleiten?«

»Einer von uns muss hierbleiben«, sagte er, »wegen der Kinder und des *Alten Mannes.*«

»Er hat gesagt, du wärst wütend auf ihn.«

»Ich war nicht wütend auf ihn.«

»Auf wen dann?«

»Sieht so aus, als wäre ich immer wütend.«

»Weswegen denn?«

»Wegen allem.«

»Wegen seiner Lieder?«

»Deswegen auch«, gab er zu, »ganz besonders deswegen. Ich kann sie nicht mehr hören.«

Als er einmal wahnsinnig wütend gewesen war, war ihm zu seiner großen Schande der Gedanke durch den Kopf geschossen, den *Alten Mann* mit einer Machete zu erschlagen und ihn so zum Schweigen zu bringen. Niemand würde den *Alten Mann* vermissen, von ihm selbst einmal abgesehen, und er müsste sich nicht mehr die endlosen Klagelieder, die Lügen und die aufrührerische *Wahrheit* anhören, deren Wahrhaftigkeit keiner überprüfen konnte. Er hatte in Buchläden, Bibliotheken und Archiven gesucht und nichts gefunden. Er hatte sogar den *Studenten* so weit gebracht, sich noch einmal in die Universitätsbibliothek zu schleichen und unter großer Gefahr einen Blick in den Katalog mit den weltweit lieferbaren Büchern zu werfen. Dutzende Bücher hatte der *Student* ausgegraben – von Romanen bis Lyrik – und zahlreiche Schriften über alle möglichen Themen von Philosophie bis hin zu Menschenrechten, die bewiesen, dass der *Alte Mann* zu den meisten Dingen im Leben eine begründete Meinung hatte. Der *Junge* war aber auf nichts gestoßen, was auch nur im Entferntesten den Büchern ähnelte, die er, wie er behauptete, geschrieben hatte. Rein gar nichts war aufzufinden gewesen, weder *Der Masterplan des Teufels* noch *Netzwerk Null*, weder *Der Überlebende* noch das viel zitierte *Die Hölle des Armen*.

Er wusste, dass die Lieder des *Alten Mannes* auch das *Mädchen* aufwühlten. Sie erinnerten sie an Geschehnisse, die sie niemals vergessen würde, wie sehr sie sich auch bemühte, sie aus ihrem Gedächtnis zu streichen: Wie sie ihre Mutter ins Krankenhaus geschleppt hatte, wie das Blut ihr am Rücken klebte; die aufgedunsenen Körper und die verpestete Luft; der überwältigende Gestank vom Schweiß der Menschen, die sich in Tiere verwandelt hatten, der sie verletzte, umhüllte und immer da sein würde, bis sie starb. Dann das Blut, die Gemetzel, die Tränen und die Ängste. Die Lieder des *Alten Mannes* erinnerten sie daran und an noch viel mehr. Aber sie ließ nicht zu, dass sie sie zermalmten oder ihr die Fähigkeit zu Zärtlichkeit, Liebe und Hoffnung nahmen. Wann immer sie dem *Alten Mann* zuhörte, blieb sie ruhig und geduldig. Weder bekam sie Wutausbrüche wie der *Junge,* noch stiegen in ihrem Herzen Gedanken an Gewalt auf. Sie verwöhnte den *Alten Mann* auch dann noch, wenn sie nicht mehr unterscheiden konnte, was für ihn Wirklichkeit war und was einem Delirium entsprang. Sie ließ ihn ausreden und wies ihn zurecht, wenn er es verdiente. Wie der *Junge* wusste sie tief in ihrem Innern, dass das, was er erzählte, der Wahrheit entsprach und dass man es, auch wenn man es leugnete, ignorierte oder vergaß, selbst durch ein gewaltsam oder lange erzwungenes Schweigen nicht auslöschen oder ändern konnte.

»Und jetzt musst du in die *Stadt*«, sagte sie.

»Ich hätte das schon längst tun sollen«, sagte er. »Wir hätten das schon längst tun sollen.«

Darauf schwiegen sie. Es war schwer, weiterzureden, wenn man wusste, was der andere dachte, und fühlte, wie sie litten. Draußen ging ein Schatten vorbei. Er klagte, jammerte und flehte zu Gott, den Schmerz zu lindern. Es war ein kaltes, unheimliches Geräusch, eine Qual, die sich nur einer Seele entringen konnte, die sich in den Klauen der Hölle befand, einer Seele, die niemals Frieden gekannt hatte und ihn auch nie erleben würde. Das *Mädchen* hielt sich die Ohren zu, damit sie nicht das Echo hören musste, das millionenfache Heulen von Stimmen im Todeskampf. Der *Junge* hielt den Atem an und achtete für einen Augenblick nicht auf seine eigenen Qualen, weil er sah, wie sie litt.

Als der scheußliche Ton verklungen war, sagte sie zu dem *Jungen*: »Der *Alte Mann* mag dich.«

Der *Junge* erwiderte nichts. Von solchen Dingen wusste er nur wenig. Er wusste von Müttern, die sich über ihre Kinder geworfen hatten, um sie vor dem Regen von Machetenhieben zu schützen. Er wusste von Vätern, die ihre Frauen getötet hatten, um sie vor einem weit schlimmeren Schicksal als dem Tod durch ihre tobenden Nachbarn zu bewahren. Er wusste von Kindern, die andere Kinder versteckt hatten, damit ihre mordlüsternen Eltern sie nicht umbrachten. Und er wusste von Phénéas. Was Phénéas getan hatte, konnte nicht als Akt der Liebe bezeichnet werden. Phénéas war weder Freund noch Verwandter. Sein Handeln an jenem schicksalsträchtigen Tag war eine Erinnerung an den Adel des menschlichen Geistes, an das, was im Herzen des Menschen göttlich war. Liebe war das falsche Wort, um zu beschreiben, was Phénéas an jenem Tag getan hatte. Liebe war auch das falsche Wort, um zu beschreiben, was der *Junge* für den *Alten Mann* oder das *Mädchen* empfand.

Bis vor Kurzem hatte das *Mädchen* zusammen mit seiner Mutter in eben diesem Haus gewohnt. Die Mutter war inzwischen verstorben, war in die Kassavawurzeln eingegangen, und nun wohnte nur noch das *Mädchen* mit den Kindern hier.

Er hatte dem *Mädchen* geholfen, die tote Frau für die Beerdigung herzurichten. Sie hatten den Leichnam angehoben, ihn in ein Laken gehüllt und bestattet, nur sie beide allein. Während sie den Leichnam, gefolgt von einem Schwarm Fliegen und Hunden, hungernden Wesen, die Geschmack am Menschen entwickelt hatten und mit großem Vergnügen jeden fraßen, durch die *Grube* trugen, grüßten die Leute und fragten, wen sie da in dem alten Laken so vorsichtig durch die Gegend schleppten.

Er hatte geantwortet: »Den Leichnam unserer Mutter, die jetzt tot ist.«

Die Leute waren, zur Trauer unfähig, weitergegangen und hatten sie ihrer betrüblichen Pflicht überlassen. Sie hatten die alte Frau an einem heißen, staubigen Morgen am Hang der *Grube* bestattet. Dabei hatten sie dreimal ein Grab ausheben müssen, weil bei den ersten beiden Anläufen eine nicht zu beziffernde Zahl Skelette ans Tageslicht gekommen war. Endlich hatten sie sie neben einem Fremden zur letzten Ruhe gebettet, Erde und alte Knochen über sie geworfen und sie in Frieden ruhen lassen. Schweigend waren sie nach Hause gegangen und hatten den Kindern erklärt, warum die Großmutter nicht mit ihnen zurückgekehrt war.

Am Morgen jenes Tages waren sie die ganze Zeit über im Haus geblieben und hatten den Verlust der Mutter betrauert, einer guten und gütigen Frau. Niemals im Leben hatte sie auch nur der geringsten Kreatur etwas zuleide getan, gleichwohl hatten ihre Landsleute ihr große Ungerechtigkeit zugefügt. Nach der Geburt ihres Enkelsohns hatte sie den *Jungen* zu sich gerufen und ihn gefragt: »Weißt du, was das ist?«

Worauf der *Junge* erwidert hatte: »Ja, Mutter.«

Die alte Frau hatte gefragt: »Hast du eine Ahnung, wer dieses kleine Feuer entfacht hat?«

»Ja, Mutter«, hatte der *Junge* geantwortet. »Ich weiß, wer dafür verantwortlich ist.«

»Dann geh nach Hause zu deinem Vater und deiner Mutter und sag ihnen, was du getan hast.«

»Ich bin mein Vater und meine Mutter«, hatte der *Junge* erwidert.

Die alte Frau hatte über seine Worte nachgedacht, und ihr war eingefallen, dass niemand mehr Eltern oder Kinder, Männer oder Frauen, Brüder oder Schwestern, Freunde oder Verwandte hatte, weder Glück noch Freude irgendeiner Art. Sie waren vor langer Zeit abgeschlachtet worden, und nun waren alle verwaist oder verwitwet.

»Dann solltest du dir überlegen, was du tun willst«, hatte sie zu dem *Jungen* gesagt. »Große Feuer können ohne Reisig brennen, kleine aber nicht.«

Worauf der *Junge* erwidert hatte: »Ich weiß, Mutter, ich weiß. Was ich esse, wird auch das kleine Feuer zu essen bekommen.«

Die alte Frau hatte genickt und ein wenig gelächelt. »Dann ist alles gesagt«, hatte sie die Unterredung beschlossen.

Und so war der *Junge* in jener Nacht zum ersten Mal aus der *Grube* geklettert und hatte in den dunklen Straßen der *Stadt* sein Leben riskiert, um auf Beutezug zu gehen. Danach hatte er, um des *Mädchens* willen, aber auch für sich und den *Alten Mann*, noch viele Male den gefährlichen Ausflug unternommen.

»Ich bin alles, was er noch hat«, sagte er jetzt. »Wenn mir etwas zustößt …«

»Dir stößt nichts zu«, beschwichtigte sie ihn.

Er hatte den *Alten Mann* von der alten Frau übernommen. Als der Völkermord zu Ende war und sie die schrecklichen Dinge erfuhr, die dem *Alten Mann* zugestoßen waren und dass er jetzt erblindet war, hatte die alte Frau sich auf die Suche nach ihm gemacht und ihn, nachdem sie ihn bettelnd an einer Straßenecke aufgelesen hatte, unter ihre Fittiche genommen. Sie hatte geschworen, für den *Alten Mann* zu sorgen, bis er starb, obwohl sie keine Hände mehr hatte, ihren Schwur einzulösen. Da war der *Junge* aufgetaucht.

Das *Mädchen* nahm seine Hand, umhüllte sie mit ihrer Wärme und versicherte ihm, dass er sich wegen des *Alten Mannes* keine Sorgen machen müsse: »Ich bleibe bei ihm, bis du wieder da bist.«

Bevor sie den *Jungen* kennenlernte, hatte das *Mädchen* geglaubt, die Welt bestehe nur aus Leiden und Schmerz. Sie hatte Männer gekannt, die waren von Dämonen besessene Bestien mit dem Verstand eines toten Ochsen und in der Hölle geschmiedeter Seelen. Wesen, die logen und betrogen, vergewaltigten und mordeten und sie mit zwei zu stopfenden Mündern sitzen ließen. Und einem Herzen so kalt wie der Tod. Sie hatte angefangen zu glauben, Frauen wären dazu geboren, unter Männern zu leiden und durch sie zu sterben. Dann hatte sie den *Jungen* kennengelernt.

»Mach dir keine Sorgen um den *Alten Mann*«, wiederholte sie. »Wir kümmern uns um ihn.«

Dann schwiegen sie. Saßen da und hielten einander bei den Händen, bis sich ein Kind umdrehte und sagte: »Mutter, ich habe Hunger.«

Sie hob das Laken vom Fußboden auf und deckte das Kind damit zu.

»Schlaf«, flüsterte sie, »schlaf.«

Das Kind wälzte sich hin und her, fand aber keine Ruhe, weil sein Magen knurrte, und sagte wieder: »Mutter, ich hab Hunger.«

»Schlaf«, wiederholte das *Mädchen*.

Das Kind war eine Weile still, bevor es fragte: »Mutter, wer ist denn bei dir?«

»Schlaf«, sagte das *Mädchen* und breitete einen Pullover über das Kind. »Schlaf.«

Der *Junge* stand auf. »Ich muss los.«

»Bleib noch einen Augenblick«, sagte sie und schmiegte sich an ihn, »nur einen Augenblick.«

Das hatte sie noch nie getan, ihn gebeten, länger zu bleiben. Er setzte sich wieder hin und hielt ihre Hand.

II

Als der *Junge* nach Hause kam, gebeugt unter der Last seiner Sorgen und vor Erschöpfung dem Zusammenbruch nahe, schlief der *Alte Mann*, in sein Laken eingerollt. Als er ihn so wie ein totes Bündel daliegen sah, nahm der *Junge* seine eigene Decke und breitete sie über ihn. Dann trug er die alte Kiste nach draußen und setzte sich unter den alten Baum. Er lauschte, wie das Tal schlief.

Bald schon würde er sich auf den Weg machen – durch die Flusstäler und die Kanalisation in die *Stadt*. Das war ein fürchterlicher Weg voller Ängste, mit Unsicherheit und Gefahren gepflastert. In der Wut des Morgens konnte man grimmigen Hundepatrouillen begegnen. Und Bombenfallen, die niemals schliefen. Doch machte er sich ihretwegen keine Sorgen. Auch Bärenfallen waren ausgelegt, die einem das Bein in zwei Teile schnitten, und winzige Minen, die zwar nicht die Sprengkraft besaßen, jemanden zu töten, aber die Füße zerfetzten und das Opfer am Leben ließen, den anderen als warnendes Beispiel. All das aber beunruhigte ihn nicht, weil er die Stellen kannte, an denen er damit rechnen musste, und wusste, wie man so etwas entschärfte. Sorge bereitete ihm hingegen, dass er keine Ahnung hatte, was ihn erwartete, wenn er die *Stadt* erreichte, das Lagerhaus aufschloss, die Jungs eintrafen, die Plakate abholten und sie in der *Stadt* verteilten, um ihr Anliegen vorzutragen.

Das beschäftigte ihn bis zum Morgengrauen.

Der Mond ging unter, zauberte die geplagten Schatten aus den Hütten hervor. Jemand löste sich gebückt aus dem Schatten, kroch leise wie das Elend über den Hof zu der Stelle hin, wo der *Junge* unter dem alten Baum saß. Der Ankömmling richtete sich auf und wollte ein Blatt vom alten Baum pflücken, als der *Junge* ihn ansprach. »Wer bist du?«, fragte er leise.

Der Mann erstarrte. Er trug mit Flicken besetzte alte Hosen, die an den Knien durchlöchert waren, und eine Art Hut auf dem Kopf, um nicht so leicht erkannt zu werden. Als er den *Jungen* unter dem Baum sitzen sah, sagte er dümmlich: »Ich bin's.«

»Was willst du?«

Es entstand ein langes, zögerndes Schweigen. »Tabak«, antwortete er schließlich mit schamerfüllter Stimme.

»Hast du Geld dabei?«

»Nein«, gab der Mann zu.

»Dann bist du ein Dieb.«

Der Mann stritt es nicht ab. »Der *Alte Mann* verweigert mir den Tabak nicht«, betonte er stattdessen. »Ab und zu borge ich mir bei ihm ein bisschen.«

»Um diese Zeit?«, fragte der *Junge*.

»Ich konnte nicht schlafen.«

Der *Junge* schwieg. Er überlegte, wo er die Stimme schon einmal gehört hatte. Der Mann war ein Überlebender, daran bestand kein Zweifel. Der schleichende Gang und die Stimme verrieten ihn.

»Der *Alte Mann* schläft«, sagte der *Junge* zu ihm.

Der Mann zögerte, räusperte sich und sagte lauter: »Dann komme ich am Morgen noch einmal her. Wenn der *Alte Mann* munter ist.«

»Tu das.«

»Bleib gesund.«

»Gehe in Frieden«, antwortete der *Junge*. Wut wallte in ihm auf. Wut auf sich selbst, Wut auf den *Dieb* und auf alles, das die Menschen in Parasiten verwandelte. Als der *Dieb* schon wieder mit den Schatten verschmolz, fragte er ihn: »Habe ich dich heute bei den Männern gesehen?«

Der *Dieb* blieb im Mondschatten stehen und bewegte sich nicht. Wie ein ausgebrannter Baumstumpf stand er da. Er zögerte spürbar, bevor er antwortete: »Ja, ich war bei den Männern.«

»Und du hast dafür gestimmt, nicht mit den Jungs zu gehen?«

»Ich hatte keine andere Wahl«, sagte der *Dieb*. »Ich habe Angst.«

»Die Jungs haben auch Angst«, erwiderte der *Junge*. »Trotzdem sind sie entschlossen, sich zu erheben und zu kämpfen.«

Ein verlegenes Schweigen war die Antwort. Als der *Dieb* wieder zu sprechen ansetzte, zitterte ihm die Stimme. »Ich bin nicht immer so gewesen«, gestand er. »Mittlerweile aber bin ich ein Feigling geworden.«

Darauf wusste der *Junge* nichts zu erwidern. Niemand konnte darauf etwas erwidern. Dieselben Dämonen, die anständige Menschen in Mörder und Helden in Feiglinge verwandelt hatten, hatten auch rückgratlose Wesen zu Kriegern gemacht.

»Ich habe Angst davor zu sterben«, setzte der *Dieb* mit größerer Überzeugung nach. »Ich weiß nicht, ob das schlimmer ist, als in dieser Hölle zu leben, aber ich habe große Angst davor zu sterben.«

»Die haben wir auch«, sagte der *Junge*, »aber wir haben eben keine andere Wahl. Die Angst ist nur ein Schatten, den wir selbst geschaffen haben. Ohne uns ist die Furcht ein Nichts. Wir müssen uns unseren Ängsten stellen, sonst glauben sie noch, dass sie größer sind als wir selbst.«

Als er den *Jungen* so über die Angst sprechen hörte, überwand der *Dieb* seine Furcht und trat in das Mondlicht hinaus und seiner Schande entgegen. Er wusste vieles über die Angst. Er hatte so vielen unschuldigen Menschen Angst eingejagt, dass er den Geruch der Angst kannte. Und im Gegenzug war auch ihm tausendfach Angst eingejagt worden, und er kannte ihren Geschmack ganz genau. Da stand er nun, sah einsam und verloren aus und hatte immer noch Angst.

In diesem Augenblick erkannte der *Junge* ihn. Wenn ich die elende Kreatur mit einer Machete umlege, dankt mir sogar Gott dafür, dachte er plötzlich. Doch das wäre nur eine Verschwendung des Todes. Als brächte man eine Leiche um, eine tote Hülle, die im Innern vom Teufel ausgehöhlt und ausgefressen worden ist.

Der Mann, der die Gedanken des *Jungen* zu spüren schien, trat einen Schritt zurück.

»Du brauchst keine Angst vor mir zu haben«, sagte der *Junge*.

Der Mann ließ in seiner Verzweiflung den Kopf hängen, und der *Junge* sah, dass der Hut, den er trug, kein Hut war, sondern ein Verband, den er um den Kopf gewickelt hatte. Dann spürte er wieder Wut. Wut und Scham. Er dachte daran, sich für den Schlag zu entschuldigen und für seine Tat Wiedergutmachung zu leisten. Er hatte aber das letzte Geld dieses Mannes dem *Mädchen* gegeben und besaß nun nichts mehr als Worte. Und Worte konnten keinen leeren Magen füllen. Dennoch war er froh, dass der Mann noch lebte.

»Warum bleibst du nicht hier?«, fragte ihn der *Dieb*. »Warum gehst du, wenn du Angst hast?«

»Weil ich muss«, antwortete der *Junge*. »Damit mein Sohn sich eines Tages frei und ohne Angst bewegen kann. Angst ist etwas Schreckliches, und die sollte man seinem Kind nicht hinterlassen.«

Der *Dieb* schwieg. Er dachte nach. Er hatte schon viel Schreckliches erlebt. Er hatte Berghänge gesehen, die mit Leichen bedeckt waren. Er hatte Hunde gesehen, die sich an Leichen fett fraßen. Er hatte Leid und Schmerz erlebt. Er kannte den Mut. Er hatte Beispiele von Mut erlebt, und er hatte erlebt, wie der Mut ihn verließ. Er hatte Kinder erlebt, die sich gegen einen machetenschwingenden Mob zur Wehr setzten. Er hatte erlebt, dass Männer sich mit Steinen und Gartengeräten bewaffneten und sich gegen Gewehre verteidigten. Er wusste genau, wie hoch der Berg von siebzigtausend toten Männern, Frauen und Kindern war, die man Tag und Nacht, neunzig Tage lang, mit Maschinengewehren niedergemäht und mit Macheten in Stücke gehauen hatte. Er wusste, wie siebzigtausend Kadaver aussahen und rochen, nachdem sie wochenlang an einem sonnenüberfluteten Berghang gelegen hatten. Er hatte gesehen, wie sich Geier und Hunde so sehr überfressen hatten, dass sie nicht mehr fliegen oder weglaufen konnten. Und er wusste auch, dass er sich niemals für den Tod entscheiden würde.

»Ich habe selbst drei Söhne«, sagte er zu dem *Jungen*. »Es wäre schrecklich, wenn ich sie auf so sinnlose Weise verlieren würde. Aber wenn es ihre Entscheidung ist, zusammen mit den Jungs zu sterben, dann ...«

Wieder schwiegen sie. Dem *Jungen* war zweifelsfrei klar, was er zu tun hatte. Er musste seinem Leben einen Inhalt geben, eine Bedeutung, die über die bloße Existenz hinauswies, und sein Dasein mit Werten und Zielen versehen, die über die Selbsterhaltung hinausgingen. Da er aber selbst mehrfach eines gewaltsamen Todes gestorben war, konnte er nur zu gut verstehen, dass ein Mensch an einen Punkt gelangte, an dem er den Tod fürchtete.

»Was ist mit deinem Kopf passiert?« Er musste sich Sicherheit verschaffen.

»Jemand hat mich niedergeschlagen«, antwortete der Mann ohne jede Bitterkeit.

»Das tut mir leid.«

»Ich hab schon Schlimmeres erlebt«, meinte der Mann nur.

Erneut herrschte Schweigen. Der Junge dachte, wie einfach es war zu bereuen, wenn man keine Vergebung erwartete, und zu vergeben, wenn man keine Reue erwartete. Wie einfach es war, zu verstehen, wenn man das nicht musste.

III

Bevor die Milizen auf das Dach der Kirche der Heiligen Familie kletterten und es abrissen, hatte der *Junge* ein letztes Mal aus dem Fenster gesehen. Wie die Türen waren auch die Kirchenfenster mit massiven Stahlgittern bewehrt. Das Wissen, dass es den Milizen nicht so leicht gelingen würde, in die Kirche einzudringen und sie umzubringen, ließ die Opfer ein bisschen Mut fassen und Hoffnung aufkeimen. Die Angreifer aber hatten es nur aufgegeben, mittels Hämmern und Hacken in die Kirche einzudringen. Sie warteten jetzt auf einen Bulldozer der Armee, der diese Arbeit für sie erledigen sollte. Dann entdeckte der *Junge,* als er aus dem Kirchenfenster schaute, wie die Hoffnung von ihnen wich. Der Priester dieser Pfarre, der Mann, dem es so gut gelungen war, die Milizen auf Distanz zu halten, der Mann, auf den sie alle ihre Hoffnungen gesetzt hatten, schlich sich, gekleidet in seine angstbefleckte weiße Kutte und nur mit der Bibel und einem kleinem Pappkoffer, hinten aus der belagerten Kirche davon.

Als er ihre Blicke in seinem Rücken spürte, drehte sich der weiße Priester um und schaute zurück. Wirr stand ihm sein graues Haar vom Kopf ab, sein Gesicht war eingefallen, schmutzig und von Angst verzerrt. Seine erschreckten Augen hatten in die Augen des *Jungen* gesehen, und in dem winzigen Augenblick, bevor der Mann, der sie alle getauft hatte, die meisten von ihnen verheiratet, ihre Verwandten bestattet hatte, der die Gemeinde mit so viel Elan nahe bei Gott gehalten hatte, sich umdrehte und davonlief, hatte der *Junge* begriffen, warum Vater Clément sie ihrem Schicksal überließ. Dann hatten die Milizen das Dach heruntergerissen und Kugeln und Granaten auf die verängstigten Menschen herabregnen lassen.

»Wie viel Tabak wolltest du?«, fragte er den *Dieb*.

»Gerade so viel, dass es eine Nacht reicht«, antwortete der. »Ich bitte niemals um mehr.«

»Dann nimm dir was.«

Der Dieb ging zum Baum. Er schritt ein wenig kräftiger aus und pflückte im letzten Licht des sterbenden Mondes zwei der größten und reifsten Blätter. »Ich danke dir«, sagte er, während er sie vorsichtig zusammenrollte.

»Reicht das auch?«

»Ich bin nicht unersättlich«, antwortete der *Dieb*.

»Nimm dir noch was«, forderte der *Junge* ihn auf. »Nimm, so viel du willst, aber lass noch etwas für die anderen Diebe übrig.«

Der *Dieb* steckte noch vier Blätter ein, pflückte sie vorsichtig mit den Fingerspitzen und so sacht wie jemand, der an den Mangel gewöhnt ist.

»Das wird eine ganze Weile reichen«, meinte er.

»Dann geh in Frieden«, sagte der *Junge*.

»Bleib gesund«, verabschiedete sich der *Dieb* und wandte sich zum Gehen. Er hielt jäh inne und fragte: »Schläft der *Alte Mann* tatsächlich?«

»Ja.«

Der Mann zögerte. Er wolle mit dem *Alten Mann* reden, sagte er, über ein paar Dinge, die sich vor langer Zeit zugetragen hatten. Dinge, bei denen er das Gefühl hatte, sie hätten außerhalb jeglicher Kontrolle gelegen, für die er aber seit kurzer Zeit Gewissensbisse empfand, Reue und Scham. Er hatte mit seiner Frau, die sehr krank war und bald sterben würde, darüber gesprochen, und sie hatte ihm zugestimmt, dass alle für ihre Taten und Untaten um Vergebung bitten sollten. Und auch wenn ihnen niemand verzieh und nicht einmal Gott ihnen verzeihen könnte, war es dennoch gut, wenn alle sich bemühten, zum Wohle der Nation Frieden miteinander zu schließen. Und dass sie so vielleicht auch ein klein wenig Frieden im eigenen Herzen empfinden könnten.

»Und was ist mit den Toten?«, fragte der *Junge*. »Wie wollt ihr Frieden mit denen schließen, die ihr abgeschlachtet habt? Wie sollen sie euch jemals vergeben?«

»Auch die üben Rache. Auf vielfältige und schreckliche Art üben sie Rache.«

Sie schwiegen erneut. Der *Dieb* berührte den Verband am Kopf und zuckte zusammen. »In der *Stadt* sind viele Polizisten«, sagte er. »Bist du wirklich so mutig, dich mit Plakaten den Gewehren entgegenzustellen?«

»Ich bin nicht allein«, antwortete der *Junge*.

»Wer wird bei dir sein?«

»Die Jungs.«

»Nur die Jungs?«

»Nur die Jungs.«

»Sonst niemand?«

»Es sind genug.«

»Und der *Student*?«, fragte der *Dieb*. »Kommt er auch?«

»Ja. Der *Student* war immer einer von uns.«

»Er taugt was, der *Student*«, meinte der *Dieb*. »Aus ihm wäre ein guter Arzt geworden, wenn sie ihn nicht von der Universität gejagt hätten.«

Der Völkermord hatte so viele Leben und Laufbahnen brutal zerstört und beendet.

»Sind die Soldaten morgen da?«, fragte der *Dieb*.

»Da kannst du sicher sein.«

»Haben sie Gewehre?«

»Soldaten haben immer Gewehre.«

Der *Dieb* schwieg. Er dachte nach. »Ich schließe mich euch an«, sagte er entschlossen.

Der *Junge* war darüber so erschrocken, dass er nicht wusste, was er darauf erwidern sollte.

»Es gibt bestimmt Tote«, erinnerte er den *Dieb*.

»Dann soll es so sein«, meinte der Mann.

»Und du willst dich uns wirklich anschließen?«

»Ich habe mich entschieden.«

»Wieso?«

»Ich glaube nicht daran, dass Menschen sterben und leiden sollen, weil sie arm oder anders sind«, sagte der *Dieb*. »Das ist nicht recht, und es ist auch nicht gerecht. Ich will nicht mehr im Teufelsloch leben. Wer weiß, wann der Teufel zu der Ansicht gelangt, dass ich auch hier nicht mehr zu leben verdiene?«

Wieder war der *Junge* zu überrascht, etwas zu sagen.

»Und es ist nicht fair, dass die Jungs allein gehen«, fuhr der *Dieb* fort und räusperte sich. »Es ist nicht recht, dass die Jungs allein in Angriff nehmen, was Männer für alle tun sollten.«

»Es könnte zu einem schrecklichen Blutvergießen kommen«, mahnte ihn der *Junge*.

»Dann sei es so«, antwortete der *Dieb*. »Viel schrecklicher ist es, sein Leben hier in Angst zu verbringen ... hier im Arsch des Teufels.«

Der Himmel im Osten wurde heller. Langsam verwandelte sich seine Farbe von Kohlschwarz in Aschgrau.

»In einer Stunde ziehen wir los«, sagte der *Junge*.

»Ich werde da sein«, antwortete der *Dieb*. »Bis dahin.«

Er verschwand im Schatten und überließ den *Jungen* seinen Gedanken. In diesem Augenblick hustete der *Alte Mann* und ließ damit wissen, dass er wach war. Dann fragte er: »Bist du das?«

»Ja«, antwortete der *Junge*.

»Ist es kalt?«, erkundigte sich der *Alte Mann*.

»Sehr.«

»Mit wem unterhältst du dich?

»Mit dem, der in der Finsternis erntet«, sagte der *Junge*.

»Dann grüß ihn von mir«, sagte der *Alte Mann*. »Ich kenne ihn.«

»Er ist schon weg.«

Der *Alte Mann* schlief wieder ein, und der *Junge* saß unter dem alten Baum und dachte nach. Er dachte nach, bis sich der Himmel im Osten blutrot gefärbt hatte und es Zeit war zu gehen.

»Ich gehe jetzt«, weckte er den *Alten Mann*. »Ich treffe mich mit den anderen.«

»In den Bergen?«

»Die Zeiten sind vorbei, *Alter Mann*«, antwortete er. »In der *Stadt*.«

Der *Alte Mann* hielt inne und sammelte seine Gedanken. »Ist es noch dunkel?«

»Ziemlich, Aber nicht mehr lange.«

Der *Alte Mann* dachte daran, welch riesige Aufgabe sich der *Junge* gestellt hatte. Die Ungewissheit der Zukunft. »Musst du wirklich gehen?« Er hatte diese Frage schon so oft gestellt, dass er die Antwort auswendig wusste. »Pass auf dich auf«, sagte er.

»Mach ich immer«, antwortete der *Junge*. »Das *Mädchen* bringt dir etwas zu essen. Sie kümmert sich heute um dich.«

»Alles Gute«, sagte der *Alte Mann*. »Und sei heute ganz besonders vorsichtig.«

»Bin ich«, meinte der *Junge*. »Bleib gesund, *Alter Mann*.«

Als er auf dem Weg zur Tür war, fragte der *Alte Mann* ihn: »Hast du dein *Ding* dabei?«

»Hab ich.«

»Du hast gesagt, es gibt keine Schießerei.«

»Zumindest von unserer Seite nicht. Aber irgendetwas sagt mir, dass ich sie heute mitnehmen sollte.«

»Dann geh mit Gott.« Die Stimme des *Alten Mannes* klang traurig und gebrochen. »Geh mit Gott, mein Sohn.«

»Bleib gesund, kleiner Vater«, sagte der *Junge.* »Ich muss jetzt los und unsere Würde zurückholen.«

Und damit war er zur Tür hinaus. Der *Alte Mann* lauschte ihm hinterher, auch mit dem Herzen, bis seine Schritte erstarben und von Staub und Asche aus Jahrzehnten der Grubenfeuer begraben wurden.

»Es stimmt, Mutter«, sprach er vor sich hin., »der *Junge* ist erwachsen geworden. Wehe denen, die seine Mutter missbrauchten und bespuckten.«

Eine Weile blieb er still liegen. Er konnte nicht wieder einschlafen und dachte an den *Jungen* und das Fürchterliche, das geschehen mochte, bevor der Tag zu Ende ging. Er hatte an Demonstrationen teilgenommen und gesehen, was passierte, wenn ein von Macht und Arroganz übermäßig aufgeblähtes Regime sich weigerte, den Schrei der Bevölkerung zu hören. Er hatte miterlebt, wie unbewaffnete Demonstranten im hellen Tageslicht erschossen worden waren. Er hatte grausame Polizisten gesehen, die Frauen und alte Priester bis in die Kirchen verfolgten und sie mit Gewehrkolben bewusstlos schlugen, bevor sie lachend davongingen. Er hatte auch erlebt, wie ein falsches Wort zur falschen Zeit oder eine falsche Bewegung die Gefühle einer Menschenmenge erhitzen und eine Lawine der Gewalt auslösen konnten, die keine Armee aufzuhalten imstande war. Und so etwas hatte Verletzung und Tod bewirkt und allen die Seele verwundet oder vernarbt. Und die meisten Ereignisse dieser Art hatten sich an stillen, friedlichen Morgen wie diesem zugetragen. Oder an Tagen, an denen es schien, dass eigentlich nichts schiefgehen konnte. Es war jedoch unmöglich, den aufgebrachten Jungs das zu sagen. Sie mussten sich ihrer Wirklichkeit stellen, mussten ihrem Schicksal entgegentreten und es schmieden.

Als er seine Gedanken nicht mehr ertragen konnte, stand der *Alte Mann* auf und tastete sich zur Feuerstelle hinüber.

Die Feuerstelle war noch warm. Die Asche verbarg die wenigen Kohlen, die am Ende der Nacht noch rot glühten. Er tastete nach einem Stück Holz, brach es über dem Knie und warf es in die Glut. Noch zwei weitere Äste brach er, hockte sich dann ans Feuer und blies hinein, bis es den Raum erleuchtete. Bald schon brannten kleine Flammen, und er setzte sich, um sich daran zu wärmen und zu warten.

Etwas später glaubte er zu hören, wie die Jungs das Tal verließen – viele leichte, flüchtige Füße, ein Geräusch, so heimlich, dass er es sich mehr vorstellte als hörte. Noch später drang das Donnern von Stimmen in sein Ohr, als die Jungs die erste Straßensperre überrannten. Er vernahm das klägliche Husten erschreckten Gewehrfeuers, als die Polizisten an den Sperren schossen und dann davonliefen. Danach herrschte Stille. Eine tiefe, verhängnisvolle Stille, das unheilschwangere Schweigen zwischen Blitz und Donner, der kalte und klamme Augenblick, in dem die Schwachmütigen in Erwartung des Todes tausend Tode starben. Ein fürchterlicher Augenblick.

Er hatte ihn in seinem Leben auch schon erlebt, als er im Leichenschauhaus lag, wo er unter den Toten Zuflucht gesucht hatte, während die Milizen das Krankenhaus durchkämmten. Während er unter einem Haufen zerstückelter Leichen lag, hatte er gehört, wie sich die Tür öffnete und jemand seinen Namen rief.

»*Daktari*?«, hatte die Stimme gerufen. »*Daktari*, komm raus, ich will dich töten.«

Er hatte den Atem angehalten, ganz still dagelegen und fürchterliche Geräusche vernommen, als die Männer auf die Leichen einhackten, um sicherzugehen, dass auch alle tot waren.

»*Daktari*?«, rief wieder die Stimme, »wo versteckst du dich?«

Dann hatte er sie erkannt. Es war die Stimme von Gaston, seinem medizinischen Assistenten, den er eingestellt und ausgebildet hatte, weil ihm seine Kinder leidtaten, und der nun mit einem Mal zum Schlächter geworden war.

»Ich hab gehört, dass du deiner Pflicht nicht nachgekommen bist«, sagte Gaston, »hast die *Kakerlaken*, die wir vernichten wollen, geheilt und ihnen geholfen. Das ist ganz böse, *Daktari*. Komm raus, damit wir drüber reden können. Kann sein, dass ich dich dann nicht gar so grausam töte.«

Schweigen. Der *Alte Mann* lag ganz unbeweglich.

»*Daktari*?« Er hörte Gaston so deutlich, als stände er draußen neben dem alten Baum.

Dann waren ein paar Leute zu Gaston getreten. Flüsternd hatten sie darüber beraten, was als Nächstes zu tun wäre.

»Wir wissen, dass du hier drin bist, *Daktari*«, sagte die Stimme.

Schweigen.

»*Daktari*?«, rief die Stimme.

Stille.

»Komm raus, damit wir dich töten und mit unserer Arbeit fortfahren können.«

Der *Alte Mann* hatte sich nicht gerührt.

»Verschwende nicht länger meine Zeit«, drohte Gaston. »Ich muss heute einige erledigen.«

Stille.

Flüsternd berieten sie, was sie tun sollten: Die Toten ein weiteres Mal umbringen, um ganz sicher zu gehen, oder sie hinausschaffen und nach ihm suchen.

»*Daktari*?«, rief die Stimme wieder.

Jemand schlug vor, Granaten einzusetzen, doch hatten sie ihre letzten Granaten durch das Kirchendach auf die Menge geworfen, die sich in die Kirche geflüchtet hatte. Danach konnten sie nicht in den Kirchenraum eindringen, weil sich

236

die Opfer vor der Tür stapelten. Also hatten sie beschlossen, stattdessen den *Daktari* zu töten.

»*Daktari*?«, fragte Gaston mit erhobener Stimme. »Willst du dich dein ganzes Leben lang hier verstecken?«

Der *Alte Mann* wagte kaum zu atmen. Er hörte, dass ein anderer vorschlug, das Leichenschauhaus in Brand zu stecken. Im Innern des kalten Betonbaus fand sich aber nichts Brennbares.

»Ich wusste gar nicht, dass du so ein Feigling bist, *Daktari*.«

Gelächter. Sie vermochten noch immer zu lachen.

Der *Alte Mann* hatte den Atem angehalten, bis er meinte, sterben zu müssen. Er hörte, wie die Mörder darüber berieten, ob es der Mühe wert war, zwischen den Leichen, die schon auseinanderfielen, herumzuwühlen, nur um sich den *Daktari* zu schnappen, während überall sonst hilflose Frauen darauf warteten, dass man sie umbrachte. Zu guter Letzt hatten sie beschlossen, seine Ermordung zu verschieben.

»*Daktari*«, rief Gaston, »glaub ja nicht, dass du Glück gehabt hast und mir entwischt bist. Ich komme wieder und mach dich fertig, sobald wir die anderen erledigt haben. Versteck dich ruhig weiter hier, wir suchen dann alles nach dir ab. Das verspreche ich dir. Wir kommen mit Tränengas, und dann wollen wir mal sehen, ob du dich weiter tot stellen kannst. Jetzt aber gehen wir. Auf Wiedersehen.«

Doch hatte sich die Tür nicht gleich geschlossen. Der *Alte Mann* hatte noch länger den Atem angehalten, weil er spürte, dass sie an der Tür standen und warteten, ob sie seinen Seufzer der Erleichterung hörten. Gaston hatte aufgelacht, das harte, dämonische Lachen einer Kreatur, die nicht länger mehr Mensch war, und die Tür zugeschlagen. Bald darauf hatte der *Alte Mann* mehr Stimmen gehört, Gelächter und laute Schreie. Die Milizen gingen von Bett zu Bett und

237

metzelten die Patienten nieder, die er an jenem Tag, von Machetenhieben schwer verletzt, aufgenommen hatte.

Darauf herrschte Schweigen.

Der *Alte Mann* saß ganz still da und lauschte der größeren Stille, die sich auf einmal auf die *Grube* senkte. »Was kann das nur alles bedeuten?«, fragte er sich. »Was kann es sein?« Er hielt den Atem an und fiel fast in das Feuer.

Dann hörte er mehr Stimmen und noch mehr Gewehre, stärkere, wütendere, die wie wilde Hunde bellten. Dann wieder Stille. Er wartete, ob er die Jungs zurückkommen hörte, donnernd und in heilloser Flucht, aufgelöst und von der Polizei zurückgeschlagen. Doch nichts dergleichen geschah.

Ist das denn möglich?, dachte er. Ist es möglich, dass die Jungs die Polizei überwältigt haben? Nein, das war gar nicht möglich. So leicht, das konnte nicht sein. Die Polizei hatte Gewehre mit Kugeln, die sie auf die Jungs abfeuern konnte. Die Jungs hatten ... was schon außer ihrem Mut und ihrer Entschlossenheit?

Er saß da und wartete auf die ersten Nachrichten vom Feldzug der Jungs. Er musste schrecklich lange warten.

Die Sonne ging über den Wolkenkratzern auf und stieg hoch über die *Grube*. Die Bewohner der *Grube* erwachten und schüttelten sich wie verzweifelte Tiere, die an einer auszehrenden Krankheit litten und längst alle Hoffnung aufgegeben hatten. Wind erhob sich, ein heißer, stickiger Wind. Ihm haftete ein seltsamer Hauch vermodernden Lavendels und verfaulender Rosen an, denn ohne dass der *Alte Mann* es bemerkte, hatte der *Teufelssalat* in der *Grube* zu blühen begonnen. Nun wirbelte der Wind den Staub und die Gerüche hoch, die den ganzen Tag lang brodeln und köcheln würden, und die unglücklichen Seelen, die die giftigen Schwaden einatmen würden, bis sie dem Wahnsinn verfielen, erhoben sich vor ihrem Schicksal, weil ihre vor Hunger schreienden Kinder sie weckten.

Die alte Henne scharrte unter dem alten Baum, um Küken zu füttern, die sie niemals haben würde – alle Hähne waren ja in die Töpfe gewandert, um unstillbaren Hunger zu stillen.

Jeder, der *Alte Mann* inbegriffen, wunderte sich, wie die alte Henne die vielen Hungersnöte überlebt hatte. Wie wütende Epidemien waren sie durch die *Grube* gefegt, hatten ehemals anständige Leute in solch eine Hoffnungslosigkeit getrieben, dass ihnen der Gedanke an Kannibalismus kam. Die alte Henne aber wurde, wie der alte Baum, als Gemeinschaftseigentum betrachtet, und nur jemand, der von einer Art Verrücktheit befallen war, wie man sie in der *Grube* nicht kannte, würde auf den Gedanken kommen, sie zu schlachten und zu verzehren. Und selbst der blutrünstigste Mörder – und es gab in der *Grube* viele ehemalige Menschenschlächter, die hier unerkannt und in Frieden ihre letzten Tage verbrachten – würde nicht daran denken, den alten Baum zu fällen, um Feuerholz zu gewinnen. Also wuchs der alte Baum weiter, und die alte Henne irrte weiter freizügig durch die engen Gassen, und manchmal, wenn sie sich irgendwo besonders wohlfühlte, ließ sie auf dem Bett des Besitzers ein oder zwei Eier als Gabe zurück. Das Ei gehörte dem Besitzer des Bettes, das wurde von allen anerkannt und akzeptiert. Die Henne zog anschließend weiter und bot einer anderen Seele ihre nicht mit Gold aufzuwiegende Gabe dar. Manchmal blieb sie der Hütte des *Alten Mannes* wochenlang fern. Irgendwann kam sie wieder, erholte sich bei ihm von ihren Reisen und scharrte unter dem alten Baum nach Würmern, Ameisen und Erinnerungen.

In der *Grube* war es totenstill. Die Henne scharrte und scharrte, doch nicht eine Erinnerung regte sich im Kopf des *Alten Mannes*.

Sie haben es geschafft, dachte er. Die Jungs sind bis in die *Stadt* vorgedrungen. Die Ausgestoßenen sind zurückgekehrt. Die Stille aber war beunruhigend.

»Ich sollte dort sein«, sprach er laut zu sich selbst und zu den Geistern der Furcht und des Zweifels, die im dunklen Schatten seines Herzens wohnten. »Wir sollten alle dort draußen bei den Jungs sein und berichtigen, was wir falsch gemacht haben.«

Aber mit wem sollte er dorthin gehen? Die meisten seiner Zeitgenossen und Gefährten waren tot. Einige hatte das Schicksal auf dem Gewissen, doch die meisten waren von ihren Freunden, Nachbarn und Landsleuten umgebracht worden. Die wenigen Überlebenden hatten nicht mehr genug Leben in sich, um es irgendeiner Sache zu weihen.

Er dachte daran, dass die Welt einst so voller großer Dinge gewesen war, dass die Zukunft – als er jünger gewesen war – so strahlend schön ausgesehen, dass sie nach Lavendel und Rosen geduftet hatte. Als junge Intellektuelle und übereifrige Sozialisten hatten sie vor sich hin philosophiert, hatten sich kluge Gedanken gemacht über die Eitelkeit und Geistlosigkeit der politischen Führungsschicht, die ihre Landsleute quälte. Endlos hatten sie sich über ein ethnisch begründetes Teile-und-Herrsche-Prinzip erregt, über den moralischen Verfall, der einen ganzen Kontinent zu zerstören drohte, während größenwahnsinnige, senile Politiker im Dunkeln agierten, ohne dass sie auch nur im Entferntesten etwas vom Regieren verstanden. Sie hatten über Völkermord geredet, wegen der Gerüchte über die Extremisten, die sich im Lavendel-Rosen-Hof versammelten, und ihre geheime Polizei. Sie hatten kluge Überlegungen über Völkermord und alles andere angestellt, sich aber selbst belogen und geglaubt, dass so etwas niemals wieder in einem zivilisierten, gottesfürchtigen Land geschehen könnte, dass so etwas nicht bei ihnen passieren könnte, dass die zivilisierte Welt es nicht zulassen würde. Dann war es geschehen, und die Welt hatte sprachlos zugesehen, als nahezu eine Million Menschen von einem Regime, einem der schlimmsten auf der ganzen Welt, auf ihren Feldern und in ihren Häusern abgeschlachtet wurden.

Gaston, sein medizinischer Assistent und selbst ernannter Mörder, hatte ihn die ganze Zeit des Völkermords über verfolgt, selbst dann noch, als seine Vorgesetzten verlautbart hatten, dass der *Daktari* weiterleben durfte. Von Zeit zu Zeit war Gaston im Krankenhaus aufgetaucht, hatte Medikamente eingefordert und den *Alten Mann* mit der Frage in Angst und Schrecken versetzt, ob im Krankenhaus noch *Kakerlaken* wären, die man vernichten müsse. Der Oberst hatte befohlen, dass der *Daktari* am Leben bleiben und die Soldaten und Milizen behandeln sollte, die in den Bergen, wo die Opfer verzweifelt Widerstand leisteten, verletzt worden waren. Als aber die Widerstandsbewegung den Oberst tötete, ihn mit seinem eigenen Gewehr erschoss, hatte Gaston sein Vorhaben, dem *Daktari* den Schädel einzuschlagen, mit neuerlichem Elan in Angriff genommen. In den letzten Tagen des Völkermords dann, als die Verantwortlichen sich eingestehen mussten, dass sie versagt hatten, und – von der Widerstandsbewegung hart bedrängt – in den Dschungel flüchteten, hatte Gaston seinen letzten Trumpf ausgespielt. Er hatte die Todesschwadron zum Haus des *Daktaris* geschickt, seine Kinder abgeschlachtet, den Hühnern den Hals umgedreht und seinen Schnaps getrunken, während die Liebste ihnen bei vorgehaltener Waffe Hähnchenfleisch briet und sie darauf warteten, dass der *Daktari* nach Hause kam.

Die Stille und die Erinnerungen brachten den *Alten Mann* um.

Wie immer, wenn es in der Dunkelheit, die jetzt sein Leben jetzt ausmachte, zu still war, sprach er mit sich selbst, mit der alten Henne, zum Haus, zum alten Baum, mit dem Feuer, zu den Geistern der Ahnen und zu denen auf verschwiegenen Füßen, die sich, wenn sie wussten, dass der *Junge* nicht da war, an den alten Baum heranschlichen und Tabakblätter stahlen.

Er zupfte sein altes Instrument und sang die Lieder alter, längst vergangener Zeiten, die tief in seinem Herzen schlummerten, sang über Dinge, die wie Eiter aus einer entzündeten Wunde aus seiner Seele quollen. Wenn er sich erinnerte, sang und weinte er zugleich. Er erzählte alte Geschichten und Fabeln aus der Dunkelheit seiner Zeit, Dinge, dazu gedacht, in Zeiten der Verzweiflung Hoffnung zu geben und Mut in Zeiten der Furcht, in Zeiten wie eben diesen. Jetzt aber brachten sie nur Traurigkeit über ihn.

Mit einem Mal brach ihm das Herz, und er weinte, erinnerte sich daran, wie Gaston, nachdem er ihn an den Rand des Todes gebracht hatte, erklärte, Sterben wäre eine zu große Gnade für ihn, und die Milizen davon abhielt, ihn auszulöschen.

ELFTES BUCH

Man erzählte sich, dass ...
als der Völkermord begonnen hatte und das ganze Land in
Flammen standund es schien, als würde niemand überleben,
die Big Chiefs ins Ausland flohen, die kleinen Leute mit ihren
glücklosen Priestern und verängstigten Nonnen zurückließen.
Sollten sie doch selbst einen Pakt mit dem Teufel aushandeln
oder in dem Inferno untergehen. Die kleinen Leute waren in
die Kirchen und Klöster geflüchtet, in der Überzeugung, die
Mörder würden es nicht wagen, sie dorthin zu verfolgen. In
ihrer Unschuld hatten sie nicht erkannt, dass nichts den Teufel
mehr befriedigte und anstachelte als Unschuldige im höchsten
Obdach der Hoffnung mit Vergewaltigung und Folter zu
peinigen und ihr Blut zu vergießen.
Man erzählte sich, dass ...
die Priester, die um ihr eigenes Leben fürchteten, mit dem
Teufel vielerlei Verträge schlossen. Im Austausch für ihr eige-
nes Leben öffneten sie die Kirchen und ließen die Mörder ein,
damit sie ihr Teufelswerk beginnen konnten.
Man erzählte sich, dass ...
einige würdige Priester sich mit ihrer Gemeinde in den
Kirchen verbarrikadierten und den Drohungen und Ein-
schüchterungen der Mörder tagelang widerstanden, bevor

schließlich auch sie zusammen mit den Leuten, die sie schützen wollten, ermordet wurden.

Man erzählte sich, dass ...

einige verängstigte Nonnen den Mördern eine Anzahl Geflüchteter überlassen mussten, um die Übrigen zu retten.

Und dann erzählte man sich, dass ...

einige Männer Gottes, die schon bei ihrer Geburt einen Pakt mit dem Teufel geschlossen hatten, bereitwillig ihre Priestergewänder ablegten, als der Völkermord verkündet wurde. Im selben Augenblick zückten sie ihre Macheten und zogen in das Gemetzel.

Dr. Baraka: *Der Masterplan des Teufels*

Das Inferno

I

Die Zeit verstrich. Der *Alte Mann* sorgte sich noch immer. Um zehn kam das *Mädchen*. Er wusste, wie spät es war, weil jeden Tag um diese Zeit der Wind von hinter dem Haus zu ihm herüberwehte.

»Wer ist bei dir?«, fragte er, weil er die Mäusetrittchen hörte, die er neben ihren Schritten vernahm.

»Die Kleinen.«

»Seid gegrüßt, Großvater«, sagten die Kinder.

»Seid auch ihr gegrüßt. Kommt her und erlaubt mir, euch anzufassen, weil ich euch doch nicht sehen kann.«

Die Kinder liefen um das Feuer herum zu der Stelle, wo er saß. Er tastete sie von Kopf bis Fuß ab. Tatsächlich, es waren kleine Kinder mit ganz dünnen und fast nackten Körpern.

»Schön, dass ihr mich besucht«, sagte er. »Ich kann euch nichts geben, aber wenn ihr euch hier zu mir setzt, kann ich euch eine Geschichte erzählen.«

Die Kinder setzten sich zu seinen Füßen nieder. Bevor er aber zu einer Geschichte ansetzen konnte, wovon er einen unerschöpflichen Vorrat besaß, sagte das *Mädchen* zu ihm: »Die Jungs sind in der *Stadt*.«

Die Worte trugen ein warmes Glimmen in sein Herz. Er hob seine Stimme, als er sie fragte: »Gibt es Neuigkeiten vom *Jungen*?«

»Nein. Aber die Jungs sind in der *Stadt*.«

»Ich habe Gewehrfeuer gehört«, sagte er bedrückt. »Der

Junge hat mir versprochen, dass er nicht schießen wird.«

»Die Jungs haben auch nicht geschossen. Die Jungs haben gar keine Gewehre. Soldaten und Polizei haben geschossen.« Das hatte sie von einer Frau erfahren, die es von einer anderen wusste, die es wiederum von einer Dritten gehört hatte. Als die Jungs die Barrikaden stürmten, hatte die Polizei geschossen und dann die Flucht ergriffen. Jetzt waren die Jungs in der *Stadt*. Und das war alles, was im Augenblick wichtig war.

»Und immer noch keine Nachrichten vom *Jungen*.« Das bedrückte den *Alten Mann*.

»Keine Nachrichten, nichts. Ich mache uns etwas zu essen.«

Er hatte keinen Hunger. Sie aber öffnete ihre Tasche und holte Mehl und Gemüse hervor. Sie hatte es mit dem Geld des *Jungen* gekauft. Während der *Alte Mann* den Kindern eine Geschichte erzählte, bereitete sie das Essen zu.

»So hat alles angefangen«, wandte er sich an die Kinder. »Unsere Chiefs glaubten an die Unsterblichkeit, an die Unzerstörbarkeit ihrer Macht. Sie krönten sich selbst zu Kaisern, zu Hohepriestern, stellten sich über das Gesetz und ordneten sich niemandem unter. Sie erklärten die Erde zu ihrem Eigentum und verhökerten sie gegen Gold. Sie verschacherten ihre Würde für goldene Throne und seidene Betten, ihr Volk für silberne Kelche und Rubinringe. Sie verkauften das ganze Land für ausländischen Putz und furchtbare Plackerei. Und für Weine aus aller Welt.«

Die Kinder waren gefesselt.

»Wenn wir laut genug jammerten, warfen sie uns dieses hin und jenes. Um uns ruhig zu halten, während sie unsere Speicher ausräumten. Sie sagten, jeder hätte seinen Preis und keiner wäre unverzichtbar. Sie erklärten, jeder von uns, ohne Ausnahme, wäre korrumpierbar. Sie lehrten uns, einander zu kaufen und zu verkaufen wie Rinder. Sie gaben uns ein bisschen Geld und füllten uns die Mägen, bis sie fast platzten. Allerdings nur mit Versprechungen. Sie kauften uns, um uns die Augen zu verkleistern und die Ohren dazu, während sie und die weißen Chiefs unsere Welt von den Füßen auf den Kopf stellten und auf der Suche nach Silber und Gold unsere Herzen plünderten. Sie sagten:

Mach sie alle fröhlich, ein bisschen mehr Lohn,
Zeig ihnen die Macht, dusche sie mit Dollars,
Gib ihnen große Wagen, pferch sie in die Bars,
Und sie müssen zahlen, wenn der Tag sich neigt.«

Die Kinder lachten und sangen begeistert mit, als der *Alte Mann*, indem er seine Arme schwenkte, zu dem Lied tanzte. Ihre Augen leuchteten vor Freude, und es war schwer zu sagen, wie viel sie begriffen.

»Ja«, dachte das *Mädchen*, »ihnen gefällt der Klang seiner Stimme. Aber wie sollen sie aus allem einen Sinn ableiten?«

»Großvater«, sprach sie ihn an. »Ich muss jetzt Wasser holen. Die Kleinen passen auf dich auf.« Und die Kinder wies sie an: »Passt gut auf euren Großvater auf, verstanden? Und geht ihm nicht mit dummen Fragen auf die Nerven.«

Sie nickten eifrig, doch sobald sie ihnen den Rücken zukehrte, fielen sie über den *Alten Mann* her und fragten ihn, was sie brennend interessierte. Stimmte es, dass er einmal ein großer Mann gewesen war?

Das stimmte, bestätigte er. Nicht so aufgeblasen wie ein *Big Chief*, aber mit Sicherheit größer, als er jetzt war.

Stimmte es auch, dass er einmal Arzt gewesen war?

Auch das stimmte, sagte er. Manche Leute erzählten, dass er sie geheilt hatte, also musste er einstmals Arzt gewesen sein.

Und stimmte auch, dass er einmal ein großes Auto gehabt und ihm die ganze Welt gehört hatte?

Er lachte so sehr, dass er husten musste.

»Nein«, antwortete er, »das stimmt nicht. Niemandem hat je die ganze Welt gehört, obwohl der eine oder andere *Big Chief* das geglaubt haben mag.«

»Warst du auch ein *Big Chief*?«

Er dachte einen Augenblick nach, versuchte sich zu erinnern, was er dereinst im großen Weltenplan gewesen war, was zu sein er geglaubt hatte und wofür ihn die Leute im Lavendel-Rosen-Hof gehalten hatten. Doch so sehr er sich auch anstrengte, er konnte sich nicht besinnen. Die Erkenntnis, dass er vielleicht jemand gewesen war, der er nicht hatte sein wollen, erfüllte ihn mit Furcht: ein Toter, Lebloser wie ein tönerner Gott oder jemand Eitles und Nutzloses wie ein *Big Chief*.

»Das ist lange her«, sagte er zu den Kindern, seine Zweifel unterdrückend, »bevor ihr auf die Welt kamt, bevor ein alter Mann aus mir wurde.«

»Großvater, bist du etwa älter als der alte Baum?«

»Ich weiß nicht, wann der Baum geboren wurde«, lachte er. »Ich habe viele Bäume gepflanzt, und manch einer von ihnen trägt Früchte, demzufolge muss ich wohl älter sein als ein Baum.«

»Bist du älter als dieses Haus?«

»Viel älter.«

»Bist du älter als die Welt?«

»So alt wird niemand. Dafür sorgt schon die Welt.«

»Gott ist älter als die Welt«, hielten sie ihm vor.

»Das stimmt.«

»Und bist du älter als Gott?«

»Wie alt ist Gott denn?«

»Sehr alt. Und größer und stärker und reicher und weiser als alle und alles auf der Welt.«

»Da habt ihr sicher recht«, sagte der *Alte Mann*. »Aber wir haben das nicht geglaubt und unsere *Big Chiefs* auch nicht. Sie meinten, dass sie selbst die Götter unserer Welt wären. Und deshalb kamen sie eines Tages auf die Idee, dass sie alle, die sie nicht leiden konnten, loswerden mussten. Und das waren fast alle. Jeder, der länger oder kürzer, dicker oder dünner, dümmer oder klüger, lauter oder leiser war als sie, war ihr Feind. Sie mochten niemanden leiden außer sich selbst. Also beschlossen sie, alle anderen zu beseitigen und die ganze Welt für sich zu behalten. So hat alles angefangen.

Als alle tot waren, warfen sie die Leichen in die Flüsse und schlugen sich um die Beute. Dann zogen sie sich wieder zu üppigen Gelagen und dekadenten Tänzen in ihre Elfenbeintürme und gigantischen Paläste zurück.

Eines Tages aber kam ein Fremder an die Tore der *Stadt* und verlangte zu wissen, was aus den Einwohnern geworden wäre, wer sie verschlungen hätte. Die Wachen gaben ihm arrogant, wie man es sie gelehrt hatte, zur Antwort: ›Wir haben sie abgeschlachtet. Wir haben die elende Meute umgebracht.‹

Der Fremde erkundigte sich, warum – warum die Waisen, die Bettler und die Armen, warum alle Menschen gnadenlos von der Erde getilgt worden waren.

›Wir hatten keine Verwendung mehr für sie‹, erklärten ihm die Wächter am Tor. ›Sie machten nur Schwierigkeiten, waren ein Abszess am Hintern unserer Chiefs. Immer jammerten sie herum, wollten Essen und Obdach, Wahrheit, Gerechtigkeit, Gnade und andere so nebensächliche Dinge. Nie ließen sie unsere Chiefs in Frieden in ihren seidenen Betten schlafen. Deshalb haben wir sie alle vernichtet.‹

Da fragte der Fremde: ›Warum habt ihr ihnen nicht gegeben, was sie forderten, damit auch sie in Frieden schlafen konnten. Eure fett gefressenen Chiefs hätten sie dann vermutlich ihrem trägen Schlummer überlassen.‹

›Sie wollten zu viel‹, antworteten die wohlgenährten Wachen dem Fremden. ›Es gab nicht genug zu essen für jedermann, deshalb behielten unsere *Big Chief*s alles für sich. Wie du weißt, sind unsere *Big Chiefs* wirklich *big*, wirklich außerordentlich bedeutend und wirklich viele an der Zahl. Sie fressen wie eine Herde Flusspferde, um ihren unnatürlichen Hunger zu stillen, und ihr Gehalt muss höher sein als das aller anderen Chiefs auf der Welt. Die Kreaturen aber, um die du dir so viele Gedanken machst, sind klein und unbedeutend: bloße *Kakerlaken*, die sich mit nichts durchzubringen wissen. Trotzdem jammerten und klagten sie wie alte Weiber. Deshalb mussten wir sie alle auslöschen.‹

›Wisst ihr denn aber nicht, dass es wider die Natur ist, sein eigen Fleisch und Blut umzubringen?‹

›Ehrlich?‹

›Habt ihr schon einmal erlebt, dass ein Hund einen anderen Hund gefressen hat? Oder eine Ziege eine andere Ziege?‹

›Geht das nicht?‹

›Tiere fressen nicht ihresgleichen‹, erklärte der Fremde den Wächtern, ›und Leute mit gesundem Menschenverstand tun das auch nicht. Nur Kreaturen, die von Dämonen besessen sind, verschlingen ihresgleichen oder machen rein zu ihrem Vergnügen Jagd auf sie.‹

Darüber hatten sie noch nie nachgedacht, gaben die Wachen schließlich zu. ›Wir führen aus, was uns befohlen wird‹, erklärten sie, ›außerdem sind wir nur Wachleute, weißt du. Wir töten, wen wir töten sollen, und lassen am Leben, wen wir am Leben lassen sollen.‹

›Habt ihr denn kein Gehirn im Kopf?‹, fragte der Fremde. ›Seht ihr denn nicht, dass das, was ihr tut, Unrecht ist?‹

›Fürs Sehen werden wir nicht bezahlt‹, meinten sie. ›Wir bekommen unser Geld dafür, dass wir Befehle befolgen und tun, was man uns aufträgt. Und warum stellst du uns so schwierige Fragen? Warum fragst du nicht die *Big Chiefs*?‹

Die *Big Chiefs* wurden aschfahl. Wer wagte es da, sie aus ihrem friedlichen Schlaf zu wecken? ›Haben wir die elenden *Kakerlaken* nicht alle vernichtet?‹, fragten sie.

›Er ist nicht von hier‹, berichteten die Hüter der Tore.

›Dann seht zu, dass ihr ihn loswerdet‹, befahlen sie. ›Trickst ihn irgendwie aus.‹

›Das funktioniert bei dem nicht‹, sagten die Wächter. ›Er wettert und wütet und hat Schaum vor dem Mund.‹

›Kein schöner Anblick‹, sagten die *Big Chiefs*. ›Verpasst ihm einen Denkzettel.‹

›Das werden wir, Sir‹, versicherten die Torhüter und griffen nach ihren Maschinengewehren.

›Verpasst ihm einen Denkzettel, aber macht nicht gleich Kleinholz aus ihm‹, mahnten die *Big Chiefs*. ›Ein wütender Mann ist ein hungriger Mann. Drum schenkt ihm einen Knochen.‹

›Er will nichts zu essen‹, sagten die Wächter am Tor. ›Das ist nicht seine Sache.‹

›Wir haben euch mehr als dreimal gesagt‹, drängten die Chiefs, ›jeder hat seinen Preis, also gebt ihm was vom Reis.‹

Die Torhüter verließen den Lavendel-Rosen-Hof und führten aus, was ihnen befohlen worden war. Bald aber kehrten sie mit noch schlechteren Neuigkeiten zurück. ›Der ist wirklich seltsam‹, berichteten sie. ›Er will gar keinen Reis.‹

›Dann soll er uns seinen Preis sagen‹, riefen die *Big Chiefs*.

›Er will kein Geld‹, erhielten sie als Antwort. ›Er ist nicht von unserer Welt. Er redet von Gnade, von Menschlichkeit, von Gerechtigkeit und solchem Zeug.‹

›Überschüttet ihn mit Scheinen‹, befahlen die *Big Chiefs*. ›Das wird ihn überzeugen, sollte man meinen.‹

›Er will kein Geld.‹

›Er will kein Geld?‹ Die *Big Chiefs* waren sprachlos. ›Das gibt's doch nicht.‹

›Er hat etwas Unheimliches an sich‹, berichteten die Torwächter, ›und er ist unglücklich.‹

Die *Big Chiefs* grübelten. ›Egal, egal‹, meinten sie dann, ›jeder ist letztlich käuflich. Gebt ihm ein Auto.‹

›Aber er fährt kein Auto.‹

›Er fährt kein Auto?‹, schrien die *Big Chiefs* entsetzt. ›Wie kann er da leben? Kein Wunder, dass er so eine Zumutung ist. Gebt ihm, was immer er will für seine Zustimmung, und dann schickt ihn fort.‹

Die alten Wächter, die fetten, alten Geier, die über dem Thron hockten, buckelten, schmeichelten und ziemlich viel logen, um sich in der Gunst zu sonnen, schüttelten geschlagen den Kopf. ›Der lässt sich nicht korrumpieren‹, war ihre Meinung. ›Nichts stellt ihn zufrieden.‹

›Bringt uns den Mann‹, resignierten die *Big Chiefs* schließlich. ›Jemanden, der sich nicht kaufen lässt, wollen wir uns ansehen. Zeigt uns den Mann, der so arrogant ist, dass er sich nicht korrumpieren lässt, so groß und mächtig, dass er nicht mit uns sein will. Zeigt uns den Mann, der sich nicht bestechen lässt und nichts von uns verlangt. Wir knüpfen ihn auf der Stelle auf, und dann legen wir uns wieder schlafen.‹

In ihren Nachthemden stürmten sie zum Tor. Wie Feuer speiende Drachen stellten sie sich vor dem Fremden auf. ›Wer bist du?‹, donnerten sie ihm entgegen.

Der Fremde aber fürchtete sich nicht vor den *Big Chiefs*. Viele hatte er kommen und gehen sehen, aufsteigen und fallen. Er hatte Könige und Kraftprotze erlebt, Kriegsfürsten und selbst ernannte Kaiser, die in den Himmel stiegen und in die Hölle fielen, ohne je etwas erreicht zu haben.

›Ihr habt der Menschheit großes Unrecht zugefügt‹, sprach

er zu ihnen. ›Ihr habt Himmel und Erde und dem Land eurer Geburt Unrecht getan. Ihr habt das Blut der Unschuldigen vergossen und böse, heimtückische Taten an den Witwen und Waisen verübt. Wahrlich, ich sage euch, es wäre besser gewesen, wenn ihr niemals auf die Welt gekommen wärt.‹

›Wer bist du, dass du so mit uns zu sprechen wagst?‹

›Ich bin, der ich bin‹, sagte der Fremde.

›Und weißt du auch, wen du vor dir hast?‹

›Ich weiß, wer ihr wart‹, antwortete er. ›Ihr wart einfache Menschen mit einfachen Bedürfnissen und guten Absichten zum Wohle aller. Ihr wart Menschen, die anderen Menschen halfen, die ihre Brüder unterstützten und die Waisen versorgten, die für die Wahrheit eintraten. Jetzt seid ihr zu reich und mächtig, um noch menschlich zu handeln. Ihr seid Ungeheuer, die ihr eigen Fleisch und Blut fressen und nach Unsterblichkeit dürsten. Wie die Aasfresser, denen ihr nacheifert, habt ihr vergessen, dass auch ihr eines Tages sterben und von Staub bedeckt sein werdet, dass euch dieselben weißen Ameisen fressen werden, die die armen Leute fraßen, die ihr abgeschlachtet habt. Dass ihr zu Erde werdet, über die man hinweggeht. Dass man euch vergessen wird wie andere eitle Leute vor euch. Wahrlich, wahrlich, ich sage euch: Vom Augenblick eures Todes an wird niemand mehr an euch denken, niemand mehr wird des Guten gedenken, das ihr gedacht, gesagt oder getan habt. Eure üblen Taten und eure Schande werden in den Archiven der traurigen Berühmtheiten und in den Annalen der Gemeinheit auf immer und ewig verzeichnet bleiben. Dort werdet ihr als Beispiel für die Chiefs dienen, die ihr eigenes Volk fraßen, die Chiefs, die Nationen ausplünderten und zerstörten, die Chiefs, die auf ihre Kultur, ihr Volk und ihren Glauben an Gott pissten. Als Beispiel für Dämonen, die dem Abschlachten ihres eigen Fleisches und Blutes vorstanden.‹

›Nein, Sir‹, erwiderten sie kleinmütig, ›ihr kennt uns mitnichten, Sir.‹

›Ich kenne euch‹, entgegnete er. ›Ich kenne euch besser, als ihr euch selbst kennt, ihr aber kennt mich nicht.‹

Es war kalt am Tor. Es war den vier Winden ausgesetzt und den wütenden Elementen, die den Fremden begleiteten.

›Was willst du von uns?‹, bedrängten sie ihn. Nackt kamen sie sich vor und zitterten vor Kälte. ›Du bekommst es, wenn du uns nur in Frieden lässt.‹

›Ich will genau das, worum ihr gefeilscht habt‹, gab er ihnen zur Antwort. ›Ich will nichts weniger als eure Geißelung und eure Demütigung. Ich möchte eure gottlosen Seelen in der Hölle faulen sehen. Ich will nichts weniger als eure Vernichtung.‹

Die *Big Chiefs* waren sprachlos. Sie besaßen doch alle Macht und Gewalt, alle Gewehre und das ganze Geld. Der Fremde hingegen hatte nichts, nicht einmal eine Machete.

›Bist du ein Gott?‹, fragten sie ihn verwundert.

Er antwortete ihnen, dass er kein Gott wäre.

›Bist du Nelson Mandela?‹

Er war es nicht.

›Bist du Mahatma Gandhi?‹

Er war es nicht.

›Bist du Martin Luther King?‹

Der war er auch nicht.

›Wer bist du dann?‹, fragten sie. ›Nenne deinen Namen und deinen Standpunkt und bereite dich darauf vor, beide unter Einsatz deines Lebens zu verteidigen. Wir erlauben hier nämlich keine Opposition.‹«

II

In dem Augenblick kam das *Mädchen* mit einer Kalebasse voll Wasser auf dem Kopf zurück, und als sie sah, wie die Kinder an jedem Wort hingen, das der *Alte Mann* sprach, tadelte sie ihn. »Warum erzählst du ihnen so schreckliche Wahrheiten? Du weißt doch, dass sie noch nichts davon verstehen.«

Worauf der *Alte Mann* antwortete: »Wenn mir jemand diese Wahrheiten mitgeteilt hätte, als ich ein Kind war, hätte ich sie nicht auf so grässliche Weise selbst herausfinden müssen.«

Sie bereitete das Mittagessen zu.

»Großvater«, meldete sich das älteste Kind zu Wort, »die Leute müssen aufhören, andere zu hassen und umzubringen, nur weil sie arm sind, schwach oder einfach nur anders. Irgendwann wird jemand fragen, warum sie solche scheußlichen Dinge getan haben, und sie werden sich ihrer Taten schämen.«

»Hast du das gehört?«, fragte der *Alte Mann* das *Mädchen*. »Hast du das gehört, kleine Mutter?«

»Hab ich«, sagte sie matt. »Ich hab's gehört.«

»Das habe ich in einem Buch niedergeschrieben«, wandte er sich wieder an das Kind. »Ich habe alles aufgeschrieben, vorher, während des Völkermords und danach. Doch niemand begriff oder glaubte es. Du aber wirst mein Buch eines Tages lesen, und dann erzählst du anderen davon, damit sie es wissen und sich gegen das Böse wappnen.«

Das *Mädchen* hörte seine Worte und schüttelte traurig den Kopf. Ihre Kinder gingen nicht zur Schule, weil sie es sich nicht leisten konnte. Ihre Kinder würden niemals lesen lernen, wenn sie es ihnen nicht beibrachte. Doch selbst dann ... »Glaubst du wirklich, dass ein Buch die Herzen der Menschen bewegen kann?«, fragte sie den *Alten Mann*.

»Ich weiß es nicht, Mutter. Aber vielleicht ändern sich die Menschen, das ist nicht unmöglich. Mit dem Wissen, was geschah und wie alles anfing, sind sie vielleicht imstande, das Böse zu erkennen, wenn es mitten unter ihnen den Kopf erhebt. Vielleicht hilft ihnen ihr Wissen, das Böse zu erkennen, wenn es sich gegen sie stellt. Vielleicht befähigt es sie eines Tages dazu, teuflische Pläne zu vereiteln.«

Wieder schüttelte sie den Kopf und kehrte an ihre Arbeit zurück, während der *Alte Mann* den Kindern eine weitere Wahrheit aufdeckte, eine größere und beeindruckendere Wahrheit, die sie verstummen ließ und bannte, bis das Essen fertig war und sie zu Tisch gerufen wurden. Hinterher liefen sie nach draußen und spielten. Er setzte sich unter den alten Baum und ruhte aus. Doch nicht lange, weil die Kinder dieses und jenes von ihm hören wollten und nicht hinnahmen, dass er alt und blind war und nichts mehr sah.

»Sieh mal, Großvater«, riefen sie. »Sieh mal, Großvater, sieh.«

Er lachte: »Ich sehe ja, aber sagt mal, was habt ihr denn da?«

»Einen Käfer. Möchtest du ihn gern fliegen sehen?«

»Ja«, sagte er mit schwerem Herzen. »Das möchte ich gern. Sehr gern, wirklich.«

Später am Nachmittag liefen ein paar Frauen laut klagend und in Tränen aufgelöst an der Hütte vorbei. Als das *Mädchen* sich bei ihnen nach dem Grund ihres Wehgeschreis erkundigte, schrien sie: »Sie erschießen unsere Jungs; sie töten unsere Kinder.«

Und als sie innehielten, um zu lauschen, hörten sie in der Ferne das Krachen der Gewehrschüsse. Die Frauen begaben sich nach Hause und dachten an die Vorbereitungen für die Beerdigungen. Der *Alte Mann* fragte das *Mädchen*: »Mutter, was tun wir jetzt?«

»Großvater, ich weiß es nicht.«

Etwas später konnte sie die Angst nicht mehr ertragen. Sie stand auf und lief los, um herauszufinden, was mit dem *Jungen* passiert war. Ein erster Haufen Demonstranten – kleine Jungen auf dem Rückzug, die bis zu diesem Tag noch nie im Leben etwas opfern mussten – humpelte besiegt heran, die Wunden mit blutigen Fetzen verbunden. Sie waren müde und erlitten Schmerzen, zeigten aber keinerlei Furcht oder Reue. Und wütend waren sie nur wegen der schmerzhaften Verwundungen. »Frag uns nicht«, sagten sie zu dem *Mädchen*. »Was wir dir sagen können, willst du bestimmt nicht wissen.«

Sie aber beharrte darauf. Sie wollte unbedingt wissen, was sich zugetragen hatte.

»Heute haben wir alles erlebt, was man auf dieser Erde erleben kann«, berichteten sie ihr. »Heute haben wir Männer sinnlos bluten und sterben sehen. Wir haben Männer gesehen, die wie wilde Tiere töteten, ohne dass jemand sie angegriffen hätte. Wir haben Leute gesehen, die einander wegen eines Stück Tuchs umbrachten, Leute, die mit dem Lkw über ihre sterbenden Brüder hinwegfuhren. Heute haben wir Dinge erlebt, die sich unmöglich erzählen lassen.

»Und was ist mit dem *Jungen*?«, fragte sie. »Sagt mir, was ist mit dem *Jungen*!«

»Frag uns nicht nach dem *Jungen*.«

Das *Mädchen* überließ sie ihren Wunden und lief die Straße hinunter bis zur ersten Straßensperre. Dort lagen diejenigen, die am Morgen beim Sturm auf die Blockade gefallen waren. Schwarz vom Tod waren ihre Körper und von der Sonne aufgebläht. Der Leichnam des *Studenten* lag da, wo er gefallen war, als er den Vormarsch anführte. Machetenhiebe hatten ihm den Schädel gespalten, sein Körper war voller Einschusslöcher. Er war nicht allein gestorben. Um ihn herum lagen seine Kameraden, die wie er den höchsten Preis für die Freiheit gezahlt hatten. Leblos lagen sie im Staub, von Kugeln zerfetzt, ihr Widerstand war nur noch eine starrköpfige Melasse aus Hirn und Blut und Galle, die in den Rinnstein floss. Ausgehungerte Hunde leckten sie auf, vor Schrecken winselnd.

All das sah das *Mädchen*, und Traurigkeit drückte sie nieder. Langsam, als träumte sie, folgte sie dem verängstigten Menschenstrom zurück in die Sicherheit der *Grube*. Sie fürchtete sich vor dem, was kommen mochte.

»Sie kehren bestimmt zurück«, sagte sie zum *Alten Mann* »Die Jungs kommen zurück. Alle.«

»Und was ist mit ihrer Mission?«, fragte er sie. »Was ist mit dem Widerstand?«

»Darüber reden sie wahrscheinlich nicht. Sie sind verwundet und haben Schmerzen. Sie wollen nicht reden.«

Wie das *Mädchen*, so hatte auch er darauf gehofft zu erfahren, dass in der *Stadt* alles ruhig war, dass niemand getötet worden war und keiner getötet hatte; dass niemand ums Leben gekommen war und niemand geweint hatte, dass die Stadtbewohner heil und gesund aufgewacht und von ihrem Hass geheilt waren, dass mit der Welt wieder alles in Ordnung war und die Jungs wohlbehalten nach Hause zurückkehrten, zu den Menschen, die sie liebten und von denen sie geliebt wurden.

»Nichts Neues vom *Jungen*«, sagte das *Mädchen* zum *Alten Mann*. »Der *Student* allerdings ist tot. Das habe ich mit eigenen Augen gesehen, der gute *Student* ist wirklich tot.«

Sie schwiegen.

Sie kämpften mit ihren Zweifeln und Befürchtungen. Wie immer, wenn ihn etwas durcheinandergebracht hatte, schüttelte der *Alte Mann* den Kopf noch lange, nachdem er zu reden aufgehört hatte. Sie saßen eine Weile schweigend da, rangen mit ihrer Angst, während die Kinder spielten und die alte Henne im Staub scharrte.

»Es ist unmöglich«, sagte er und schüttelte seinen ergrauten Kopf. »Unser *Junge* kann nicht tot sein.«

»Ja, Großvater, das ist wirklich unmöglich. Unser *Junge* kann nicht tot sein. Ich mache mich auf und finde die Wahrheit heraus.«

III

Sie ging. Er sang unter dem alten Baum ein herzerweichendes Totenlied. Sie nahm ihren verschlungenen Weg durch das trauernde Tal. Als sie den Ausgang der *Grube* erreichte, der den Ausblick auf den ehemaligen Kontrollposten bot, traf sie auf die zweite Welle Demonstranten, die aus der *Stadt* zurückkehrten. Im Unterschied zur ersten Welle der Heimkehrer zogen diese lärmend und jubilierend vorbei, sangen Siegeslieder, und während die erste von Schlägen und Blutvergießen besiegt worden war, trug die zweite die Ernte ihres gefährlichen Unternehmens nach Hause, die Frucht und Beute ihrer Anarchie.

Vom Ausgang der *Grube* her sah man einen endlosen Strom ziehen, er erstreckte sich, so weit das Auge sehen konnte: schwer beladene Lasttiere, unter immensen Ladungen schwitzend, die sie auf den Köpfen, auf den Rücken und in ihren Herzen schleppten.

Sie brachten alles Mögliche mit. Von ganzen Rinderhälften bis zu Säcken voll Reis und Hirse, von Geschirr bis zu Bündeln mit Kleidung und Bettzeug, von Radios über Kühlschränke bis zu Elektroherden. In Hochstimmung, weil sie sich wieder auf dem Boden der Begehrlichkeiten befanden und bargeldlos einkaufen konnten, nehmen konnten, ohne bitten zu müssen, hatten sie völlig vergessen, dass es im weiten Umkreis der *Grube* weder Strom noch Straßen oder Wasserleitungen gab. Sie hatten geplündert, ohne nachzudenken, und wie Hyänen im Fressrausch alles an sich gerissen, das nicht niet- und nagelfest war, hatten mitgenommen, was immer ihnen im Weg stand – sogar Straßenschilder –, ohne innezuhalten und zu überlegen, wofür man es verwenden könnte oder ob es in der *Grube* überhaupt von Nutzen war.

Sie kamen. Eine endlose Schlange. Wie Wanderameisen – Männer, Frauen und Kinder, und alle brachten sie etwas von dem Aufruhr in der *Stadt* mit.

»Wo ist der *Junge*?«, fragte das *Mädchen* die Ankömmlinge.

»Welcher *Junge*? Die ganze *Stadt* ist voll von Jungen. Und sie sind alle tot.«

Sie setzte sich an den Straßenrand, weigerte sich zu glauben, was sie hörte, und fragte weiter jeden, der vorüberkam, ob er den *Jungen* gesehen hatte.

»Sitz da nicht rum und trauere«, sagten sie zu ihr. »Hol dir besser etwas, bevor sich das Glück wieder von uns abkehrt.«

Als sie einen Mann fragte, der einen elektrischen Rasenmäher schleppte, was er damit in der *Grube*, wo kein Strom war und kein Gras zu mähen, anzustellen gedachte, antwortete der Mann: »Frau, stell mir keine dämlichen Fragen. Nimm dir selbst etwas und mach dir später darüber Gedanken, was du damit anfangen willst. Das Glück hält bestimmt nicht den ganzen Tag vor.«

Dann kamen noch mehr Menschen vorbei, beladen wie die Lasttesel. Mit Jutesäcken voller Kleidung und Geschirr, mit Salz und Zucker, mit Milch und Hirse und Weizen und Reis und all den Dingen, die sie vorher nicht besessen hatten. Jetzt hatten sie dafür nur ein Schaufenster einwerfen müssen.

»Habt ihr den *Jungen* gesehen?«, fragte sie die Vorbeiziehenden.

»Das Letzte, was wir von ihm gesehen haben«, erhielt sie als Antwort, »war, dass er eine Straße hinunterrannte und eine ganze Armee hinter ihm her war.«

Sie fragte einen anderen Mann, was er in der *Grube* mit vier Dutzend Flaschen Motoröl zu tun gedächte. Der Mann lachte sie aus und sagte: »Weißt du nicht, dass ausgehungerte Menschen alles essen?«

»Mach dir keine Gedanken um mich, kleine Frau«, sagte ein Dritter. »Hol dir selbst etwas, bevor alles vorbei ist.«

»Weißt du etwas von dem *Jungen*?«, fragte sie ihn.

»Das Letzte, was ich von ihm sah«, sagte der Mann im Gehen, »war, dass er wie ein toter Hund am Boden lag.«

Sie aber weigerte sich, ihm zu glauben, blieb sitzen, hoffte und betete, wie sie niemals zuvor gebetet hatte, obwohl ihr Herz langsam im Sumpf der Verzweiflung versank, der sich in ihr ausbreitete.

Und immer noch eilten Leute vorbei. Mit den Dingen beladen, die sie eilends aufgelesen hatten. Mit Dingen, von denen sich manche großen Nutzen versprachen, von denen sie sich die Wiederherstellung ihrer Menschenwürde erträumten. Mit Dingen, die sie nicht brauchten. Das würden sie aber erst später begreifen. Nichts davon konnten sie verwenden, alles würde für sie nutzlos bleiben.

»Wir haben gehört, dass der *Junge* tot ist«, sagten sie im Vorbeilaufen.

»Wie ist er umgekommen?«

»Was spielt es für eine Rolle, wie er den Tod gefunden hat? Die ganze *Stadt* ist voller Toter.«

Ein freundlicher Mann kam vorüber. Er ächzte unter einem Sack gestohlener Schuhe und bemerkte, dass sie traurig war, dass sie nichts hatte und barfuß ging, und sie tat ihm leid. Er wühlte in seinem Sack und schenkte ihr ein Paar Lederschuhe, die, wie er sagte, früher in der *Stadt* ein Vermögen gekostet hätten. Beide Schuhe aber gehörten an denselben Fuß, und als sie ihn darauf aufmerksam machte, dass sie zwei unterschiedliche Füße hatte, zuckte der Mann die Achseln und erklärte ihr, dass in dem Laden, den er leer geräumt hatte, nur linke Schuhe übrig gewesen wären und es so ausgesehen hätte, als sei jemand vor ihm dort gewesen und hätte alle rechten Schuhe eingesackt.

»Nimm sie. Nimm sie und behalt sie. Vielleicht hast du ja eines Tages zwei linke Füße oder triffst den Mann, der ihre Gegenstücke gestohlen hat.«

»Ich habe mein ganzes Leben keine Schuhe gehabt. Und jetzt brauch ich auch keine Schuhe.«

Der freundliche Mann überredete sie aber, die Schuhe anzuprobieren, und als sie ihr passten, befahl er ihr, sie zu behalten. »Kleine Frau«, sagte er, als wäre sie seine jüngere Schwester, »wir leben in einer gefährlichen Welt. Und da sollte jeder ein Paar Schuhe haben, die seine Füße vor Unbill schützen.«

Und damit ging er davon, hochzufrieden mit dem Ausgang der Ereignisse. Und vielleicht auch in dem Glauben, dass dies das Ende allen Mangels wäre. Das *Mädchen* zog die Schuhe wieder aus, hielt sie in der Hand und betrachtete sie bewundernd, weil es wirklich hübsche Schuhe waren. Aber sie wusste nicht, was sie mit ihnen anstellen sollte. Ein Mann, der einen Fernseher von der Größe eines Hauses auf dem Kopf balancierte, machte Rast, um seinen Rücken zu entlasten, und sie fragte ihn nach dem *Jungen*.

»Er steckt mitten in der Schlacht und führt den Angriff.«

Diese Nachricht munterte sie wieder ein bisschen auf. Aber sie war vorsichtig genug, dass sie nichts von dem glaubte, was die Leute ihr erzählten, denn sie schienen nicht mehr die gleiche Sprache zu sprechen oder zu verstehen. Sie fragte ihn, was er mit dem Ding vorhatte, das er auf dem Rücken schleppte.

»Mach dir meinetwegen keine Gedanken«, antwortete er. »Geh lieber los und hol dir etwas, das du nicht hast, bevor es zu spät ist. Heute gibt es alles umsonst, auch wenn ich fürchte, dass wir eines Tages teuer dafür bezahlen werden.«

Dunkler, unheimlicher Rauch stieg über der *Stadt* in den Himmel und hing wie der Tod über den Wolkenkratzern. Vereinzelt war Gewehrfeuer zu vernehmen.

»Und sei vorsichtig, kleine Mutter«, gab der Mann ihr mit auf den Weg. »Heute hagelt es Kugeln, und die Menschen sterben wie die Fliegen. Ich habe gehört, dass die Armee meutert und dass sie jeden umbringen, sogar die Polizisten.«

»Es sollte nicht zu Gewalt kommen«, sagte sie voller Bitterkeit.

»Wo denn nicht?«

»In der *Stadt*. Es sollte in der *Stadt* nicht zu Plünderungen und Brandschatzungen kommen.«

»Wann denn nicht?«

»Heute. Es sollte heute nicht zum Krieg kommen.«

»Das ist kein Krieg«, meinte er. »Das ist das Armageddon.«

»Es sollte nicht zum Blutvergießen kommen.«

»Blutvergießen?« Der Mann war ob ihrer Unschuld verblüfft. »So etwas hast du noch nie erlebt. Jetzt aber will ich los und mein gutes Stück hier verstecken, damit sie nicht kommen und es sich zurückholen.«

Der *Junge* hatte ihr versichert, dass niemand zu Tode kommen würde. Was war falsch gelaufen? Was, in Gottes Namen, hatte nicht funktioniert?

»Kleine Mutter«, sagte der Mann mit dem Fernseher von der Größe eines Hauses, »ich weiß auch nicht, was schief gelaufen ist, aber ... hilf mir, bitte, das Gerät auf meinen Rücken zu laden. Ich muss mich beeilen und es vergraben, bevor das Ende der Welt naht und die aus der *Stadt* sich auf die Suche danach machen.«

Als sie ihm geholfen hatte, sich den Fernseher auf den Rücken zu laden, ging er davon. Dabei führte er Selbstgespräche, erstaunt darüber, wie ein einziger Tag das Leben eines Menschen von Grund auf verändern konnte.

Bald darauf kam ein anderer Mann vorbei. Er brach fast unter der riesigen Emaillebadewanne zusammen, die er auf dem Rücken schleppte. Sie fragte auch ihn, was er damit in der *Grube* wollte, wo es kaum sauberes Wasser zum Trinken gab, ganz zu schweigen davon, ein so riesiges Teil zu füllen.

»In der *Grube* ist nicht mal so viel saubere Luft, dass wir zumindest einen Lungenflügel damit füllen könnten«, sagte der Mann, »und doch haben wir derer zwei. Das scheint aber niemanden zu interessieren.«

Sie gestand sich ein, dass sie die Denkweise dieser Leute niemals verstehen würde, und fragte ihn, was in der *Stadt* vor sich ginge. Der Gewehrfeuerlärm war dramatisch angestiegen, und Rauch hing über der *Stadt* wie ein dunkler Dom.

»Sie erschießen die Demonstranten. Und sie erschießen die Führer der Opposition und verbrennen ihre Leichen auf Reifen. Die Straßen sind voller Toter, und es gibt Gerüchte, dass die Präsidentengarde gegen die *Big Chiefs* vorgeht.«

»Und was ist mit dem *Jungen*? Weißt du nichts von dem *Jungen*?«

»Das Letzte, was mir zu Ohren gekommen ist«, sagte der Mann, bevor er davoneilte, »war, dass der *Junge* tot wie ein Hund auf der Straße lag.«

Selbst da weigerte sie sich noch, es zu glauben. Sie blieb am Straßenrand sitzen, sah zu, wie der Mob heimkehrte, beladen mit allem, vom Motorrad über Fotoapparate bis zu Brot, von Importteppichen bis zu gebrauchten Jutesäcken, vom Silberbesteck bis zu alten Flaschen. Alles, was in der *Stadt* auch nur den geringsten Wert hatte, hatten sie an sich gerissen. Das *Mädchen* sah all diese Sachen und dachte traurig: »Ja, es stimmt tatsächlich, dass, wenn die Leute arm sind und gar nichts besitzen, noch jedes kleine Stück Müll für sie wertvoll wird. Die Armut ist wahrlich eine ganz schreckliche Heimsuchung.«

»Was ist mit dem *Jungen*?«, fragte sie einen weiteren schwer beladenen Mann. »Weißt du nichts von dem *Jungen*?«

»Der *Junge* ist tot.«

»Du hast ihn also gesehen? Du hast den *Jungen* gesehen?«

»Mit eigenen Augen. Er lag tot auf der Erde, und Fliegen krochen ihm in den Mund.«

Das *Mädchen* musste akzeptieren, dass der Junge wahrscheinlich tot war, dass er wohl nie wieder nach Hause kommen würde. Sie erhob sich und machte sich mit kummervollem Herzen auf den Weg zurück in die *Grube*, wo man inzwischen Löcher grub, um die Beute zu verstecken. Morgen würden Polizei und Armee über sie herfallen, um die geplünderten Gegenstände zurückzuholen und der *Grube* eine weitere Lehre zu erteilen. Die Bewohner der *Grube* wussten aus Erfahrung, dass die *Stadt* eher einen Mord verzieh als ein Eigentumsdelikt. Besitz, das war ihr Wohlstand, ihre Seele und ihr einziger Gott.

»Sollen sie doch kommen«, sagten die Leute trotzig. »Wenn sie die Sachen zurückhaben wollen, müssen sie diesmal ordentlich dafür arbeiten. *Wacha wakuje*, sollen sie doch kommen.«

Beim letzten Mal waren sie mit Bulldozern gekommen und hatten die *Grube* wie eine alte lecke Kalebasse auf den Kopf gestellt. Sie hatten die windschiefen Hütten wie alte Säcke von innen nach außen gekehrt und in ihrer verbissenen Entschlossenheit, die bestatteten Besitztümer auszugraben, den größten Teil der Beute zerstört. Zu guter Letzt war die Suche abgeblasen, Polizei und Armee waren in die Kasernen zurückbeordert worden, nachdem sie sich lächerlich gemacht und Dinge ausgegraben hatten, die niemandem mehr nutzten.

Jetzt waren die Leute aus der *Grube* wieder dabei, ihre Beute so sorgfältig zu vergraben wie Hunde ihre Knochen. Wohin sie auch blickte, schaufelten sie Gräber, in denen sie ihre unrechtmäßig erlangten Besitztümer begruben. Morgen würden sie weitere Gräber ausheben und ihre Kinder darin bestatten. Das *Mädchen* sah all die Geschäftigkeit. Tiefe Trauer überkam sie.

Die Jungs aber, die die Brutalität überlebt hatten und, wie es abgesprochen war, in der *Stadt* keine Beute gemacht hatten, saßen mit blutigen Wunden vor den Hütten ihrer Mütter und beobachteten, wie die Plünderer ihre Beute vergruben.

»Nächstes Mal nehmen wir Fackeln mit«, sprachen sie zu sich selbst. »Nächstes Mal nehmen wir Feuer mit und keine Plakate, und dann werden wir sie etwas lehren. Das nächste Mal nehmen wir Streichhölzer mit und brennen den ganzen Ort des Bösen ab.«

Das *Mädchen* hörte ihre Worte und schämte sich dafür, dass sie mit einem Paar gestohlener Schuhe daherkam. Sie holte Schwung und warf sie hinweg über die Häuser mitten in das Herz der *Grube*, wo sie zweifellos jemand finden und mitnehmen würde.

Der *Junge* hatte darauf bestanden, dass weder gebrandschatzt noch geplündert würde. Noch einmal aber hatten die Männer bewiesen, dass ein vernünftiger Dialog zwischen ihnen und dem Feind unmöglich war, dass das Wort ohne Blutvergießen und Gewalt nichts zählte. Die Männer waren losgezogen, hatten wiederum ihre schändlichen Taten begangen und bestätigt, dass hungernde Augen nicht über den Tellerrand hinaussehen konnten, dass ausgehungerte Herzen lediglich an ihre leeren Mägen dachten, dass hungernde Menschen so wenig Disziplin kannten wie ausgehungerte Hunde. Die Männer hatten wieder einmal Schande über die Bewohner der *Grube* gebracht, nicht die Jungs.

Sie würde ihren Kindern das Lesen beibringen, damit sie eines Tages lernen und wissen konnten. Und sobald er alt genug war, wollte sie ihrem Sohn die Wahrheit erzählen. Dass es die Männer gewesen waren, nicht die Jungs, nicht die

Frauen noch die Kinder, sondern die Männer, nicht Hunger, Armut oder Krankheit, nicht einmal Gott oder der Teufel, sondern die Männer, die die Erde mit Gräueltaten überzogen hatten. Sie würde ihnen erzählen, dass es die Väter gewesen waren, die Familien auseinandergerissen hatten, Salz über das Land gestreut, Menschenfleisch an die Krokodile verfüttert, die Flüsse vergiftet und die Quellen bis in alle Ewigkeit unbrauchbar gemacht hatten. Sie wollte ihm aber auch sagen, dass sein Vater, ungeachtet dessen, was andere erzählten, ein großer Mann gewesen war, ein Freiheitskämpfer, ein Held.

Sie kam zurück und setzte sich unter den alten Baum, um zu trauern, wusste aber nicht, wie sie es dem *Alten Mann* sagen sollte.

Wie es seine Gewohnheit war, stimmte der *Alte Mann*, wenn er sich einer Wahrheit gegenübersah, die ihm das Herz zu brechen drohte, ein Lied an.

»Es war einmal«, sang er, »da sagte unser *Big Chief*, er, der niemals rauchte und niemals trank, er, der für die Freiheit gekämpft und mit unseren Besten geblutet hatte und gestorben war, da sagte er zu uns: ‹Selbstgenügsamkeit ist nur ein Wort, Futter für die Narren und Ungebildeten, mit dem marxistische Agitatoren und kommunistische Unruhestifter um sich werfen.‹

Er, der Großvater von allen und das Orakel, das wir auf ein Podest gehoben hatten, damit es uns aus dem Elend befreite, damit er uns durch die Zeit des Mangels leitete, sprach zu uns: ›Unabhängigkeit ist gut, aber ohne zu betteln ist es unmöglich zu überleben.‹«

Die Kinder spielten im Staub und versuchten zu begreifen, was der *Alte Mann* gesagt hatte.

Nach diesen Worten schwieg er lange. Kummer stach ihm mit kalten, stählernen Macheten in das Herz. Dicke Tränen rollten ihm, langsam vor Alter, über die eingefallenen Wangen und verschwanden im Dickicht seines staubigen, alten Barts. Er stand auf, nahm seinen alten Hocker, tastete sich zu der Stelle hin, wo sie saß, und setzte sich neben sie. Dort verharrte er und wartete darauf, dass der Tod auch ihn holen käme. Der Tod aber, das wusste er nur zu gut, handelte nicht auf Befehl.

»Kleine Mutter«, sagte er endlich. »Ich habe für den *Jungen* gedacht, ich habe für ihn gedacht. Wenn du fliehen musst, dann fliehe nicht in die Kirchen, nicht in die Moscheen, in die Klöster oder in die Gerichte. Erwarte nicht, dass die Leute, die an solchen Orten sind, dich vor dem Übel bewahren. Wenn du dich dem Teufel entgegenstellst, dann kann dich nur unser Gott retten. Flieh in die Berge, dachte ich für den *Jungen* – was immer auch geschieht, flieh in die Berge, denn die Berge sind immer da. Flieh in die Berge, bleib dort und kämpf gegen sie, damit sie begreifen, dass du ein Mensch bist und auch, dass du es nicht verdienst, abgeschlachtet zu werden. Nimm deine Machete mit, dachte ich, nimm deine Machete, deinen Bogen, deine Steine und welche Waffen auch immer in deine Hände fallen. Töte ein paar von ihnen, bevor sie dich umbringen, nur dann werden sie erkennen, dass du ein menschliches Wesen bist, ein Mann zudem, und dass du nicht so leicht umzubringen bist. Das alles hätte ich meinem *Jungen* mit auf den Weg geben sollen.«

Ein stummes Schluchzen lief durch seinen mageren Körper. Es brach dem *Mädchen* das Herz, ihn weinen zu sehen.

»Kleine Mutter, was sollen wir jetzt tun?«

»Warten. Wir können nur warten.«

Also warteten sie.

Die Kinder spielten im Staub, bis eine Frau von der anderen Seite der *Grube* auf sie zukam. Sie war gebrechlich, konnte nur mit Hilfe eines Stocks gehen. Ohne das Wort an den *Alten Mann* zu richten, winkte sie das *Mädchen* beiseite.

Hinter der Hütte und außerhalb der Hörweite des *Alten Mannes* flüsterte sie, dass ihr Mann tot war.

»Meine Söhne auch. Sie sind alle tot, alle drei.«

Das *Mädchen* wusste nichts zu antworten.

»Der *Junge* auch«, sagte die Frau. »Er ist auch tot.« Sie drehte sich um und hinkte davon, verlor kein weiteres Wort mehr und vergoss keine einzige Träne.

Das *Mädchen* stand hinter der Hütte. Stummes Schluchzen durchzitterte sie, und sie kämpfte gegen die Tränen, die nicht fließen wollten und ihr das Herz abschnürten. Dann dachte sie an die Frau, die Mann und Söhne verloren hatte, und fragte sich: »Welches Recht habe ich zu weinen?«

Langsam ging sie zu dem *Alten Mann* zurück. Sie war ratlos, wie sie es ihm sagen sollte.

»Etwas Neues vom *Jungen*?«, fragte er voll böser Ahnungen.

»Er ist tot.«

Nun schwiegen sie beide, umhüllt von einem Kummer, der ihnen allein gehörte.

»Großvater«, sagte sie zu dem *Alten Mann*, »unser *Junge* ist tot.«

Nach diesen Worten saß der *Alte Mann* lange stumm da. Die Worte des *Diebs* schossen ihm immer und immer wieder durch den Kopf. »Der *Junge* ist jung«, hatte die *Stimme* gesagt. »Er kann schneller rennen, als eine Gewehrkugel fliegt.«

Und wie in dem Augenblick, da die *Stimme* diese Worte ausgesprochen hatte, dachte der *Alte Mann* jetzt wieder: Aber kein Mensch ist schneller als der Teufel. Er seufzte tief und fragte das *Mädchen*: »Kleine Mutter, stimmt es, dass unser *Junge* tot ist?«

»Ja, Großvater, daran besteht kein Zweifel mehr. Unser *Junge* ist tot.«

»Dann gibt es nichts mehr zu sagen.«

Doch es war noch vieles zu sagen.

An vielen Orten und aus vielen Mündern, die meisten von ihnen unwissend und boshaft und demzufolge nicht unbedingt vertrauenswürdig, wurde erzählt, dass dies nur der Anfang gewesen war.

Man erzählte sich, dass die Polizei sich den Demonstranten angeschlossen hatte. Und dass die Armee sich an den Plünderungen beteiligt hatte.

Es wurde erzählt, dass die Armee gegen sich selbst kämpfte.

Es wurde erzählt, dass die *Big Chiefs* sich versteckt hatten und dass niemand mehr die Kontrolle ausübte.

Es wurde erzählt, dass die Präsidentengarde das Feuer auf die Armee eröffnet hatte,und dass die *Stadt* in Flammen stand.

Es wurde erzählt, dass der Präsident aus der *Stadt* geflohen war, dass seine Frau und seine Kinder tot waren und dass die *Big Chiefs* ihr Lied abgebrochen hatten und nun das Lied des Volkes sangen.

Es wurde erzählt, dass die Regierung in sich zusammengebrochen war, dass der Präsident außer Landes geflohen war und niemals wiederkehren würde.

Es wurde erzählt, dass eine neue Regierung die *Stadt* übernommen hatte und dass die neuen *Big Chiefs* Frieden und Stabilität versprochen hatten.

Es wurde erzählt, dass sie die Personalausweise, in denen die Leute aufgrund ihrer ethnischen Zugehörigkeit oder ihres Geburtsorts eingeordnet wurden, abgeschafft und dass sie geschworen hatten, die Menschenrechte zu achten und allen Freiheit und Gerechtigkeit zu bringen.

Es wurde erzählt, dass sie den Krieg gegen die Not wieder aufgenommen hatten, gegen Krankheit und Unwissenheit, und dass sie den Hungernden Lebensmittel und den Durstenden Wasser versprochen hatten.

Es wurde erzählt, dass sie der Jugend Arbeit versprochen hatten, die Kranken heilen und die Schwachen beschützen wollten. Man erzählte sich auch, dass sie den Ungebildeten Bildung versprochen und den Gottlosen Gott gepredigt hatten.

Es wurde so viel erzählt, mit so vielen Gefühlen und so viel Eifer, dass man sich kaum vorstellen konnte, irgendetwas davon könnte wahr sein. Ein paar kluge Menschen aber, Menschen wie der *Alte Mann* und andere, die lange genug gelebt hatten, um zu meinen, sie hätten wahrlich alles schon gesehen und gehört, sahen sich versucht zu glauben, dass jetzt vielleicht wirklich Anlass zur Hoffnung bestand.

ENDE

Die Originalausgabe erschien unter dem Titel
„The Big Chiefs" bei hm books, USA.

© Meja Mwangi
© Peter Hammer Verlag GmbH, Wuppertal 2009
Alle Rechte der deutschen Ausgabe ausdrücklich vorbehalten
Lektorat: Gudrun Honke
Umschlaggestaltung: Magdalene Krumbeck
Satz: Graphium press, Wuppertal
Druck: CPI books, Leck
ISBN 978-3-7795-0231-9
www.peter-hammer-verlag.de

Literatur aus Afrika

Sefi Atta
Sag allen, es wird gut!
Roman
Aus dem Englischen v. Sigrid Groß
380 Seiten, geb.
ISBN 978-3-7795-0199-2

Enitan ist jung, intelligent, cool. Mit lakonischem Witz
erzählt sie von der Liebe, von Diktatur und Widerstand
und vor allem von ihrer Freundin Sheri. Auf der Suche
nach einem selbstbestimmten Leben scheren beide Frauen
aus den vorgezeichneten Bahnen aus und finden trotz
widriger Umstände ihr Glück.

Ausgezeichnet mit dem „Wole Soyinka Award"
Ausgewählt für die Bestenliste „Weltempfänger"

Lewis Nkosi
Mandela und der Bulle von Mondi
Roman
Aus dem Englischen v. Thomas Brückner
280 Seiten, geb.
ISBN 978-3-7795-0198-5

Der junge Dumisa ist getrieben von zwei Leidenschaften:
der Verführung der Mädchen und der Verehrung von
Nelson Mandela. Eine Satire auf die südafrikanische
Gesellschaft der 60er Jahre.

PETER HAMMER VERLAG
www.peter-hammer-verlag.de

Literatur aus Afrika

Meja Mwangi
Happy Valley
Roman
Aus dem Englischen v. Thomas Brückner
160 Seiten, geb.
ISBN 978-7795-0051-3

Mit großer Sensationskomik erzählt Meja Mwangi von der
Verwechslung zweier Neugeborener in einem afrikanischen
Buschhospital. Liebevolle Aufmerksamkeit und große
Achtung findet er dabei für die eigentlichen Helden der
afrikanischen Gesellschaft: die Frauen.

Meja Mwangi
Das Buschbaby
Roman
Aus dem Englischen v. Thomas Brückner
320 Seiten, geb.
ISBN 978-3-7795-0153-4

Haben sich die schwarzen Eltern in *Happy Valley* nach
der Entbindung nicht wenig über ihren weißen Sohn
gewundert, so erzählt *Das Buschbaby*, welche Verwirrung
das schwarze Kind im Leben der weißen Eltern auslöst.
Es entspinnt sich ein witziges Kammerspiel, das alle
Klischees von Schwarzen und Weißen, Männern und
Frauen auf den Kopf stellt.

PETER HAMMER VERLAG
www.peter-hammer-verlag.de

Literatur aus Afrika

Esther Mujawayo/Souâd Belhaddad
Ein Leben mehr
Aus dem Französischen von Jutta Himmelreich
338 Seiten, geb.
ISBN 978-3-7795-0029-2

Esther Mujawayo hat den Völkermord in Ruanda
überlebt. Verloren hat sie ihren Mann und den größten
Teil ihrer Familie, geblieben sind ihr drei Töchter und
der Wille, den zahllosen traumatisierten Witwen und
Kindern zu helfen.

*»Ein Leben mehr gehört zu den eindrucksvollsten Büchern
zum Thema Genozid.«* DIE ZEIT

Esther Mujawayo/Souâd Belhaddad
Auf der Suche nach Stéphanie
Aus dem Französischen von Jutta Himmelreich
270 Seiten, geb.
ISBN 978-3-7795-0082-7

Esther Mujawayo schlägt ein neues Kapitel in ihrer
Auseinandersetzung mit dem Völkermord auf. Das Buch
erzählt, wie sich Esther zwölf Jahre nach dem Genozid
auf die Suche nach den sterblichen Überresten ihrer
geliebten Schwester macht.

PETER HAMMER VERLAG
www.peter-hammer-verlag.de